KB051117

도스토옙스키 고백록

일러두기

1. 본문의 각주는 모두 편역자 주이다.
2. 『작가 일기』는 전문 번역이 아닌, 본 도서의 콘셉트에 맞는 글들만 따로 모아 번역했다.

도스토옙스키 고백록

◈ 표도르 도스토옙스키 지음 · 제윤 편역 ◈

Федоръ Достоевскій

을유문화사

편역자 제윤

십여 년 전 모스크바국립대 어문학부에서 도스토옙스키의 『미성년』 연구로 박사 학위(Ph. D.)를 받았다. 현재는 전문 연구자가 아닌 평범한 직장인으로서 해외 근무 중이다. 몇 해 전 상트페테르부르크에서 근무하며 오랜만에 도스토옙스키를 다시 떠올리게 되었다. 그리고 그의 도시에서 무모해 보이는 그의 믿음에 다시 경의를 표했다. 이 책은 그 시간의 산물이다.

도스토옙스키
고백록

발행일
2017년 9월 30일 초판 1쇄

지은이 | 표도르 도스토옙스키
편역자 | 제윤
펴낸이 | 정무영
펴낸곳 | (주)을유문화사

창립일 | 1945년 12월 1일
주소 | 서울시 마포구 월드컵로16길 52-7
전화 | 02-733-8153
팩스 | 02-732-9154
홈페이지 | www.eulyoo.co.kr
ISBN 978-89-324-7361-1 03890

* 값은 뒤표지에 표시되어 있습니다.
* 편역자와의 협의하에 인지를 붙이지 않습니다.

1. 서문

우리는 불로초를 찾아 천하를 뒤지게 했다는 진시황으로부터 줄기세포 주사 처방과 노화 완화 시술을 받았다는 오늘날의 정권 실세들에 이르기까지 죽음 앞에 무력함을 드러내는 권력자들의 모습을 본다. 죽음 앞에서 모두가 무릎 꿇게 되는 것이라면 모든 사태와 현상에 대해 그 최후의 권력을 염두에 둔 접근은 매우 근본적이라 할 수 있지 않을까. 그런데 그 접근 방식이 육체적인 것의 부정을 통한 정신의 자유나 완전한 내면화로 흐르지 않고 정치적 차원을 포함한 총체성에의 지향이 되려면 어떻게 해야 할까?

언제 뒤집어질지 모르는 개혁 기반의 취약함 가운데 우리는 더 견고한 기반이 필요하다고 느낀다. 여전히 '두려움의 정신'이 대세를 이루며 '미라mirra'에 대한 광신적 추종이 존재하는 현실에서 정치적인 것은 종교적 색채를 띤다. 이 같은 사태에 개입하기 위해 불가해한 현실을 해석하고 변혁해 나갈 언어를 궁구할 때, 도스토옙스키는 그의 이념적 편향과 오류에도 불구하고, 그의 진실을 향한 분투로써 우리에게 영감과 단초를 제공한다. 여전히 서구 콤플렉스에 시달리는 우리로서는, 민족 국가의 문제나 통일의 문제가 아니라 자주적 인간형으로 아직 제대로 서지 못한 우리의 형편에서는, 서구와 자주에 대해 거의 평생을 고민했던 그의 작업이 상당한 이월 가치를 가지며, 인간 신성神性의 강조를 통해 민중 일상에 내재하는 변혁의 실마리를 포착한다는 것이 사무치게 소중하다. 진정한 변혁은 우리의 시야나 역량을 넘어서는 신기神氣로써 가능하며, 역사와 신비의 이분법을 넘어설 때 그 실현에 한 발짝 더 다가갈 수 있지 않을까 한다. 이러한 시도가 '사회적 신비'의 개념으로 설명되고 견인될 수는 없을까 생각해 본다.

작가 생활 초기부터 사회 비평에 관심이 많았던 도스토옙스키는 비평 연작 『페테르부르크 연대기』(1847)를 시작으로 1860년대 형 미하일과 잡지 『시대』와 『세기』 등을 공동 발행하기도 했다. 1873년부터 그는 자신이 편집장으로 있던 『시민』지에 '작가 일기'라는 제목으로 사회 비평을 연재하기 시작한다. 1876년부터는 1인 저널 『작가 일기』로 발행되는데, 부정기적으로 나오다가 1881년 1월 호를 마지막으로 중단된다. 1881년 1월 호 원고를 탈고한 작가가 폐기종으로 인한 출혈로 갑자기 사망했기 때문이다.

『지하로부터의 수기』(1864)는 작가의 창작 여정에서 분기점이 되는 작품으로, 5대 장편에 이르는 준비 과정이자 거기서 더 심화될 사상들의 단초가 드러나 있다. 미래의 장편들에서 중심이 될 주인공-이데올로그의 형상화가 처음 제대로 이루어진 작품이다. 여기 함께 실린 작가의 비평과 소설이 삼투하며 서로의 의미를 어느 정도 설명해 줄 수 있기를 기대한다.

도스토옙스키를 언급할 때 동원되는 '형이상학적 심연', '탁월한 심리학자', '실존주의의 선구자', '반동 작가' 등의 수식어 중 그 어떤 것도 작가를 온전히 설명하지 못한다. 이에 '사회적 신비'의 개념이 그를 설명하는 또 다른 접근 방법이 될 수 있기를 바란다. 여기에 실린 작가의 소설을 실패한 연애담으로 읽어도 좋고, 사회 비평을 한 우파 논객의, 균형 감각을 상실했으나 재기발랄한 칼럼 모음으로 읽어도 좋다. 다만, 이 이야기들이 역설적으로 가리키고 있는 지점이 어디인가를 독자는 곰곰이 살펴보기 바란다.

* 번역 대본으로 도스토옙스키 전집(모스크바, 1972~1990)에서 제5권, 제21권, 제22권, 제23권을 사용했음을 밝힌다.

차례

2.

작가 해설
—진실에 애타다

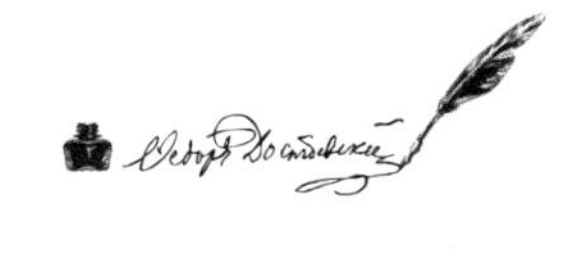

1. 비밀과 순간

1839년 8월 16일, 18세의 표도르 도스토옙스키는 형 미하일에게 보낸 편지에서 "인간은 비밀이야. 그것을 풀어야만 해. 평생을 풀어 간다 해도, 시간을 낭비했다고 말하지 마. 나는 이 비밀을 공부하고 있어. 나는 인간이 되고 싶기 때문이지"라고 적고 있다. 그는 실제로 이 비밀을 푸는 데 평생을 바쳤는데, 비밀은 어느 순간 그 내부를 열어 보여 주곤 했다.

1849년 12월 22일, 28세의 도스토옙스키는 사상범으로 사형대 앞에 섰고, 집행 직전 강제 노동형으로 감형된다(미리 계획되어 있던 수순이었지만, 사형대 앞에 선 그와 그의 동료들이 이를 알 수는 없지 않은가!). 사건 당일 저녁에 작가가 형 미하일에게 쓴 편지에는 죽음으로 들어가는 순간과 다시 생이 열리는 순간이 묘사되어 있다. "나는 여섯 번째에 서 있었어. 세 명씩 불렀지. 그러니까 나는 둘째 줄에 있었던 거야. 내겐 살날이 채 1분이 남지 않았던 것이고, 그때 형과 가족을 떠올렸어. 마지막 순간에는 머릿속에 형만 남았지. 나는 그때 비로소 내가 형을 얼마나 사랑하는지 알게 되었어. (……) 내 안에 사랑하고 고통받고 원하고 기억할 수 있는 심장과 살과 피가 남았어. 이건 어쨌든 삶이야!"

시베리아 유형 전부터 시작되어 유형 시절에 심해진 작가의 지병인 간질은 러시아 민간에서는 '성스러운 병'으로 불렸으며, 그에게 고통과 환희를 동시에 안겨 주었다. 작가의 두 번째 부인인 안나 그리고리예브나는 회고록에서 "나는 간질 환자들이 일반적으로 발작이 시작될 때 내지르는, 사람의 소리라 할 수 없는 울부짖음을 수십 번이나 들어야 했다"고 적고 있다. 환자 자신도 발작 직후 극심한 우울감에 빠졌다고 한다. 또 간질은 자신뿐만 아니라 자식에게까지 영향을 미쳤으니, 그의 말년에 세 살 난 아들 알렉세이가 간질 발작으로 죽은 사건은 작가를 짓눌렀고, 그 슬픔을 견디는 일은 그의 건강에 치명적 손상을 가했을 것이다.

그리고 간질 발작 직전에 그는 일종의 황홀경을, 신의 존재에 대한 지각을 생생하게 경험하기도 했는데, 장편 『백치』에서는 미시킨 공작의 체험을 빌어 다음과 같이 묘사하고 있다. "그의 간질 상태에는 (발작이 현실에서 벌어질 때) 발작 직전에 하나의 단계가 있었다. 갑자기 우울, 마음의 어둠과 압박 가운데 순간적으로 그의 뇌가 불꽃을 일으키고 비상한 충동으로 그의 모든 생의 힘이 단번에 팽팽해졌다. 생과 자기의식의 감각이 이 번개 같은 순간에는 거의 열 배가 되었다. 머리와 가슴은 비상한 빛에 둘러싸였고, 모든 흥분과 모든 의심과 모든 불안이 단번에 진정되었으며, 선명하고 조화로운 기쁨과 희망으로 가득한 지고의 평안으로 끝나곤 했다. 그런데 이 순간의 불꽃은 아직 발작이 시작되는 그 결정적인 1초(결코 1초 이상인 적이 없다)의 예감일 뿐이었다. 정상적인 상태에 있을 때 그는 자주 이렇게 혼자 중얼거렸다. 이 모든 지고의 자기 감각과 자기의식의 번개와 불꽃은, 따라서 '지고의 존재'에 속한 것처럼 보이는 이것들은 다름 아닌, 정상적 상태의 파괴로서의 질병이 아닌가. 만약 그렇다면 이것은 지고의 존재가 전혀 아니라 오히려 가장 낮은 부류에 속해야만 할 것이다. 그런데 그는 어쨌거나, 엄청난 역설적 결론에 도달했다. '이것이 질병이라 한들, 이것이 비정상적인 긴장이라 한들 무슨 상관인가. 만일 결과 자체가, 만일 정상적 상태에서 되짚어 보고 관찰해 보는 감각의 순간이 높은 단계에서의 조화와 아름다움으로 판명된다면, 그때까지 들어 보지 못하고 예상하지 못한 충만, 운율, 화해와 생의 최상의 종합과 환희에 찬 기도의 결합을 준다면.'

유형에서 십 년 만에 돌아온 페테르부르크의 문단 환경은 변해 있었다. 신성 곤차로프, 오스트롭스키 등이 있었고, 젊은이들의 우상 체르니솁스키, 도브롤류보프가 활약하고 있었다. 『죽음의 집의 기록』(1861)을 발표하면서 유형의 실상을 통해 지옥을 형상화했다는 평가를 받으며 '러시아의 단테'라는 별칭까지 얻지만, 전업 작가로서의 생활은 힘겹기만 했다(그는 죽기 직전에야 모든 빚을 청산했다). 1862년 첫 유럽 여행 때 작가는 처음으로 도박을 경험하고 이후 유럽에 나갈 때마다 도박에 열중한다. 그는 경장편 『도박꾼』에서 "룰렛 앞에서 단 두 시간 만에 힘들이지 않고 갑자기 부자가 되는 것 말입니다. 이건 엄청난 유혹이지요"라고 썼는데, 그러한 도박에의 탐닉에는 재정적 곤경에 빠진 몽상가의 일확천금에 대한 환상과, 도박의 순간이 그에게 주곤 했던 신경 줄이 최고치로 팽팽해지는, 미치기 직전까지 가는 긴장감의 유혹 등이 작용했을 것이다. 그러나 그는 1871년 아내가 쥐여 준 돈을 들고(그들의 수중에 있던 전 재산의 절반이었다) 비스바덴에서 룰렛 게임을 한 이후 그러한 '환상'에서 홀연히 벗어났다.

1881년 1월 26일, 피를 토하기 시작한 작가는 잠시 진정되었다가 다시 피를 쏟기를 반복했으나, 의사는 "일주일 뒤면 자리를 털고 일어날 수 있을 것이다"라는 말을 남기고 갔다. 도스토옙스키는 1월 28일 아침, 잠에서 깬 아내에게 나직이 말했다. "벌써 세 시간째 깨어 있었어. 계속 생각했지. 그러다 지금에야 분명히 알게 됐어. 나는 오늘 죽게 될 거야. (……) 촛불을 밝히고 내게 복음서를 가져다줘!" 복음서는 시베리아 유형 때 12월 당원(데카브리스트)의 아내들에게 받은 것이었다. 그에게는 무엇에 대해 깊이 생각에 잠기거나 의심이 들 때면 이 복음서를 아무 데나 펴서 왼쪽 장의 첫 부분을 죽 읽곤 하는 습관이 있었다. 그는 이 순간에도 책을 펼쳐 아내에게 읽어 달라고 했다. 「마태오의 복음서」 3장이 펼쳐졌고, 거기에는 "요한이 그를 막으면서 말했다. '제가 당신께 세례를 받아야 하는데, 당신께서 제게 오셨습니까?' 그러나 예수께서 그에게 대답하셨다. '막지 마십시오, 이렇게 해서 위대한 진실을 이루는 것이 합당합니다.'" 그는 '막지 말라'는 구절로 자신의 죽음을 확인했다. 그날 저녁 8시 30분, 표도르 미하일로비치 도스토옙스키는 영원 속으로 떠났다.

2. 평등과 자유

사회적 공평에 대한 탐구는 작가의 생애 끝까지 이어진 핵심 작업이었다. 언뜻 보기에 사회주의에 대한 그의 신념에 큰 변화가 있는 것 같고, 이는 널리 퍼진 견해이기도 하다. 그가 유형 전에 공평한 경제 체제의 탐구에 관심을 가졌던 것은 사실이지만, 당시에도 이미 어떤 사회주의 시스템에도 만족하지 못했던 것 또한 사실이다. 페트라솁스키 서클의 일원일 때도 도스토옙스키는 코뮌이나 푸리에의 팔랑주phalange가 지나치게 병영兵營을 생각나게 한다고 이해했다. 그런데 인격의 정신적·영적 자유를 옹호하는 사회주의에 대해서는 자신의 생애 끝까지 공감을 드러냈다. 본서에 실린 『작가 일기』의 부분들과 비슷한 시기(1876)에 집필된 프랑스 작가 조르주 상드에 대한 추모 글은 이를 잘 보여 주는 예이다.

"조르주 상드는 아마도 그리스도에 대한 가장 온전한 신앙 고백자 중 한 명이었을 것이다, 그녀 자신은 이 사실을 모른 채 말이다. 그녀는 자신의 사회주의, 자신의 신념, 희망과 이상을 개미들의 필요 위에서가 아니라 인간의 윤리적 감정 위에, 인류의 정신적·영적 갈망 위에, 완전과 순전을 향한 인류의 지향 위에 세워 갔다. 그녀는 인격을 (그 불멸성까지도) 확실히 믿었고, 평생 동안 이에 대한 이해를 높이고 진전시켰으며, 이는 자신의 매 작품마다 그리스도교의 가장 기본적인 사상 중 하나인 인격과 인간 자유의 인정과 생각, 감정에서 일치했다. (……) 아마도 그녀의 시대에 프랑스에서 '사람이 빵으로만 살 것이 아니다'라는 사실을 이 정도로 이해한 사상가와 작가는 없었을 것이다. 그녀의 요구와 항의의 자만심에 이르면 어떤가. 다시 반복하건대, 이 자만심은 자비, 모욕의 용서, 모욕한 자를 향한 동정에 기초한 한없는 인내까지도 결코 제외하지 않았다. 오히려 조르주 상드는 자신의 작품들에서 이 진리의 아름다움에 한두 번 매혹된 것이 아니며, 가장 진실한 용서와 사랑의 전형들을 한두 번 형상화한 것이 아니다."

도스토옙스키의 정치적 견해에 변화가 생겼던 것은 사실이다. 그는 알렉산드르 2세의 개혁 시기에 혁명 운동이 강화되고 있는 것을 근심했고, 자신의 아파트 입구에 붙은 격문 「젊은 러시아」를 발견했을 때는 당대 혁명주의 진영의 지도적 사상가였던 체르니셰프스키에게 달려가 혁명가들을 저지시켜 달라고 호소하기도 했다. 1868년 시인 마이코프에게 보낸 편지에, "나는 국외에서 러시아를 위해 결정적으로 완전히 왕정주의자가 되었습니다"라고 쓰면서, 서구주의자들이 러시아의 국가적 성격의 기반을 이해하지 못하고 있다고 주장했다.

부르주아적 또는 계급적 헌법에 기반한 정치적 자유에 대해 도스토옙스키는, 그것이 인민의 자유를 구속하지 않을까 하는 염려로 부정적이었다. 정치적 자유의 제한된 형식에 대한 불신에 있어 그는 혁명적 인민주의의 많은 대표자들과 공감했다. 시민 자유의 여러 형태에 관해서라면 작가는 평생 동안 그것의 옹호자였다. 유형 전이나 유형 후나 그는 출판과 사상의 자유를 지지했다. 1873년 『시민』지 발행인인 메셰르스키 공작이 대학생들에게서 발견된 격문들을 언급하며 학생 기숙사에 대한 사찰을 실행할 것을 정부에 권하는 글을 쓰자, 도스토옙스키는 당시 『시민』지 편집인으로서 사찰에 대한 문장들을 삭제해 버렸다. 메셰르스키 공작에게 보내는 편지에서 이를 설명하면서 작가는 "제게는 문학인으로서의 명예가 있고, 저는 그것을 망치고 싶지 않습니다. 그게 아니라도 당신의 생각은 제 신념에 심각하게 반하며, 제 가슴을 불안하게 합니다"라고 적고 있다.

도스토옙스키는 당시의 정부가 출판과 신념의 자유를 줄 것이라고 믿었지만, 정작 정부 고위층은 작가가 주장하는 출판의 무한한 자유를 전혀 이해하지 못하고 있었다. 그는 장편 『악령』을 출간한 후, 1874년 무렵에 해방 운동에 대한 편협한 시각에서 벗어나 그 긍정적 측면을 깨닫기 시작한다. 거기에는 1873년 메셰르스키 공작의 『시민』에서 겪은 반동 그룹의 저열한 측면이 작가의 눈을 열어 준 영향도 있었다. 1874년 4월, 교류의 오랜 단절을 끝내고 『조국 수기』의 네크라소프는 도스토옙스키를 방문하며, 그 결과로 작가의 새 장편 『미성년』이 『조국 수기』에 실린다. 그러나 유형 이후 문단 활동에서 상당한 기간을 함께해 온 마이코프와 스트라호프는 불만을 드러냈으며, 좌파 잡지에서는 도스토옙스키를 칭찬하고 우파는 그를 욕했다.

그는 1879년 최후의 장편 『카라마조프가의 형제들』을 보수 성향 잡지인 카트코프의 『러시아 통보』에 실음으로써 다시 논란의 대상이 된다. 그 무렵 도스토옙스키는 진보적 잡지들에서 더 공감을 얻고 있었고, 실제로 『조국 수기』의 살티코프 셰드린과 『주간』의 가이데부로프가 그에게 원고를 청탁했다. 그러나 작가는 자유주의적 성향의 보수 잡지에 싣기를 원했고, 그에 더해 카트코프처럼 원고료를 많이 주는 편집자에게 작품을 넘기기를 바랐다. 도스토옙스키는 『작가 일기』 1876년 1월 호에서 "우리의 자유주의자들은 자유로워지는 대신에 자유주의라는 밧줄로 자신을 묶어 버렸다. (……) 나는 내가 진정하기를 전혀 바라지 않는다는 이유 하나만으로도 자신이 누구보다 자유주의적이라고 생각한다"고 쓰고 있다. 그를 어느 일정한 그룹이나 흐름에 편입시키는 것은 불가능해 보이지만, 그에게서 '반동'의 낙인은 떼어 주어야 하지 않을까.

작가를 가까이서 오랜 기간 지켜본 비평가 스트라호프는 도스토옙스키의 시각에는 "정리된 것이 전혀 없"으며, "무진장한 두뇌의 민활함"과 "모든 것에 공감하는 광활한 능력", "조화되지 않는 것들을 화해시키는 재주", "한번 사랑했던 것에 충심을 지키는 것"이 특징이었다고 회고록에서 적고 있다. 그의 '그리스도교적' 사회주의는 제대로 규정되지 않은 형태로, 무엇을 피해야 하는지만 언급하고 있으며, 그의 유토피아는 지상에 자리 잡지 못하고 역사와 영원 사이를 떠돌고 있는 듯하다.

3. 고백록

장편 『죄와 벌』의 제1 성고成稿는 다음과 같이 시작된다. "나는 재판을 앞두고 모든 것을 얘기하겠다. 나는 모든 것을 쓰겠다. 나 자신을 위해 쓰지만, 다른 사람들이 읽어도 상관없고, 원한다면 나의 재판관들이 읽어도 좋다. 이것은 고백록이다. 어떤 것도 숨기지 않겠다." 작가 메모에는 『죄와 벌』의 제목을 '고백록'으로 하려 했던 흔적이 남아 있다. 장편 『미성년』 또한 제목을 찾는 과정에서 다음과 같은 메모가 발견된다. "자신을 위해 쓴, 위대한 죄인의 고백록." 이런 식으로 작가의 많은 작품들이 고백록적 형식으로 구상되었으나, 결국 '고백록'이라는 제목을 쓰지는 못했다. 이는 작품을 고백록으로 규정할 때 올 수 있는 작품에 대한 지나친 제한 때문으로 보인다. 『죄와 벌』 습작 노트에는 다음과 같은 구절이 있다.

"만약 고백록이라면 최후의 극단까지 가는 너무 지나친 것이다. 그렇게 되면 모든 것을 밝혀야 한다, 이야기의 매 순간들이 분명하도록."

도스토옙스키 작품의 고백록적 성격에 대해서는 여러 연구자들에 의해 논의된 바 있다. 미하일 바흐친은 "도스토옙스키의 모든 작품은 하나의 단일한 고백록으로 확인된다. 실제에 있어서는 (하나의 고백이 아니라) 고백들은 여기서 총체의 형식이 아니라 형상화의 대상이다. 고백은 (자신의 미완결성에서) 안과 밖으로부터 제시된다"고 한 바 있다. 도스토옙스키의 작품에서 고백록적 형식의 장르적 특성이 보다 온전하게 실현되는 곳은 인물들의 서로에 대한 고백에서이다.

『지하로부터의 수기』 또한 구상 단계에서 '고백록'으로 불렸는데, '수기'의 주인공에게 전 인생이 걸린 의미를 띠는 '고백'이라는 말은 자기 폭로가 되고 이로써 그의 폐쇄성을 뒤흔든다. 주인공의 모든 삶은 진실을 찾는 데 무게 중심이 있고, 여기서 그 삶의 에너지가 폭발하며 작렬하는 것이다. 그러나 고백이란 타자의 참여로써만 가능한데(그것이 다른 인간이든 절대 타자인 신이든 간에), 주인공은 타자를 받아들일 준비가 되어 있지 않다. 대신 그는 상상의 대상(그것은 결국 자신의 일부이다)을 만들어 고백놀이를 함으로써 수기가 고백록이 되지 못하게 한다.

『지하로부터의 수기』 집필은 폐결핵으로 죽어 가고 있는 그의 첫째 부인 마리야 드미트리예브나와 작가 자신의 병적인 상태로 인해 지연되고 있었다. 또한 창작 자체가 잘 안 풀리는 어려움에 대해서도 그는 1864년에 형 미하일에게 보내는 편지들에서 여러 차례 호소하고 있다. 이외에도 그의 집필을 방해하는 것이 있었으니, 바로 정부의 검열이었다. 그는 1864년 3월 26일 자 편지에서 형에게 푸념하고 있다. "지금 있는 그대로 싣기보다는, 즉 서로가 모순되게 닥치는 대로 뽑아 버린 구절들을 싣기보다는, 가장 중요한, 중심 생각이 언급되고 있는, 끝에서 두 번째 장을 아예 싣지 않는 것이 나았을 듯싶어. 하지만 어쩌겠어? 개 같은 검열 같으니라고, 내가 모든 것을 조롱하며 가끔 보란 듯이 신을 모독한 부분은 통과시키고, 내가 이 모든 것으로부터 믿음과 그리스도의 필요성을 제시한 부분은 잘라 버리다니……."

그런데 '지하'를 발견하는 데에는 그 무렵 작가의 실제

체험이 결정적 역할을 했을 것이다. 그는 부인 마리야 드미트리예브나가 중병을 앓고 있을 때 연인 수슬로바와 유럽을 여행하며 그녀로부터 일련의 모욕을 경험했고, 부인에게 돌아와 죽어 가는 그녀 곁에서 자신의 '지하'를 기록했다. 현실보다 자신이 만든 환상의 세계에서 더 많이 살았던 도스토옙스키는 자신의 체험을 열 배는 부풀리고, 가학적이고 피학적인 고통의 요소들을 더했다. 그는 이 모든 것으로 자신의 '지하인'을 형상화했고, 마치 이 창작 행위를 통해 자신의 마음을 씻은 듯하다. 『지하로부터의 수기』는 작가가 결정적으로 비관주의에 떨어졌음을 보여 준다기보다 진정한 정화를 위해 인간 마음의 완전한 변혁이 필요함을 깨닫게 되었음을 증거한다고 해석하는 것이 더 정당할 듯하다.

'서문을 위해'라는 제목의 1875년 작가 메모에는 당시 발표된 장편 『미성년』을 언급한 비평가들에 답하면서 '지하 존재'에 대한 자신의 발견에 작가가 어떤 의미를 부여하고 있는지 적고 있다.

"나는 러시아인 다수의 진짜 인간형을 최초로 제시했다는 데, 최초로 그 기형적이고 비극적인 면을 드러냈다는 데 자부심을 갖는다. 비극성은 그 기형성과 비극성을 의식하는 데 있다. (……) 더 나은 것을 의식하지만 거기에 도달하는 것이 불가능하다는, 더 중요하기로는, 이 불행한 이들이 모두 다 그렇기 때문에 교정될 가치도 없다고 확신하는, 고통과 자기 형벌에 존재하는 지하의 비극성을 오직 나 혼자만 제시했다! (……) 지하의 원인은 공동의 법칙에 대한 믿음의 소멸에 있다. '성스러운 것이 아무것도 없다.'"

'공동의 법칙에 대한 믿음의 소멸'이란 보편적 기준의 폐기 상태를 의미하는 것일까? '성스러움'의 상실이란 가치의 무정부 상태를 말하는 것일까? 이때 고백은 어떤 의미를 가지는가? 바흐친이 말하는 '총체의 고백'이 저 무정부 상태와 보편의 회복을 가져올 출구가 되는 것 아닐까?

도스토옙스키에 대한 온갖 소문이 있었고 그것은 확인되지 않은 채 남아 있다. 그는 호색한이었을까, 금욕주의자였을까? 그는 괴팍하고 이기적인 남자였을까, 아니면 자비롭고 늘 무방비 상태에 있던 남자였을까? 진실은 어디에 있을까? 그런데 이런 소문들은 진실을 가리는 데 가장 중요한 문제가 아니다. 바리새파적 수준에서는 중요하겠지만, 진실의 수준에서는 결정적인 문제가 되지 못한다. 진실은 도덕적 규범을 소홀히 하는 것이 아니라 그것을 대하는 태도를 더 중시한다. 자신의 약점을 인정하거나 그것 때문에 괴로워하는 심정을, 고백 뒤에 자살을 하는, 그래서 스스로를 진실의 제물로 삼는 인물들(작가의 작품 속 인물들과 우리의 현실 속 인물들을 포함하여)을 바리새인은 결코 이해하지 못한다. 여기에 바로 고백의 공간을 가진 자와 그렇지 못한 자의 차이가 있다. 고백을 아는 자가 진실의 편에 있는 것이고, 고백을 모르는 자는 그 반대편에 있다. 고백은 폭로성을 가지되 미완결성을 겸손히 수용함으로써 신비로 열린 진실을 낳는다. 이러한 진실의 추구로부터 보편과 가치는 자라며, 그 길 위에 구원이, 성스러움의 회복이 있지 않을까. 그것이 도스토옙스키가 좌충우돌하며 애타게 진실을 찾았던 이유이기도 할 것이다.

3.

사회 비평
「작가 일기」

공상과 몽상

◈

우리는 『시민』 지난 호에서 다시 지나친 음주에 대해, 아니 그보다는 전 민족적 과음이라는 역병의 치유 가능성에 대해, 우리의 희망에 대해, 가까운 미래에 좀 더 나아지리라는 우리의 믿음에 대해 말한 바 있다. 그러나 이미 오래전에 본능적으로 슬픔과 의심이 가슴을 파고든다. 물론 당면한 주요 사안들을 뒤로하고(우리 나라에서는 모든 이들이 실제적인 사람들로 보인다) 10년 뒤나 금세기말, 즉 우리가 이미 사라진 뒤의 일에 대해 생각할 시간도 없고, 그러는 것이 어리석을 수 있다. 우리 시대의 진정한 실제적 인간의 좌우명은 "내가 죽고 나서 대홍수가 난들"이다. 그러나 한가하고 실제적이지 못하고 일거리 없는 사람들이 앞으로 먼 일에 대해 가끔 공상하는 것은, 그저 공상만 하는 것이라면 용서될 수 있을 것이다. 포프리신(고골의 「광인 일기」)도 스페인의 사안에 대해 공상하지 않았던가. "이 모든 사건들이 나를 소진시키고 온통 흔들어 놓았기 때문에 나는……" 등등이라고 그는 40년 전에 썼다. 인정하건대, 나는 이따금 많은 것에서 강렬한 인상을 받고, 또한 나의 공상 때문에 우울해지기까지 한다. 나는, 예를 들어 유럽의 위대한 국가로서 러시아의 처지에 대해 요 며칠간 공상해 왔는데, 내 머릿속에서는 이 슬픈 주제에 대한 온갖 것들이 떠올랐다.

어쨌든 간에 하루빨리 유럽의 위대한 국가가 되어야 한다는 것에 대해 살펴보자. 우리가 위대한 국가라고 가정해 보자. 그런데 우리에게는 이것이 지나치게 소중하다는, 다른 위대한 국가들보다 훨씬 더 소중하다는 점, 이것은 아주 나쁜 징후라는 점을 나는 말하고 싶다. 그 때문에 그것이 자연스럽지 못한 결과에 이른 듯하다는 것이다. 급히 단서를 달겠다. 나는 유일하게 서구주의의 관점으로만 판단하건대 이 관점에서는 실제로 그와 같은 결과에 이르게 된다는 것이다. 민족주의적인 관점은 딴판인데, 이를테면 약간 슬라브주의적인 것을 말한다. 거기에는 잘 알려진 대로 인민의 어떤 내적인 고유의 힘에 대한, 인민의 직접적이고 독창적이며, 우리 인민 본래의, 인민을 구원하고 지탱하는 어떤 시원始原에 대한 믿음이 있다. 그러나 피핀 씨의 평론을 읽고 미몽에서 깨어났다. 물론 나는 러시아 인민 본래의 소중하고 굳건하고 자주적인 시원이 실제로 존재하기를 바라고, 이전처럼 계속해서 온 힘을 다해 바랄 것이다. 그러나 동의하시겠지만, 숨어 버려서, 숨은 뒤에 찾을 수가 없어서 피핀 씨도 스스로 보지 못하고 듣지 못하며 주목하지 못하는 그러한 시원이 대체 뭐란 말인가? 그래서 어쩔 수 없이, 마음을 위로하는 이 시원 없이 해결하는 일이 남게 되는 것이다. 이렇게 해서 이웃들이 그것을 너무 빨리 눈치채지 못하도록 온 힘을 다해 노력하면서 당분간은 우리 위대한 국가의 고도高度에 붙어 가게 되는 것이다. 이때는 러시아와 관련된 모든 것에 대한 전 유럽적 무식이 우리에게 큰 도움이 될 것이다. 적어도 아직까지는 이러한 무식이 회의의 대상이 되고 있지 않으므로, 우리가 상심할 필요는 전혀 없는 상황인 것이다. 오히려 이웃들이 우리를 더 가까이서 더 친하게 살펴볼 경우 우리로서는 전혀 이득 될 것이 없을 것이다. 그들이 지금까지 우리에 대해 아무것도 이해하지 못했다는 데 우리의 위대한 힘이 있었다. 그런데 어찌 된 일인지 이제는, 아아, 그들이 우리를 이전보다 더 잘 이해하기 시작한 듯싶은데, 이것은 매우 위험하다.

거대한 이웃이 지치지 않고 우리를 연구하고 있으며, 이미 많은 것을 꿰뚫어 보고 있는 듯하다. 세세한 구석까지 파고들 것 없이 대번에 알 수 있는, 가장 시선을 끄는 것들만 들어 보자. 먼저 우리의 면적과 우리의 국경을 보자(거기에는 이주한 타 인종과 이방인들이 해가 갈수록 점점 더 타 인종적인 고유한, 특히 이방적인 이웃의 요소들을 포함한 개성에서 강고해져 가고 있다). 보고 깨달으시라, 얼마나 많은 곳에서 전략적으로 상처 나기 쉬운가? 이 모든 것을 방어하기 위해서는 (비록 무관武官은 아니지만, 나의 견해로는) 우리 이웃들보다 훨씬 더 많은 군대를 가질 필요가 있다. 현재 무기보다는 오히려 머리로 싸운다는 것을 살펴본다면, 이러한 최근의 상황은 우리를 위해서는 특별히 유리하기까지 하다는 점에 동의하실 것이다.

이제는 거의 10년마다, 아니 더 자주 무기가 교체되고 있다. 15년 후에는 총이 아니라 어떤 벼락으로, 어떤 기계에서 발사되는 전기의 흐름으로 다 불살라 버릴지도 모른다. 우리 이웃들에게 뜻밖의 선물 형태로 비축해 두기 위해 우리가 이런 종류의 발명을 할 수 있을지 얘기해 줄 수 있는가? 아아, 우리는 흉내만 내고 남에게 무기를 사기만 할 수 있을 것이고, 그것을 우리가 직접 고칠 수 있을 것이다. 이러한 기계들을 발명하기 위해서는 사 온 것이 아닌, 자주적인 과학이 필요하다. 베낀 것이 아닌, 정착되고 속박되지 않은 자신만의 과학 말이다. 그러나 우리에게는 아직 이런 과학이 없다. 사 온 것조차도 없다. 다시 우리의 철도를 살펴보면, 우리의 면적과 우리의 가난을 깨닫게 될 것이다. 다른 위대한 국가들의 자본과 우리의 자본을 비교해 보면 감이 확 올 것이다. 위대한 국가에 필수적인 도로망을 우리가 세우려면 얼마나 걸릴까? 저들은 오래전에 도로망을 건설했고 단계적으로 정비했지만, 우리는 뒤따라가야 하고 서둘러야 한다는 것을 깨닫게 될 것이다. 거기는 도로 길이가 짧지만, 우리는 태평양처럼 끝이 없다. 우리는 우리의 도로망을 시작하는 데만 얼마의 시간이 걸렸는지를 이미 그리고 지금도 아프게 실감한다. 그것은 힘겹게 자본을 한쪽으로 돌리고, 우리의 빈약한 농업과 다른 갖가지 산업의 손실로 기념되었다. 여기에는 돈의 총액보다 민족적 노력의 정도가 문제이다. 어쨌든 우리의 결핍과 우리의 궁핍을 항목별로 세어 보자면 끝이 없을 것이다. 마침내 계몽, 즉 과학을 예로 들면 우리가 얼마나 남들을 쫓아가야 할지 보게 될 것이다. 내 빈약한 판단으로, 우리가 위대한 국가들 중 어떤 국가라도 쫓아가기를 원한다면 우리는 적어도 매년 군대에 쏟아붓는 정도를 계몽에 지출해야 한다. 이미 너무 많은 시간을 잃어버렸고 그럴 만한 돈이 우리에게는 없으며, 결국 이 모든 것이 자극일 뿐이고 정상적인 일이 아니라는 것을 받아들인다면, 그것은 이른바 충격이지 계몽이 아닌 것이다.

이 모든 것은, 물론 나의 공상이다. 그러나…… 반복하지만, 가끔 본능적으로 공상하게 되고, 그래서 이런 의미에서 공상을 계속한다. 눈치챘겠지만, 나는 모든 것을 돈으로 가치 평가하고 있다. 하지만 정말 이것이 바른 계산일까? 돈으로 모든 것을 살 수는 없다. 오스트롭스키 씨의 희극에 나오는 무식한 상인만 이렇게 판단할 수 있다. 예를 들어 당신은 돈으로 학교를 여러 개 지을 수 있지만, 선생들을 그만큼 만들어 낼 수는 없을 것이다. 선생은 섬세한 인물로서 인민의, 민족의 선생은 오랜 세월에 걸쳐 만들어지고, 전승과 무수한 경험에 의해 지탱된다. 돈으로 선생들뿐 아니라 학자들도 만들어 내지 못한다면 어떤가? 아무튼 사람들을 만들어 내지는 못한다는 것이다. 또 학자가 사태의 의미를 파악하지 못한다면 어쩌겠는가? 예를 들어 교육학을 배우고 학과에서 교육학을 뛰어나게 가르친다 해도, 그 스스로 교육자가 되지는 못한다. 사람들, 사람들, 이들이 가장 중요하다. 심지어 사람들이 돈보다 더 값지기까지 하다. 사람들은 사고파는 것이 아니기 때문에 그들은 어떤 시장에서도 돈으로 살 수 없고, 역시 세월에 걸쳐 만들어지는 것이다. 이미 오래전에 세월이 아무 가치가 없어진 우리의 경우에도 25년이나 30년의 시간이 필요하다. 독립적인 사상과 학문의 인간, 독립적으로 실제적인 인간은 민족의 오랜 독립적 삶, 민족의 오랜 세월에 걸친 고통스러운 노동에 의해서만 형성된다. 한마디로 나라 전체의 모든 역사적 삶을 통해 형성되는 것이다. 그러나 우리의 역사적 삶은 최근 2백 년간 별로 독립적이지 못했다. 민족적 삶의 필수적이고 부단한 역사적 순간들을 부자연스럽게 앞당기려 하는 것은 불가능하다. 우리는 자신에게서 그 예를 보았고, 그것은 지금까지 계속되고 있다. 2세기 전 우리는 서둘렀고 모든 것을 따라잡고 싶었으나, 그 대신 멈춰 버리고 말았다. 우리 서구주의자들의 환호에도 불구하고 우리는 의심할 바 없이 멈춰 버렸다. 우리 서구주의자들은 오늘날 우리에게는 학문도 없고 상식도 없고 인내도 없고 능력도 없다며 우리의 험담을 흉에 겨워 외치면서 나팔을 불어 대는 집단이다. 우리에게는 오직 유럽을 따라 기어가는 길만 주어졌고, 모든 것에 있어 유럽의 후원하에 노예처럼 유럽을 모방하며, 우리의 고유한 자주성에 대해 생각하는 것조차 죄스럽다는 것이다. 내일 당신이 우리 가운데 지난 2세기 전에 벌어진 대변혁의 무조건적 효능에 대해 의심하는 말을 넌지시 건네기라도 한다면, 그들은 즉시 사이좋게 한목소리로 외칠 것이다, 민족적 자주성에 대한 당신들의 모든 공상은 오로지 한 가지 크바스[1], 크바스 그리고 크바스뿐이고, 우리는 2세기 전 야만인 무리에서 최고로 계몽되고 다행스러운 유럽인이 되었으며, 우리의 생애 마지막까지 이를 감사한 마음으로 회고해야만 한다고.

서구주의자들은 일단 제쳐 두고 이렇게 가정해 보자. 돈으로 모든 것이 가능하다. 시간도 살 수 있고, 삶의 고유함조차 쌍으로 복제할 수 있다. 그러나 질문이 떠오른다. 어디서 이런 돈을 구할 수 있는가? 현재 우리 재정의 절반을 보드카 사는 데 지불하고 있지 않은가, 즉 현재의 민족적 과음과 민족적 방탕은, 따라서 민족 전체의 미래이다. 우리는, 말하자면 위대한 유럽 국가로서 우리의 당당한 재정을 위해 우리의 미래를 지불하고 있다. 우리는 하루속히 열매를 얻기 위해 나무의 뿌리에서부터 밑동을 자르고 있다. 누가 이것을 원했던가? 그것은 부득이하

1 러시아 전통 발효 음료. '크바스 애국주의'라는 표현이 있는데, 옛 삶의 형식과 풍습에 대한 숭배를 조국에 대한 사랑으로 잘못 이해하는 행태를 일컫는다.

게 저절로 사건의 엄격한 역사적 진행에 의해 발생했다. 위대한 군주의 말씀에 의해 해방된, 새 삶에 대한 경험이 없고, 아직 자주적으로 살아 본 적이 없는 우리 인민은 새로운 길에서 자신의 첫발을 내딛기 시작한다. 그 전일성全一性과 그 성격 면에서 거대하고 비상한, 거의 갑작스러운, 역사상 미증유의 격변이다. 해방된 기사騎士가 새로운 길에서 내딛는 처음이자 이제 자신만의 걸음에는 크나큰 위험과 엄청난 조심성이 요구되었다. 그렇다면 그동안 이러한 첫 걸음에서 우리 인민은 무엇을 만나게 되었는가? 사회 상류층의 위태로움과 오랜 세월에 걸쳐 뿌리내린 우리 지식인들의 인민으로부터의 괴리(바로 이것이 가장 중요한 것이다), 게다가 싼 물건과 유대인 놈이다. 인민은 처음에는 기뻐서 그다음엔 습관적으로 방탕하게 퍼마셨다. 싼 물건보다 더 나은 것이 무엇이라도 그에게 보였던가? 조금 기분 전환을 하고 무언가를 배웠던가? 이제 어떤 지방에는, 심지어 많은 지방에는 주막들이 수백 명의 주민이 아닌 단지 수십 명을 위해 있을 뿐 아니라, 십 수 명을 위해서도 있다. 50명의 주민이 있는 곳에, 심지어 50명보다 더 적은 곳에 주막이 있는 지방들이 많다. 『시민』지에서 이미 한 번 특집 기사를 통해 현재 우리 주막의 자세한 재정에 대해 보도한 바 있다. 주막들이 오로지 술 하나만으로 존재할 수 있다고 추정할 가능성은 없다. 그렇다면 주막들은 무엇으로 매출이 보장되는가? 인민의 방탕, 사기, 은닉, 고리대금업, 강도질, 가정 파괴

그리고 인민의 수치 — 바로 이것으로 저들의 재정은 보장된다!

어미들도 마시고, 애들도 마시고, 교회는 텅 비고, 아비들은 강도 짓을 한다. 이반 수사닌Ivan Susanin의 청동 팔을 베어다 주막으로 가져갔는데, 주막에서 그것을 받아들였다! 의학 한 분야에만 물어보라, 이런 술주정뱅이들에게서 어떤 세대가 태어날 수 있겠는가? 이것이 불행을 열 배나 과장하는 비관주의자의 공상에 지나지 않는다고 해도 좋다. (제발!) 그래도 좋다! 우리는 믿는다, 아니 믿고 싶다. 그러나…… 만약 향후 10년 혹은 15년간 (여하튼 의심할 여지가 없지만) 인민의 음주에 대한 경사가 줄어들지 않고 계속 유지된다면 더욱더 산산조각이 날 테고, 그렇다면 모든 공상은 정당화될 수 있는 것 아닌가? 여기 우리에게는 위대한 국가의 재정이 필수적이어서 돈이 매우 매우 필요하다. 현재의 질서가 계속된다면 15년 후에는 누가 그 돈을 지불할 것인가 하고 묻게 된다. 노동, 산업? 왜냐하면 정당한 재정은 노동과 산업에 의해서만 충당되기 때문이다. 그러나 이런 주막들 아래서 무슨 노동이 이루어질 수 있겠는가? 나라의 진정한, 정당한 자본은 다름 아닌 그 나라의 보편적인 노동 자산에 기반해서 발생한다. 그것이 아니라면 부농富農과 유대인 놈들의 자본으로써만 형성될 수 있다. 이러한 사태가 계속되고, 인민 스스로 정신 차리지 않는다면 이렇게 될 터인데, 지식인들은 이들을 돕지 않을 것이다. 만약 정신 차리지 않는다면, 가장 단시간에 모두가 통째로 온갖 종류의 유대인 놈들 손아귀에 놓이게 될 터인데, 그때는 이미 어떤 공동체도 인민을 구하지 못할 것이다. 공동체 전체가 저당 잡히고 노예가 된 거지 무리만 존재하고, 유대인 놈들과 부농들이 대신 비용을 지불할 것이다. 저급하고 비열하고 방탕한 부르주아와 그들에게 저당 잡힌 수많은 거지 노예들 — 바로 이 광경이다! 유대인 놈들이 인민의 피를 마실 것이고 인민의 방탕과 비하를 섭취할 터인데, 그놈들이 이 비용을 지불할 것이기 때문이고, 따라서 그들을 지지해야만 할 것이다. 부정한 공상, 끔찍한 공상인데, 이것이 단지 꿈일 뿐이라는 것이 다행이다! 9등 문관 포프리신의 꿈, 나는 이에 동의한다. 하지만 그에게 실현되지는 않으리라! 인민은 이미 여러 번 자신을 구할 수 있었으니! 인민은 자기 안에서 항상 발견하곤 했던 수호하는 능력을 찾아낼 것이다. 그들은, 우리 지식인들이 자기 안에서 결코 발견하지 못하는 바로 그것, 수호하고 구출하는 능력을 자기 안에서 찾아낼 것이다. 인민은 스스로 주막 대신 노동과 질서를 원하게 될 것이며, 주막이 아닌 명예를 원하게 되리라!

그리고 다행스럽게도 이 모든 것이 확실해지고 있는 듯하다. 적어도 징후들이 보인다. 우리는 이미 금주 협회들을 언급한 바 있다. 물론 그들은 이제 막 시작되었고, 시도는 미약하고 눈에 잘 띄지 않지만, 그러나 어떤 것이든 특별한 동기 때문에 그들이 방향 바꾸는 것을 방해하지만 않기를! 오히려 그들을 지지해 준다면! 우리의 모든 진보적 두뇌들, 우리의 문인들, 우리의 사회주의자들, 우리의 성직자 계층이 모두, 매달 인쇄 매체를 통해 자신의 인민에 대한 의무의 부담으로 기진맥진해 있는 모두가 자신들 편에서 인민을 지지해 준다면 어떻게 될까? 다수 배출되고 있는 우리의 중등학교 교사들이 인민을 지지해 준다면 어떻게 될까? 나는 내가 실용적이지 못한 사람이라는 것을 안다(최근 스파소비치 씨의 유명한 발언 이후, 이제 이에 대해 심지어 영광스럽게 인정한다). 상상해 보시라, 심지어 가장 가여운 중등학교 교사 누구라도 할 마음만 있었다면 자신의 솔선 하나만으로도 놀랄 만큼 많은 일을 할 수 있었을 것이라고 생각하게 된다. 시종 여기에서는 인격과 근성이 중요하고, 실제적으로 원하는 능력이 있는, 바로 그런 수완이 있는 사람이 중요하다. 우리 나라 교사 자리에는 대부분 젊은이들이 가고 있는데, 그들은 선을 행하기를 원하지만 인민을 모르는 데다, 의심이 많고 좀처럼 믿지 못한다. 최초의, 이따금 가장 열정적이고 고결한 노력을 쏟은 후, 금방 지쳐서 음울하게 바라보고, 자신의 자리를 더 좋은 데로 가는 중간 기착지 정도로 여기기 시작하며, 그다음에는 결국 술로 세월을 보내거나, 여분의 10루블이 있으면 모든 것을 버리고 어디로든 도망가 버린다. 심지어 그냥 "자유로운 국가에서 자유로운 노동을 경험하기 위해" 아메리카로 도망가기도 한다. 이런 일은 지금도 일어난다고 한다. 거기 아메리카에는 추악한 극단주劇團主가 거친 수공 작업을 시키면서 그 젊은이를 괴롭히고, 셈을 속여서 조금 주고, 그를 주먹으로 치기까지 하는데, 그는 맞을 때마다 감동하며 자신에게 외친다. "하느님, 나의 조국에서는 이 주먹마저 얼마나 복고적이고 고결하지 않은지요, 반대로 여기서는 얼마나 고결하고 맛있고 자유주의적인지요!" 오랫동안 그의 눈엔 이렇게 보일 것이고, 이런 하찮은 것들 때문에 자신의 신념을 바꾸지 않을 것이다. 그를 아메리카에 내버려 두고, 나는 내 생각을 계속 전개하겠다. 내 생각은, 그것을 상기시키자면, 심지어 가장 보잘것없는 시골 중등학교 교사라도 지나친 음주에 대한 야만적 욕망으로부터 인민을 해방시키려는 시작을, 발의를 할 수 있었으리라는 것이다. 그가 원하기만 했다면 말이다. 이 점에 대해서는 내 소설 한 편의 주제이기도 한데, 감히 독자에게 소설이 나오기 전에 알리게 되는 것 같다…….

『시민』 제21호(1873년 5월 21일 발행)

강신술. 귀신에 관한 어떤 것. 이것이 귀신들이 맞다면 귀신들의 비상한 교활함

◈

〔……〕[2] 『작가 일기』 1월 호를 뭔가 좀 더 유쾌한 내용으로 끝맺고 싶다는 생각이 들기도 한다. 꽤 우스운 주제가 하나 있는데, 중요한 점은 그것이 유행 중이라는 것. 그것은 바로 귀신들, 귀신들에 관한, 강신술降神術에 관한 주제이다. 실제로 뭔가 놀라운 일이 벌어지고 있다. 젊은이가 다리를 오므리고 팔걸이의자에 앉아 있는데, 팔걸이의자가 팔딱거리며 움직이기 시작했다는 것이다. 페테르부르크, 이 나라의 수도에서 말이다! 모두가 열심히 근무하고 소박하게 자신의 관등을 받을 뿐, 왜 이전에는 팔걸이의자에서 다리를 오므리고 앉아 있던 누구에게도 이런 일이 일어나지 않았던 것일까? 어떤 현縣에 사는 부인 집에는 귀신들이 얼마나 많은지 심지어 에디 아저씨

....

2 『작가 일기』가 표방한 본래 목적대로 도스토옙스키는 '보고 듣고 읽은 것'에 대해 논함을 목적으로 하고 있으나 지면 때문에 많은 주제들을 다음 2월 호로 미뤄야 함을 설명하고 있는 부분인데 본 내용과 크게 연관이 없어 생략했음을 밝힌다.

네 오두막에도 그 절반이 되지 않을 것이라고 사람들을 믿게 하고 있다.[3] 우리들 집에도 귀신들이 없으라는 법이 있는가! 고골이 저승에서 모스크바로 편지를 보내며 이것이 귀신들이라고 하지 않았나.[4] 나는 편지에서 그의 문장을 읽었다.

귀신들을 불러내지 말고, 책상들을 이리저리 돌리지 말고, 그들과 엮이지 말라고 사람들은 충고한다. "귀신들을 자극하지 마십시오. 그들과 말을 섞지 마세요. 귀신들을 자극하는 것은 죄입니다……. 만약 신경성 불면증이 밤에 당신을 괴롭히기 시작한다면 짜증 내지 말고 기도하세요, 그것은 귀신들의 짓입니다. 성호를 긋고 기도를 올리십시오." 사제들의 이러한 목소리가 드높아지고 있는데, 그들은 심지어 학문을 향해서도 주술과 관계하지 말고 주술을 연구하지 말라고 조언한다. 사제들까지 이렇게 말하기 시작했다면 사태가 장난이 아닌 것이다. 그런데 곤란한 점은 이것이 정말 귀신들이냐 하는 것이다. 페테르부르크의 강신술에 대한 조사 위원회에서 이 문제를 결정할 텐데 말이다! 만약 위원회에서 이것이 귀신들이 아니고, 일종의 전기 현상이라거나 우주 에너지의 어떤 새로운 형태라고 결론을 낸다면, 사람들은 한순

3 버몬트 주의 시골에 살았던 미국 농장주 가족이었던 에디 형제는 1870년대에 영매로서 폭넓은 명성을 얻었다.

4 1876년 1월 페테르부르크 신문들에는 고골의 영혼이 불타버린 『죽은 혼』 2권의 원고를 불러줬다는 모스크바 강신술사에 관한 풍자적인 기사들이 실렸다.

간에 크게 실망할 것이다. "아니, 불가사의라고, 이런 따분하긴!" 즉시 모든 사람들이 강신술을 내팽개치고 이내 잊을 것이며, 예전에 하던 일에 열중할 것이다. 그런데 이것이 귀신들인지 아닌지 조사하기 위해서는 위원회의 학자들 중 누구에게라도 귀신들의 존재를 허용할 능력과 수단이 가정상假定上으로라도 있어야 한다. 하지만 그들 가운데 귀신의 존재를 믿는 이가 단 한 명이라도 있을지 의심스럽다. 사람들 중에는 하느님은 믿지 않아도 귀신은 기꺼이 자진해서 믿는 이들이 끔찍하게 많은데도 말이다. 그래서 이 문제에 있어 위원회는 자격이 없다. 나의 모든 곤란함은 나 스스로도 귀신들의 존재를 도저히 믿을 수 없다는 데 있고, 그래서 안타깝기까지 한데, 강신술에 관한 가장 명료하고 놀라운 이론을 내가 생각해 냈기 때문이다. 그러나 이 이론은 오로지 귀신들이 존재한다는 데 기반을 두고 있으며, 그 기반이 없으면 내 모든 이론은 저절로 무너지고 만다. 그 이론을 여기서 독자들에게 들려 드리고자 한다. 사실 나는 귀신들을 변호하고 있다. 이번에 사람들은 귀신들을 부당하게 공격하면서, 그들을 바보로 간주하고 있다. 하지만 안심하시라, 그들은 자신들의 일을 알고 있다. 이 점을 나는 증명해 보이고 싶다.

첫째, 영靈들이(즉 귀신들, 불결한 힘을 말한다. 귀신들 말고 어떤 다른 영들이 있을 수 있겠는가?) 멍청하다고 사람들은 써 댄다. 그들을 불러내어 질문할 때(즉, 강신), 그들이 내내 시답잖은 답변이나 하고, 문법도 모르며, 어떤 새로운 생각, 어떤 발견도 전해 주지 않는다는 것이다. 이렇게 판단하는 것은 대단한 실수이다. 예를 들어 귀신들이 자신들의 능력을 곧바로 보여 준다면, 자신들의 발명으로 인간을 압박한다면 어떻게 될까? 만약 갑자기 전신電信을 발명해 냈다면(전신이 아직 없다는 가정 아래 말이다), 인간에게 여러 비밀들이 보고될 것 아닌가. "저곳을 파 보시오, 석탄 매장지나 광층鑛層을 발견할 것이오." (내친김에 말하자면, 장작은 오죽 비싼가.) 이 정도는 아직 다 시시한 것들에 지나지 않잖은가! 인간의 과학은 아직 유아기에 있다는 것과, 이제 막 일을 시작한 셈이어서 인간에게 뭔가 보장된 것이 있다면, 두 발로 단단히 서 있다는 정도라는 것을 당신들은 이해할 것이다. 그런데 갑자기 태양은 서 있고, 지구가 그 주위를 돈다는 것과 같은 발견들이 한꺼번에 쏟아진다면(왜냐하면 지금은 아직 발견되지 않았고, 우리의 현자들도 풀지 못한 것들로서 정확히 이 정도 규모의 발견들이 많을 것이기 때문이다), 갑자기 이 모든 지식들이 인류에게 쏟아진다면, 그것도 완전히 공짜로, 선물을 주듯이 그렇게 된다면? 나는 묻고자 한다. 그때 사람들에게는 무슨 일이 일어날까? 오, 물론 처음에는 모두 환호할 것이다. 사람들은 감격에 겨워 서로 얼싸안을 것이다. 그리고 발견들을 공부하기 위해 덤벼들 것이다(이러는 데는 시간이 걸릴 것이다), 그들은, 말하자면 물질적 지복至福에 파묻힌 자신에게 쏟아진 행복을 갑자기 느끼게 될 것이다. 그들은 아마도 철도로 다니는 지금보다 열 배는 빠르게 다니거나 공중을 날거나 엄청난 공간을 순식간에 지나갈 것이다. 땅에서 믿기 어려운 수확을 거두고, 심지어 화학의 도움으로 유기체를 창조한다면, 우리의 러시아 사회주의자들이 꿈꾸듯 쇠고기가 한 사람당 3푼트[5]씩 배당되기에 충분할 것이다. 한마디로 말하면 먹어라, 마셔라, 즐겨라이다. 모든 박애주의자들이 외칠 것이다. "자, 이제 인간에게 안정된 생활이 보장되었으니, 이제야말로 그가 자신을 발휘하리라! 더 이상 물질적인 결핍도 없고, 모든 악덕의 원인이었던 갉아먹는 '환경'도 더 이상 없으니 이제 인간은 아름답고 의롭게 되리라! 어떻게든 먹고 살기 위한 끝없는 노동도 더 이상 없고, 이제 숭고하고 심오한 사상들과 보편적 현상들에 전념할 것이다. 이제, 이제야말로 숭고한 삶이 도래한 것이다!" 아마도 똑똑하고 선량한 사람들이 한목소리로 외치고, 분명 새로운 것들에 열중하게 하며, 마침내 공통의 송가로 외치기 시작할 것이다. "누가 이 짐승과 같으리오? 그가 하늘에서 불을 내리시니 그를 찬양할지어다!"[6]

하지만 이 짐승들이 인간의 한 세대나 충족시킬는지! 자신에게 더 이상 삶이 없고 영靈의 자유가 없고 의지와 인격이 없다는 것을, 누군가 자신에게서 한꺼번에 몽땅

5 옛 러시아의 중량 단위. 1푼트는 410그램.

6 신약성서 「요한계시록」 13장 4절과 13절을 혼합하여 인용한 것이다.

훔쳐 갔다는 것을 사람들은 갑자기 깨닫게 될 것이다. 인간의 얼굴은 사라지고, 노예의 짐승 같은 형상이 나타날 것이다. 이 노예의 짐승 같은 형상과 짐승 형상의 차이는, 짐승은 자신이 짐승이라는 것을 모르지만, 인간은 자신이 짐승이 되었다는 사실을 알게 되리라는 것이다. 인류는 썩어 가기 시작하고, 사람들은 염증으로 뒤덮인 채 빵 때문에, "빵으로 변한 돌"[7] 때문에 자신의 인생이 붙잡혔음을 알고, 고통 속에서 자신의 혀를 깨물게 될 것이다. 사람들은 무위無爲에 행복이 없다는 것, 노동하지 않으면 사상도 사라진다는 것, 자신의 노동으로 희생하지 않으면 이웃을 사랑할 수 없다는 것, 거저 사는 것은 파렴치하다는 것, 안락 가운데가 아니라 오로지 성취 가운데 행복이 있음을 깨닫게 될 것이다. 지루함과 권태가 찾아올 것이고, 모든 것이 구비되어 있으니 더 이상 할 일이 없을 것이고, 모든 것이 알려져 있으니 더 이상 알아야 할 게 없을 것이다. 자살하는 사람들이 요즘처럼 구석에서 소리 없이 생기는 것이 아니라 대거 생겨날 것이다. 사람들이 일제히 미쳐서 자신의 팔을 틀어잡고, 모든 게 갑자기, 그들이 모든 발명들과 함께 발명한 뭔가 새로운 방법으로 수천 명이 스스로를 멸절시킬 것이다. 이때, 아마도 남은 자들이 하느님을 향해 절규할 것이다. "당신이 옳았

7 복음서에서 그리스도는 마귀로부터 돌로 빵이 되게 하여 스스로가 하느님의 아들임을 증명하라고 시험받는다.

습니다, 주여, 사람이 떡으로만 살 것이 아니었습니다!" 귀신들에게 대항하며 점치는 짓을 그만둘 것이다……. 오, 하느님은 인류에게 결코 이런 고통을 주신 적이 없었으리! 그리고 귀신들의 왕국은 망하리라! 아니다. 귀신들은 이처럼 중요한 정치적 실수를 하지 않는다. 정치가들은 심오한 이들로서 가장 섬세하고 건강한 방식으로 목표를 향해 나아간다(역시나 만약 여기에 귀신들이 실제로 있다면 말이다!).

그들 왕국의 사상은 불화이다. 즉, 그들은 불화를 기초로 왕국을 세우고 싶어 한다. 무엇을 위해 그들에게 불화가 바로 이곳에 필요했던가? 이건 어떤가, 불화가 그 자체로 무서운 힘이라는 것을 고려한다면, 오랜 내부적 반목 뒤에 불화는 사람들을 어리석게 하고, 지성과 감성을 흐릿해지게 하고 왜곡시킨다는 것 말이다. 불화 중일 때에는 모욕한 자가 자신이 모욕했음을 의식하고 모욕당한 자와 화해하지 않고 이렇게 말한다. "내가 그를 모욕했으니, 따라서 나는 그에게 복수해야 한다." 그런데 중요한 것은, 귀신들이 세계 역사를 잘 알고 있으며, 불화를 기초로 해서 있었던 모든 것에 대해서는 특별히 기억하고 있다는 것이다. 예를 들어 가톨릭으로부터 떨어져 나가 유럽의 한 교파가 세워졌고 지금까지 종교로서 건재하다면, 한때 그들 때문에 피를 흘렸다는 유일한 이유 때문이라는 것은 잘 알려진 사실이다. 예를 들어 가톨릭이 망했다면 프로테스탄트 교파도 반드시 무너졌을 것이다.

대항할 대상이 사라졌잖은가? 그들은 이미 지금은 거의 모두가 어떤 '휴머니티'나, 아니면 아예 그냥 벌써 오래전에 그 안에서 포착된 바 있는 무신론으로 넘어가는 경향을 보인다. 아직까지 종교로 들러붙어 있다면, 그들이 지금까지도 대항하고 있기 때문일 것이다. 그들은 작년에도 대항했고, 교황의 면전까지 쫓아갔던 것이다.

오, 물론 결국 귀신들은 자기들 식대로 할 것이고, 파리에게 하듯 "빵으로 변한 돌들"로 인간을 압박할 것이다. 이것이 그들의 가장 중요한 목표인데, 그들은 이를 다른 방식이 아니라, 바로 자신의 미래 왕국을 인류의 반란으로부터 사전에 보호하고 그것에 영원성을 부여함으로써 해결할 것이다. 그러나 인간을 어떻게 길들일 것인가? 당연히 다음과 같은 방식을 통해서다. "Divide et impera(적을 분열시키면 승리를 거둘 것이다)." 이를 위해서는 불화가 필요하다. 다른 한편으로 사람들이 빵이 된 돌들을 지겨워하게 되면, 심심하지 않게 하기 위해 그들에게 일거리를 찾아 주어야 한다. 그런데 불화야말로 사람들에게 일거리가 아니고 뭐겠는가! 이제 귀신들이 어떻게 우리를 불화에 끌어들이는지, 그리고 말하자면 첫걸음부터 불화로 강신술을 시작한다는 것을 추적해 보라. 때마침 갈팡질팡하는 우리의 시대가 이를 돕고 있다. 우리는 이미 강신술을 믿는 이들 중 얼마나 많은 사람들을 모욕했던가. 그들이 탁자를 믿는다며 고함을 지르고, 그들이 마치 수치스러운 무언가를 행했거나 생각해 내기라도 한 것처럼 그들을 비웃지만, 불화에도 불구하고 그들은 꿋꿋하게 자신의 탐구를 이어 간다. 그들이 어떻게 탐구를 멈출 수 있겠는가. 귀신들은 가장자리부터 시작하여 호기심을 일게 하다가 잔뜩 휘저어 놓고 설명하지는 않은 채 헷갈리게 하며, 눈을 똑바로 보면서 대놓고 비웃는다. 주위의 존경을 받는 현명하고 점잖은 사람이 오래도록 서서 일을 이루기 위해 이마를 찌푸리고 있다. “이게 대체 뭐란 말인가?” 마침내 손사래를 치며 물러 나올 태세인데, 군중 사이에서는 요란한 웃음소리가 더 커져 가고, 신봉자는 자존심 때문에 마지못해 남아 있는 식으로 사태가 확대된다.

강신술에 대한 조사 위원회가 과학으로 완전 무장한 채 우리 앞에 있다. 군중은 기대하고 있지만, 어떤가. 귀신들은 저항할 생각이 없다. 아니, 가장 부끄러운 모습으로 투항한다. 집회는 실패하고, 속임수와 요술은 뻔히 드러난다. 사방에서 악의에 찬 폭소가 울려 퍼진다, 위원회는 경멸의 눈빛으로 떠나 버리고, 강신술 신봉자들은 부끄러움에 침잠하고, 양측의 가슴에는 자기도 모르게 복수의 감정이 생겨난다. 이렇게 귀신들이 멸망한 듯 보이지만, 보시다시피 그렇지 않다. 학자들과 엄격한 사람들이 돌아가자마자 그들은 재빨리 이전 신봉자들에게 뭔가 더 초자연적인 짓을 선보이고, 이에 저들은 이전보다 더 굳센 믿음을 가지게 되는 것이다. 다시 유혹이고, 다시 불화이다! 지난여름, 파리에서 강신술적 사기 혐의로 한 사진사가 재판을 받은 일이 있었다. 그는 망자亡者들을 불러내어 촬영했는데, 주문이 끝도 없이 밀려들었다고 한다. 현장에서 체포된 그는 법정에서 모든 것을 인정했고, 심지어 유령을 불러내어 접신하며 그를 도왔던 여인을 소개하기도 했다. 사진사가 사람들을 속였고, 그래서 그들이 믿은 거다. 여러분은 이렇게 생각하시는가? 어림도 없다. 그중 한 사람은 다음과 같이 말했다고 한다. "제 아이 셋이 죽었지요, 아이들 초상화가 없었어요. 그런데 사진사가 그 애들 사진을 찍어서 줬죠. 다 닮았고 전 모두 알아볼 수 있었어요. 그 사람이 사기를 쳤다고 인정했다는 게 나와 무슨 상관이란 말예요? 그 대가로 그 사람은 죗값을 치르면 되는 거고, 내 손에는 이렇게 실재가 있는데요. 나를 가만 놔두세요." 신문에 나온 얘기다. 내가 세세한 것을 다 전했는지는 모르겠지만, 핵심적인 것은 맞다. 예를 들어 우리에게 이런 사건이 일어난다면 어떻게 될까? 학자들로 이루어진 위원회가 심리를 끝낸 뒤 시시한 속임수를 폭로하고 막 돌아서서 나왔을 때, 귀신들이 위원회 위원 중 가장 완고한 누군가를 낚아채, 대중 강연에서 강신술을 공박하고 다닌 멘델레예프 씨일지라도, 한때 크룩스와 올콧[8]을 포획했듯이, 단번에 자신들의 그

8 크룩스(Crookes)는 19세기 영국의 저명한 화학자로서 처음에는 강신술에 회의적이어서 당시 유명했던 영매들의 경험의 허구성을 폭로하려 했으나, 후에 강신술적 이적을 가능케 하는 특별한 정신적 능력이 존재함을 확신하는 데 이르렀다. 올콧(Olcott)은 미국의 법률가, 저널리스트로 강신술의 열렬한 옹호자였다.

물로 포획해서 그를 구석으로 몰아 공중에 5분간 띄운 다음, 그 앞에 그가 아는 망자를, 전혀 의심할 수 없는 모습으로 육화시켜 보여 준다면, 그때는 어떤 일이 벌어질까? 진정한 학자로서 그는 눈앞에서 벌어진 사실을 인정해야 할 것이다, 강연까지 한 그가 말이다! 이런 수치와 스캔들의 장면이라니, 분노의 외침과 절규라니! 이것은 물론 농담에 지나지 않는다. 멘델레예프 씨에게는 이와 비슷한 일도 일어나지 않으리라 확신하는 바이다. 하긴 영국과 미국에서는 귀신들이 정확히 이런 식의 계략에 따라 행동한 듯하지만 말이다. 그런데 귀신들이 밭을 준비하여 거기에 불화를 충분히 재배해 놓은 다음, 갑자기 행동반경을 한없이 넓히기를 원해 진짜 행동으로, 심각한 행동으로 넘어간다면 어쩔 것인가? 비웃기 좋아하고 충동적인 백성, 이들로부터 일이 일어날 것이다. 예를 들어 귀신들이 갑자기 일종의 계몽적 의도를 가지고 백성 사이로 파고들어 간다면 어떨까? 우리 백성들은 방어 태세가 전혀 안 되어 있고, 암흑과 방종에 매여 있으니, 이런 의미에서 백성 가운데 지도자들은 극히 적은 듯하다! 백성은 새로운 현상들을 열정적으로 믿을 수 있으니(백성은 이반 필리포비치[9]를 믿지 않는가), 그때 영적 발달에 얼마만큼의 정체가 있고 얼마만큼의 타락이 있으며 또

....

9 Ivan Philippovich. 흘리스톱스트보(17세기부터 시작된 이단 가운데 하나로 자신의 몸을 매질하는 것을 종교 의식의 하나로 행했다는 데서 명칭이 유래했다)의 성부(Danil Philippovich)와 성자(Ivan Suslov)의 이름을 합성한 것이다.

한 이것이 얼마나 오래갈 것인가! 유물론에 대한 우상 숭배와 불화는 얼마나 심할 것인가! 이전보다 백 배, 천 배 더할 것인데, 귀신들에게는 바로 이런 것이 필요하다. 특히 강신술이 압제와 수배(이것은 강신술을 믿지 않은 다른 나머지 백성에게서 불가피하게 뒤따를 수 있다)를 얻어 낸다면 불화는 의심할 여지 없이 시작될 것인데, 그때 그것은 불붙은 석유처럼 순식간에 퍼져 나가 활활 타기 시작할 것이다. 신비적 이념은 수배를 좋아하고, 그것에 의해 이념은 구축된다. 이러한 모든 수배당하는 사상은 방화자들이 화재 직전 튈르리 궁전[10]의 바닥과 벽에 끼얹어, 보호되고 있던 건물에 때마침 불길을 거세게 하는 바로 그 석유를 닮았다. 오, 귀신들은 금지된 신앙의 위력을 알고 있고, 그들은 인류가 책상에 걸려 넘어지는 때를 수 세기에 걸쳐 기다려 왔는지도 모른다! 물론, 그들은, 야코프 페트로비치 폴론스키[11]의 확언에 따르면, 괴테의 명성을 떨치게 한 메피스토펠레스보다 더 영리하고, 엄청난 능력을 가진, 거대하고 부정한 영에 의해 조종되고 있다.

의심할 나위 없이, 나는 처음부터 끝까지 농담하고 비아냥거렸는데, 결론에서는 바로 이렇게 표현하고 싶다. 새로운 신앙 같은 것을 나르는 그 무엇으로서 강신술을 바라본다면(강신술 신봉자들 거의 모든 이가, 심지어 가장

10 파리의 궁전으로 1871년 5월 24일 불탄 뒤 폭파되었다.

11 시인. 1859년 『러시아 문자』에 도스토옙스키의 첫 '시베리아' 소설인 「아저씨의 꿈」을 싣게 될 때 편집진 중 한 사람이었다.

제정신인 사람들조차 이런 시각에 조금이라도 기울어 있다), 앞에 서술한 것들 중 무엇이라도 농담으로 받아들이지 않을 것이다. 그래서 양측에서 자유로운 연구가 하루속히 성공적으로 이루어지기를 하느님께 비는 바이다. 이것만이 확산된 더러운 영을 가능한 한 빨리 근절시킬 것이고, 아마도 새로운 발견으로 과학을 풍성하게 해 줄 것이다. 강신술 때문에 서로에게 고함을 지르고, 서로를 비방하고 사회에서 추방하는 것은, 내가 보기에, 강신술의 이념을 가장 어리석은 의미에서 강화시키고 확산시킬 뿐이다. 이것은 불관용과 수배의 시작이다. 귀신들에게는 바로 이것이 필요하다!

1876년 1월 호 제3장

고립

◈

그건 그렇고, 나는 "보고 듣고 읽은 것에 대해" 쓴다. "보고 듣고 읽은" 모든 "것에 대해" 쓴다는 약속으로 자신을 압박하지 않은 것이 다행이다. 점점 더 이상한 일들이 늘어난다는 소문을 듣고 있을 것이다. 모든 것이 제각기 따로 놀고 무엇으로도 한 묶음으로 묶이지 않으려 할 때, 이것을 어떻게 전달할 수 있겠는가! 정말 내가 보기에는 우리에게 어떤 일반화된 '고립'의 시대가 닥친 게 아닌가 싶다. 모두가 고립되고 외로워지며, 자신의 고유한 무엇, 새로운 것, 들어 보지 못한 것을 생각해 내고 싶어 한다. 누구나 이전에는 생각과 감정에서 공통적이었던 것들을 모두 한쪽으로 미뤄 놓고 있다. 누구나 처음부터 시작하기를 원한다. 미련 없이 옛 관계를 끊고, 저마다 자체적으로 행동하며, 이로써만 위안을 얻는다. 행동하지 않는다면 행동하기를 바라기라도 해야 하는데 말이다. 엄청나게 많은 사람들이 아무것도 시작하고 있지 않고, 결코 시작하지도 않을 것이며, 그들은 완전히 뿌리치고 떠나 한쪽에 서서 떠나온 자리를 힐끗거릴 것이고, 팔짱을 낀 채 뭔가를 기다릴 것이라고 해 보자. 우리는 모두 뭔가를 기다리고 있다. 그건 그렇고, 무엇에서도 도덕적 합의는 거의 없다. 모두가 쪼개졌고 쪼개지고 있는데, 무리들이 아니라 단위들로 쪼개지고 있다. 그리고 중요한 것은 이따금, 심지어 가장 가뿐하고 만족한 표정을 지으면서라는 것이다. 당신들에게 우리의 현대 작가를 제시하겠다, 즉 새로운 유형의 사람들 중에서 말이다. 그는 문단에 등단했을 때 이전 것들은 그 무엇도 알기를 원하지 않고, 자신으로부터 각자 자체적으로 해 나가기를 원한다. 그는 새로운 것을 설파하고, 새로운 말과 새로운 인간의 이상을 정확히 설정한다. 그는 유럽 문학도, 자민족의 문학도 알지 못하고, 어떤 것도 읽지 못했으며 읽으려 하지도 않을 것이다. 그는 푸시킨과 투르게네프를 읽지 않았을 뿐 아니라, 자기 편, 즉 벨린스키와 도브롤류보프를 읽었는지도 진정 의심스럽다. 그는 새로운 인물들과 새로운 여성들을 등장시키는데, 이전 아홉 번의 발걸음을 잊고 열 번째 발걸음을 즉시 내딛는다는 것이 그들에 대한 새 소식의 전부여서 그들은 상상해 볼 수 있는 가장 허위적인 처지에 놓이게 되며, 독자에게는 교훈과 함께 시험을 주면서 멸망한다. 이 처지의 기만함이 모든 교훈을 구성한다. 이 모든 것에는 새로움이 매우 적고, 오히려 헐어 빠진 낡음만 너무 많다. 그러나 문제는 이것이 아니라, 저자가 새로운 말을 했고, 그 스스로 나름대로 길을 갔다는 것을 완전히 확신했으며, 고립되었고, 분명 이에 크게 만족했다는 것이다. 이 예가 오래되고 하찮기는 하지만, 나는 불과 얼마 전에 새로운 말에 대한 이야기 하나를 들었다. 어떤 '허무주의자'가 있었는데, 부정否定하고 고통받고, 오랜 떠들썩함, 심지어 감옥 생활을 겪은 후 갑자기 마음속에 종교적 감정을 가지게 되었다. 당신들은 그 순간 그가 무엇을 했으리라 생각하는가? 그는 순식간에 "고독하게 되었고 고립되었으며", 우리의 그리스도교 신앙을 바로 치밀하게 비켜 가서 이전의 모든 것들은 제거하고 즉시 자신의 신앙, 역시 그리스도교적이지만 "자신의 고유한" 신앙을 고안해 냈다. 그에게는 아내와 아이들이 있다. 그는 아내와 함께 살지 않고, 아이들도 남의 손에 맡겨 놓고 있다. 그는 최근 아메리카 대륙으로 달려갔는데, 새로운 신앙을 설파하기 위해서일 가능성이 매우 크다. 한마디로 각자가 스스로 나름대로, 각자가 자기 식대로 하는데, 그들이 단지 기인奇人 행세를 하며 자신을 드러내는 것뿐일까? 전혀 그렇지 않다. 지금 우리의 상황은 반사적이라기보다는 진실한 순간에 가깝다. 많은 사람들이, 아마도 매우 많은 사람들이 실제로 우울해하고 고통스러워한다. 그들은 가장 심각한 형태로 이전의 모든 관계들을 끊어 버리고 처음부터 시작해야 했는데, 아무도 그들에게 빛으로 나아갈 수 있도록 하지 않기 때문이다. 현자들과 지도자들도 그들에게 맞장구를 칠 뿐인데, 어떤 사람들은 유대적인 것 때문에 두려워하고(어떻게 그를 아메리카 대륙으로 가도록 놓아주지 않을 수 있겠는가, 아메리카로 달려가는 것은 그의 자유인데), 어떤 사람들은 그저 단순히 자신의 주머니를 불려 간다. 이렇게 신선한 기운이 사라진다. 사람들은 내게 말할 것이다, 그것은 기껏해야 두세 개의 사실에 지나지 않으며 별 의미가 없고, 오히려 모든 것이 의심할 바 없이 이전보다 더 단단하게 통합되고 결합되어 은행들, 단체들, 협회들이 생겨난다고. 그러나 당신들은 정말 내게 러시아로 몰려오는 승리를 거둔 유대인 연놈들 무리를 가리켜 보이겠는가? 승리를 거둔, 열광적인 그들을. 왜냐하면 유대교와 정교의 신앙 고백을 하는 열광적인 유대인 놈들이 생겨났기 때문이다. 그뿐인가, 심지어 이제는 우리 신문들이, 그들은 고립되어 있고, 예를 들어 우리 러시아 토지 은행들의 대표 대회를 외국 언론들이 다음과 같은 이유로 실컷 비웃고 있음을 보도하고 있다.

"……처음 두 대회의 비밀 회합과 관련해, 러시아 토지 신용 기관들이 만리장성 뒤에서 철저하게 보호받으며 진행된 자신들의 비밀 회합들로 모든 것을 대중들로부터 숨김으로써 심지어 그들이 실제로 뭔가 좋지 않은 일을 꾸미고 있다고 대중들이 알 수 있도록 했을 때, 어떤 방식으로 어떤 자격으로 그들이 대중의 신뢰에 대한 권리를 주장하는 용감함을 가지고 있는지 슬쩍 비꼬면서 묻는다……."

이래서 결국, 심지어 이 양반들은 고립되고 틀어박혀 뭔가 자신의 것을, 온 세상에서 이루어지는 식이 아닌 자기만의 방식으로 고안해 낸다. 농담을 하면서 은행 얘기를 들이밀었지만, 이것은 아직 내 일이 아니고, 나는 고립에 관해서만 말하겠다. 이 생각을 어떻게 하면 더 잘 설명할 수 있을까? 내 것은 아니고, 내게 보내온, 아직 어디에도 발표되지 않은 원고 중에서 우리 조합들과 협회들에 관한 몇 가지 생각들을 인용하겠다. 저자는 지방에 있는 자신의 반대자들을 향해 쓰고 있다.

"협동조합, 협회, 조합, 협업이나 무역과 갖가지 회사는 인간의 타고난 사교 감정에 기초해 있다고 당신들은 말한다. 뭔가 긍정적인 얘기를 하기에는 아직 너무나 조금 연구된 러시아 협동조합을 감싸면서, 이 모든 협회들, 조합들과 기타 등등, 이 모든 것들이 다른 이들에 맞선 한 무리의 연합들일 뿐이고, 생존 투쟁에 의해 호출된 자기 보존 감정에 기반한 연합들이라고 우리는 생각한다. 이러한 우리의 견해는 부자와 강자에 맞서 빈자와 약자가 결성한 연합들의 발생의 역사를 통해 확증된다. 이후 이와 같은 연합은 자신의 적대자들에 대항하는 무기로 이용되었다. 그렇다, 역사는 이 모든 연합들이 형제간의 적개심으로부터 발생한다는 것, 교류의 필요성이 아니라, 당신들이 예상하듯, 자신의 생존에 대한 두려움이나 하다못해 가까운 사람들에게라도 떨어질 이득, 이익, 쓸모를 획득할 욕구에 기반한다는 것을 의심할 나위 없이 증언하고 있다. 이 모든 공리주의 후예들의 구조를 자세히 들여다보면 그들의 주된 관심사는 각자의 모두에 대한, 모두의 각자에 대한 믿을 만한 통제 구조로, 간단히는 겁이 나서 행하는 보편적 스파이 짓, 마치 누구나 누군가를 속이는 것이라고 하겠다. 안에서는 단속하고 밖의 모든 것에 대해선 질투하는 듯한 외부 활동을 하는 이 협회들은 모두 정치 세계에서 벌어지고 있는 일들 — 민족들의 상호 관계라는 것이 유혈 전투에 의해 저지되는 무장한 세계로, 그들의 내부 삶이라는 것은 당파 간 끝없는 싸움으로 규정되는 — 과 놀라운 유사성을 가진다. 거기서 무슨 교제니 사랑이니 하는 것들을 말할 수 있겠는가! 그 때문에 이 모든 기관들이 이렇듯 접목이 잘 안 되고 있는 것 아닌가. 우리는 아직도 너무나 속박 없이 살고 있고, 서로에 대적해 무장하기에는 우리의 기반이 너무 없고, 서로를 향한 호의와 믿음이 우리에겐 아직 너무 많아서, 이런 감정들이 서로에 대한 통제나 스파이 짓 하는 것을 막고 있는데, 이러한 것들은 이 모든 협회, 협동조합, 무역과 다른 종류의 조합들을 조직하는 데 얼마나 필수적인가, 통제가 부족하면 그들은 나아갈 수 없을 뿐 아니라, 반드시 파산하고 만다.

우리의 더 교양 있는 서구의 이웃과 비교해서 이러한 우리의 약점들을 놓고 이제 우리는 슬퍼하지 않게 될까? 그렇다, 우리는 적어도 이러한 우리의 약점들 가운데 우리의 부요扶搖를 보면서, 그것 없이는 인간 사회가 생존할 수 없는 단결의 감정이 우리 가운데 어느 정도 작동하고 있음을 보고 있다. 비록 그것이 사람들 가운데 무의식적으로 작동한다 해도, 그것이 그들을 위대한 공적으로 데려갈 수 있듯, 매우 자주 치명적인 흠으로 몰고 갈 수도 있다. 그런데 이 감정이 아직 소멸되지 않은 사람에게는, 이 감정이 무의식적인 것으로부터, 본능으로부터 우연의 눈먼 변덕에 의해 이쪽이나 저쪽으로 우리를 내던지지 않고, 우리에 의해 이성적인 목표들의 달성으로 향하게 하는 의식적인 힘으로 전환되기만 하면, 모든 것이 가능하다. 이 단결의 감정 없이, 상호 사랑 없이, 사람들 간의 교제 없이 위대한 무언가는 생각할 수조차 없다. 사회 자체를 생각할 수 없기 때문이다."

즉, 저자는 보시다시피 아마도 협회와 조합을 완전히 저주하고 있다기보다는, 단지 현재 그것들을 이루는 중요한 원칙이 오로지 공리주의에만, 게다가 스파이 짓에 기초하고 있는데, 이것은 전혀 사람들의 단결이 아니라는 것을 확언하고 있을 뿐이다. 이는 모두 요즘 생긴, 신선하고 이론적이고 실제적이지 못한 것이지만, 원칙에서는 전적으로 맞는 얘기이고, 진실될 뿐 아니라 고뇌와 아픔 가운데 쓰인 것이다. 일반적인 특징을 보면, 모든 일에 있어 우리는 이제 첫발을 내디뎠고, 실습 중에 있으며, 모두가, 한 사람까지 모두가 원칙들만 외치면서 염려하고 있는데, 이는 실습이 어쩔 수 없이 오직 유대인들의 손에 넘어갔기 때문이다. 내가 위에서 일부를 인용한 원고의 사연은 이렇다. 존경할 만한 이 글의 저자(그가 젊은이인지 아니면 애늙은이인지 나로서는 알 수 없다)가 한 지방 간행물에 단평을 싣게 되었는데, 편집부가 그 단평을 실으며, 부분적으로 어긋나는 내용의 주석을 옆에 달았다는 것이다. 그다음에 단평의 저자가 그의 주장과 어긋나는 주석에 대해 한 편의 논설(그렇게 길지는 않았지만)에 해당하는 반박문을 쓰자, 지방 간행물 편집부는 "논설이 아니라 설교에 가깝다"는 이유를 대며 논설 게재를 거절했다. 그러자 저자는 내게 편지를 보내면서, 이 거절당한 논설을 읽고 자세히 파악한 다음 『작가 일기』에서 그에 대한 내 의견을 말해 주기를 요청해 왔다. 첫째로는 내 의견에 대한 신뢰에 감사드리고, 둘째로는 논설에 대해 감사드린다. 이 글은 내게 대단한 만족을 주었기 때문이다. 이보다 더 논리적인 글을 읽은 적이 거의 없다. 글 전부를 다 실을 수는 없었지만, 앞의 일부는 내가 숨기지 않는다는 의도를 가지고 인용한 것이다. 사람들의 진정한 단결을 위해 애쓰는 저자에게도 또한 나름의 현저하게 '고립된' 흔들림을 나는 발견했다는 것인데, 내가 감히 싣지 못한 원고 일부에는 드물게 만날 정도로 고립된 흔들림이 보인다. 이렇듯 논설 한 편이 아니라 저자 자신이 마치 개개의 '고립', 말하자면 우리 사회가 그 구성 요소들로 현저한 화학적 분해가 갑자기 일어나고 있다는 내 생각을 확증해 주고 있다. 반대로 이 연결은 반드시 존재해야만 하고, 모두가 따로따로인 채 서로서로 이해하지 못하는 것처럼 보인다 해도, 이 연결을 추적하는 것은 무엇보다 흥미로운 일일 것이다. 한마디로 비교가 좀 낡긴 했지만, 우리 러시아의 지식인 사회는 무엇보다 오래된 잔가지 묶음을 떠올리게 하는데, 함께 묶여 있는 동안에는 단단하지만, 연결이 조금 풀어지면 묶음 전체가 연약한 풀잎 하나하나로 흩어져 한 차례의 바람에도 모두 날아가 버린다. 자, 이제 그 묶음이 다 흩어져 버렸다. 우리 정부가 20년의 개혁 기간 내내 우리 지식인 세력의 지지를 못 얻었다는 것은 진실이 아니던가? 반대로 젊고 신선하고 귀중한 세력 대다수가 비웃음과 으름장을 동반한 고립이라는 이상한 쪽으로 가 버린 것 아닌가? 그리고 이것은 역시 바로, 처음의 아홉 걸음 대신 바로 열 번째 걸음을 내딛는 것으로부터 비롯되었는데, 이때 그것 자체로 어떤 의미를 가졌다 하더라도 앞선 아홉 걸음 없이 열 번째 걸음을 내딛는 것은 어떤 경우에든 환상으로 변한다는 것을 잊고서 말이다. 무엇보다 화가 나는 것은, 이 열 번째 걸음에서 무언가라도 이해하는 사람은 천 명의 이탈자들 중 한 명뿐이고, 나머지는 종들이 울리는 소리만 들었다는 것이다. 결과는 아무것도 없고, 수다쟁이 닭은 내갔다. 폭염의 여름에 불타는 숲을 보았는가? 이를 지켜보는 것이 얼마나 안타까운지, 얼마나 우울한지! 값비싼 재료들이 얼마나 무의미하게 스러져 가고, 얼마나 많은 힘, 불과 열이 헛되이, 흔적 없이 그리고 무익하게 사라져 가는가.

1876년 3월 호 제1장

유럽에 대한 공상들

◈

"유럽에서는 어디나, 우리가 그토록 바랐던, 모든 것을 결합하는 그곳의 힘들이 슬픈 환영으로 변하지 않았는가. 그곳의 해체와 고립이 우리의 경우보다 더 나쁘지 않은가?" 바로 이것은 러시아 사람을 지나쳐 갈 수 없는 질문이다. 진정한 러시아인이라면 무엇보다 유럽에 대해 생각하지 않겠는가?

그렇다, 외견상으로 거기는 우리보다 더 안 좋을지도 모른다. 고립의 역사적 원인은 더 잘 보일 수 있지만, 어쩌면 그런 이유로 거기는 더 침울하다. 어떤 명료한 원인에 이른다는 것이, 우리의 끊어진 실타래의 모든 결말을 추적한다는 것이 우리에게 무엇보다 더 어렵다는 바로 그 점에, 바로 이 점에 어떠한 위로가 있는 듯한 것이다. 결론을 내자면, 힘의 소비는 원숙하지 못했고, 무엇과도 상응하지 않았고, 절반은 인위적이고 호출된 것이었다. 결국 이러한 사실에 아마 동의하고 싶을 것이다. 그래서 작은 다발을 모으고 있다는 데 아직 희망이 있다. 거기 유럽에는 이미 어떤 다발도 더 이상 묶여 있지 않다. 거기에서는 모두가 우리 식대로가 아니라 원숙하고 선명하고 확실하게 고립되었으며, 거기에서는 그룹들과 단위들이 마지막 기한을 살고 있는데, 스스로 그것을 알고 있다. 서로 양보하는 것은 전혀 원치 않고, 양보하기보다는 차라리 죽을 것이다.

때마침 이제 모두가 평화를 얘기하고 있다. 모두가 장기적인 평화를 예언하고, 선명한 지평과 동맹들, 새로운 동력들을 보고 있다. 심지어 파리에서 공화국이 세워진 데에서 평화를 보고, 공화국을 비스마르크가 세웠다는 것에서조차 평화를 본다. 위대한 동방 국가들의 협정에서 명백하게 평화의 위대한 담보를 보고, 우리 신문 중에서는 심지어 작금의 헤르체고비나 소요 가운데에서도 갑자기, 최근 자신들의 불안 대신에 유럽의 의심할 바 없이 공고한 평화의 징후들을 깨닫게 되었다(말이 나온 김에, 헤르체고비나 문제에 대한 열쇠도 역시 베를린에서 비스마르크의 귀중품 함에서 갑자기 나타났기 때문이 아닌가?[12]). 우리의 경우에는 무엇보다 프랑스의 공화국을 환영하고 있다. 계제에, 프랑스는 베를린에 패했는데도 불구하고 왜 여전히 계속해서 유럽의 맨 앞에 서 있는 것일까?

....

12 당시 헤르체고비나(발칸 반도) 문제의 해결이 독일의 결단에 달려 있다고 판단했던 작가의 견해가 반영되어 있다.

이따금 심지어 베를린의 굵직한 사건보다도 프랑스에서 일어나는 가장 작은 사건이 유럽에서 지금까지 더 많은 동정과 관심을 불러일으키고 있다. 의심할 여지 없이 이 나라는 항상 첫걸음을 내디딘, 첫 시도를 한, 이념들의 첫 시작을 한 나라이기 때문이다. 바로 이러한 이유 때문에 모두가 의심 없이 거기로부터 '종말의 시작'을 기다리고 있다. 프랑스가 아니라면 과연 누가 제일 먼저 이 숙명적인 최후의 걸음을 내딛겠는가?[13]

바로 이것이, 아마도 이 '진보적인' 나라에서 그 어디에서보다 가장 타협하지 않는 '고립'이 정해지게 된 이유일 것이다. 거기에서는 최후의 '종말'까지 평화가 전혀 불가능하다. 유럽의 모든 이들이 공화국을 환영하는데 이미 그것 하나만으로 프랑스와 유럽을 위해 불가피하고, 이 체제에서만 독일과의 '복수전'이 불가능할 것이며, 최근 프랑스에서 주장된 모든 정부 형태 중에서 공화국 하나만이 위험을 무릅쓰고 복수를 감행하고 싶지는 않을 것이라고 확신했다. 그러나 사실은 이 모든 것이 환영일 뿐이고, 공화국은 바로 전쟁을 위해 선언되었던 것인데, 독일이 아니라면 훨씬 더 위험한 경쟁자, 즉 전 유럽의 경쟁자이자 적인 공산주의와의 전쟁 말이다. 이 경쟁자는 이제 공화국 체제에서 어떤 다른 정부 체제에서 있게 될 것

13 나폴레옹 1세의 결정적 괴멸과 그 제국의 멸망 초기에 프랑스에서 생겨나 관용어가 된 표현이다.

보다 훨씬 더 일찍 일어설 것이다! 다른 어떤 정부도 공산주의와 협상을 통해 종말을 지연시키겠지만, 공화국은 전혀 양보하지 않고 심지어 스스로 도전하고 먼저 싸움을 강요할 것이다. 그러므로 "공화국이 평화"라는 확신은 갖지 않아도 좋다. 실제로 이번에 누가 공화국을 선언했는가? 모두 부르주아와 소자산가들이다. 그들이 오래전부터 이러한 공화주의자들이었던가, 그 체제 안에서 오직 분란 한 가지와 그들이 무서워하는 공산주의를 향한 일보一步를 보며 이제까지 무엇보다 공화국을 두려워하던 이들이 아니었던가? 제1차 혁명 회의 때 프랑스에서는 당시의 끊임없는 재정 위기 때문에 이민자들과 교회의 거대 소유를 작은 지역들로 쪼개어 팔기 시작했다. 이 조치는 프랑스인 다수를 부유하게 했고, 80년 후 그들이 거의 얼굴을 찌푸리지 않고 50억의 배상금을 지불할 수 있는 재력을 주었다. 그러나 이 조치는 한시적인 복지를 촉진하며 지독히 오랜 시간 동안 민주적 지향을 무력화시켰다. 그것도 소유주들의 군대를 한없이 증대시키고, 민중의 첫 번째 적인 부르주아의 끝없는 지배에 프랑스를 넘기면서 말이다. 이러한 조치가 없었다면 부르주아가 스스로 이전 프랑스의 통치자들인 귀족을 의식하면서 그들의 프랑스 지배를 결코 이토록 오래 유지할 수 없었을 것이다. 하지만 그 결과로 민중은 이제 타협할 수 없을 정도로 잔혹해졌고, 부르주아 스스로 민주주의적 지향의 자연스러운 행보를 왜곡했으며 그것을 복수와 증오에의 갈망으로 바꿔 놓았다. 당파들의 고립이 어느 수준까지 이르렀는가 하면, 나라의 모든 유기체가 결정적으로 파괴되었고, 심지어 그것을 회복할 여러 가능성이 제거된 데까지 이르렀다. 프랑스가 지금까지 아직 온전한 모습으로 유지되고 있는 듯하다면, 그것은 유일하게, 눈 한 줌조차 일정한 시기가 되기 전에는 녹을 수 없는 것과 같은 자연의 법칙 때문이다. 바로 이러한 온전함의 유령을, 불행한 부르주아와 그들과 함께하는 유럽의 순박한 이들 다수가 희망으로 자신을 속이고, 동시에 두려움과 증오에 떨면서, 아직도 계속 유기체의 생동하는 힘으로 간주하고 있다. 그러나 본질에 있어 단결은 결정적으로 사라졌다. 과두 정치의 집정자들은 가진 자들의 이익만을, 민주주의자들은 가난한 자들의 이익만을 고려하고 있으나, 사회의 이익과 모두의 이익, 프랑스 전체의 미래에 대해서는 공상적 사회주의자들과 공상적 실증주의자들 외에는 아무도 마음 쓰지 않는다. 그들은 과학을 앞에 내놓고 그것에서 모든 것을 기다리는데, 그것은 인간의 새로운 단결과 이미 수학적으로 견고해지고 흔들림이 없는 사회적 유기체의 새로운 시작이다. 하지만 그토록 기대하고 있는 과학은 지금 이 일을 해낼 만한 상태에 있지 않다. 과학이 사회적 유기체의 새로운 법칙을 오류 없이 설정할 만큼 인간의 본성을 충분히 알고 있다고 하기는 어렵다. 이 일은 주저하고 기다릴 수 없기 때문에 저절로 질문이 떠오른다. 심지어 이 과제가 미래의 과학 발달에 있어 그 능력을 넘어서지 않는다면, 과학은 지금 이 과제를 해결할 준비가 되어 있는가? (이 과제는 의심할 여지 없이 인류의 과학 능력을 넘어서고 미래의 과학 발달에 있어서조차 그러하지만, 이에 대해 단언하는 것은 일단 피하기로 하자.) 아마도 과학 자체가 이러한 부름에 대답하기를 거절할 것이기 때문에, 이로부터 프랑스에서는(또한 전 세계 어디에서나) 일단 공상가들이 민중의 모든 움직임을 관리하고 있다는 것은 명확하다. 그런데 그 공상가들은 온갖 종류의 투기꾼들에 의해 관리되고 있다. 그리고 과학 자체에도 과연 공상가들이 없겠는가? 진정 공상가들은 심지어 정당하게 운동을 장악했는데, 이것은 전 프랑스에서 그들만이 모두의 단결과 미래에 대해 마음을 쓰고, 따라서 그들의 눈에 띄는 약점과 환상에도 불구하고 그들에게 프랑스에서의 상속권이 정신적으로 이동하는 듯하다. 이는 모두가 느끼고 있는 바이다. 무엇보다 무서운 것은, 거기에는 모든 환상적인 것과는 별개로 그 옆에 가장 잔인하고 비인간적인 지향이, 이미 환상적이지 않고 현실적이며 역사적으로 지나칠 수 없는 것이 출현했다. 이 모든 것이 관용구에 표현되어 있다. "자리에서 썩 꺼져라, 너 대신 내가 있을 것이다!" 수백만 민중에게 (아주 드문 예외를 제외하고는) 모든 욕구의 첫 번째 자리에 소유주들에 대한 강탈이 있다. 그러나 거지들을 탓해서는 안 된다. 과두 정치의 집정자들 스스로 그들을 이 어둠 가운데, 무시해도 될 만큼의 예외를 제외하고는, 이 모든 불행하고 눈먼 수백만의 사람들이 아무 의심 없이, 바로 이 강탈을 통해 그들이 부유해질 것이고, 여기에 그들의 두목들이 그들에게 해설하는 모든 사회 이념이 있다고 순진하게 생각할 정도로까지 붙들어 두었다. 대체 어디서 그들은 자신들의 인도자-공상가들이나 과학에 대한 예언들 따위를 이해해야 하는가? 그럼에도 불구하고 그들은 분명 승리할 것이고, 부자들이 제때에 양보하지 않으면 무서운 일이 벌어질 것이다. 하지만 누구도 제때에 양보하지 않을 것인데, 양보의 시간이 이미 지났기 때문인지도 모른다. 거지들은 스스로 그것을 원치 않을 것이고, 이제 어떤 협상에도 응하지 않을 것이다. 그들은 여전히 자신들을 속이고 있으며 셈을 속여서 조금밖에 안 준다고 생각할 것이다. 그들은 자신들이 가지런해지기를 원한다.

보나파르트는 그들과 협상 가능성을 약속했고 미세한 시도를 하는 것으로 유지하곤 했으나, 그것은 항상 교활하고 진실되지 못한 것이었다. 그러나 과두 정치의 집정자들은 그것들에 대한 믿음을 잃었고, 민중 역시 그것들을 눈곱만큼도 믿지 않는다. (위 계보) 왕들의 정부[14]에 이르면 어떤가, 그들은 프롤레타리아에게 구원처럼, 본질적으로 로마 가톨릭 신앙 하나만을 자랑스레 내보일 수 있다. 그러나 이 신앙은 민중뿐만 아니라 프랑스의 거대

14 1830년 7월 혁명으로 타도된 부르봉 왕조를 가리킨다.

한 다수가 오래전부터 이미 모르고 있는 데다, 알기를 원하지도 않는다. 적어도 파리에서는 프롤레타리아 사이에서 최근 비상한 동력으로 강신술이 유행한다고 한다. 왕들의 아래 계보(오를레앙)는 한동안 이 성姓이 프랑스 자산가들의 당연한 선도자[15]인 양 여겨졌으나, 부르주아에게조차도 미움의 대상이 되었다. 그들의 무능함은 모두에게 명백한 것이 되었다. 그럼에도 불구하고 자산가들은 자신을 구해야 했고, 즉시, 가능한 한 빨리 미래의 무서운 적과의 위대한 마지막 전투에 나설 선도자를 찾아야 했다. 이번에는 의식과 본능이 그들에게 확실한 비밀을 속삭였고, 그들은 공화국을 선택했다.

여기에는 이러한 정치적, 어쩌면 당연하기도 한 자연의 법칙이 있다. 그것은 서로 가까운 강한 이웃 둘이 사이좋게 지내기는커녕 항상 한 편이 다른 편을 멸절시킬 욕구로 끝나며 언젠가는 이러한 욕구를 행동으로 옮기리라는 것이다. (이 강한 이웃의 규칙에 대해 우리 러시아인들도 좀 더 생각해 볼 수 있을 것이다.) "붉은 공화국에서 공산주의로의 직접 이행" — 바로 이 생각이 지금까지 프랑스 자산가들을 겁먹게 했고, 그들이 갑자기, 거대한 다수에서 자기 보호의 원칙 하나를 통해서 가장 가까운 이웃들이 가장 잔인한 적들이 된다는 것을 알아차리기까지

15 1830년 7월 혁명 이후부터 1848년 2월 혁명까지 지배했던 권력을 일컫는다. 이 시기는 소부르주아의 이익을 압박하며 금융 귀족이 득세했다. 소부르주아는 인민 대중에 기대어 정권에 저항했고, 1848년 2월 이를 타도한다.

얼마나 많은 시간을 지나와야 했는지. 실제로 붉은 공화국 및 공산주의와 가까운 이웃 관계에도 불구하고, 공산주의에 더 적대적이고 급진적으로 반대편에 있는 것은 공화국이 아니라 1793년의 피투성이 공화국 정도가 아닌가? 공화국에는 무엇보다 "공화국은 모든 것보다, 프랑스보다 우선한다"는 공화국의 형식이 있다. 공화국에는 모든 희망이 오직 형식에 있다. 프랑스 대신 '막 마고니야'[16]여도 되지만, 다만 그것이 공화국으로 불리기만 하면 된다. 바로 이것이 프랑스에서 작금의 공화주의자들이 거둔 '승리'의 특징이다. 이처럼 형식에서 구원을 찾는다. 다른 면으로는 공산주의가 자신의 근본에서 모든 통치 형식뿐만 아니라 국가 자체도, 모든 현대 사회도 부정한다면, 공산주의에 공화국 형식이 무슨 상관인가? 프랑스 대중은 이러한 직접적 상반성, 이러한 두 세력의 상호 대립을 80년간 의식해야 했으나, 마침내 그들은 자각하고, 공화국을 주장했다. 적에게 가장 위험하고 가장 자연스러운 경쟁자를 내보인 것이다. 공화국은 공산주의로 이행하여 사라지는 것을 결코 원하지 않을 것이다. 본질적으로 공화국은 부르주아 이념의 가장 자연스러운 표현이자 형식이고, 프랑스의 모든 부르주아는 공화국의

---

16 1873년 5월 24일 아돌프 티에르가 공화국 대통령에서 은퇴한 뒤, 왕정주의자인 막 마곤 원수가 공화국 대통령에 선출된 것을 풍자해 러시아의 문학 저널리스트인 알렉세이 수보린이 프랑스 정부를 '막 마고니야'라 했던 표현이 당시 폭넓게 통용되었다.

자식이며, 제1차 혁명 때 오로지 공화국에 의해 창조되고 조직되었다. 이런 식으로 고립은 결정적으로 이루어졌다. 전쟁은 아직 멀리 있다고 말할 것이다. 하지만 그렇게 멀리 있지는 않을 것이다. 아마도, 심지어 종말의 지연을 바라지 않는 편이 더 나을 것이다. 이미 지금은 사회주의가 유럽을 다 먹어 치웠는데, 그때가 되면 모든 것을 결정적으로 잠식할 것이다. 비스마르크는 이를 알고 있지만, 지나치게 독일식으로 피와 철에만 기대한다. 그러나 피와 철로 무엇을 할 수 있는가?

1876년 3월 호 제1장

정체되어 있는 식물적 삶의 이상형. 부농과 고리대금업자. 러시아를 몰아가는 높으신 나리들

◈

올해 『러시아 통보』 3월 호에 나에 대한 압세옌코[17] 씨의 '비판'이 실렸다. 압세옌코 씨에게 답한다는 것은 아무 소득도 없는 일일 것이다. 그가 쓰고 있는 것에 대해 그만큼 파고들지 못하는 작가를 떠올리기도 쉽지 않다. 또 그가 파고들었다 해도 마찬가지 결과가 나왔을 것이다. 그의 논설에서 나에 대한 모든 것은, 우리 문화적 인간들이 인민 앞에 고개 숙여야 하는 것이 아니라("인민의 이상형은, 우선적으로 정체되어 있는 식물적 삶의 이상형"이기 때문에), 반대로 인민이 우리 문화적 인간들로부터 계몽당해야 하고, 우리의 사상과 우리의 모습을 본떠야 한다는 주제 아래 쓰인 것이다. 한마디로 압세옌코 씨는 『작

17 바실리 그리고로비치 압세옌코(1842~1913). 소설가, 비평가. 알렉산드르 2세의 개혁 이후 러시아 사회에서 귀족 계급의 역할에 대한 논쟁에 참여했다. 그는 귀족 계급을 사회의 선도적 역량이자 민족 문화의 보유자이며, 자립적인 사회 생활을 익히지 못한 무식한 인민의 지도자로 간주했다.

가 일기』 2월 호에 실린 인민에 대한 내 말이 무척 맘에 들지 않았던 것이다. 거기에는 나 스스로 잘못한 불명확한 점이 단 한 가지 있다고 나는 추정한다. 이 점을 명확히 해야지, 압세옌코 씨에게 문자 그대로 답하는 것은 불가능하다. 갑자기 인민에 대해, 예를 들어 이런 말을 하는 사람과 무엇을 공유할 수 있겠는가?

"그의 어깨 위(즉, 인민의 어깨 위)에, 그의 인내와 자기희생 위에, 그의 생동하는 힘과 열렬한 신앙 위에, 그리고 사적 이익에 대한 도량 넓은 무시 위에 러시아의 자주성, 그 힘과 역사적 사명을 향한 능력이 조성되었다. 인민은 우리에게 그리스도의 순결한 이상, 자신의 위엄 가운데 고상하고 겸손한 영웅성과 푸시킨 시 문학의 활달한 음률에 반영되었고, 이후 우리 문학의 살아 있는 흐름에 계속해서 자양분을 제공했던 슬라브적 본성의 아름다운 특징을 보존해 주었다."

이렇게 쓰고 나서(즉, 슬라브주의자들에게서 베끼고는), 바로 다음 페이지에 압세옌코 씨는 러시아 인민에 대해 전혀 반대되는 얘기를 한다.

"사실 우리의 인민은 우리에게 활동하는 인물의 이상형을 제공하지 못했다는 것이다. 우리가 그 안에서 발견하고, 우리 문학이 그 위대한 명성에 걸맞게 그 안에서 우리에게 사랑하라고 가르쳤던 모든 아름다운 것들이 단지 본능적인 생존, 폐쇄적이고 목가적인 생활 양식이나 수동적 생활 단계에 있을 뿐이라는 것이다. 인민에게서 활동적이고 정력적인 인물이 두드러지는 즉시 대부분의 경우 매력이 사라지는데, 그러한 개성은 대개 고리대금업자, 부농富農, 전횡자의 흉한 모습으로 나타난다. 인민 가운데 능동적인 이상형이 아직 없고, 이를 바란다는 것은 미지로부터, 그리고 아마도, 허위의 값으로부터 출발함을 뜻할 것이다."

이전 페이지에서 "인민의 어깨 위에, 그의 인내와 자기희생 위에, 그의 생동하는 힘과 열렬한 신앙 위에, 그리고 사적 이익에 대한 도량 넓은 무시 위에 러시아의 자주성이 조성되었다!"고 선언해 놓고는 바로 이 모든 것을 지금 말하다니. 생동하는 힘을 보여 주려면 수동적이기만 해선 안 되는 것 아닌가! 러시아를 조성하려면 힘이 드러날 수밖에 없는 것 아닌가! 사적 이익에 대한 도량 넓은 무시를 보여 주려면 반드시 다른 이들의 이익, 즉 공동의, 형제의 이익을 위한 관대하고 능동적인 활동을 드러내 보여야 했을 것이다. 러시아의 자주성을 "자신의 어깨에 메고 가기" 위해서는 수동적으로 자리에 앉아만 있어서는 결코 안 되고, 반드시 자리에서 일어나 한 발짝이라도 내디뎌야 했을 것이다. 최소한 무슨 일이라도 하고 나면 그로 인해 강해지고, 인민이 무슨 일이라도 좀 시작하면서 그때 자신을 "고리대금업자, 부농, 전횡자의 흉한 모습으로" 언명하게 된다. 이렇게 해서 고리대금업자, 부농, 전횡자 들이 러시아를 어깨에 메고 갔다는 결론을 얻게 된다. 따라서 우리의 거룩한 대주교들(인민의 옹호자들과 러시아 땅의 건설자들), 러시아를 위해 자기 생명을 희생하면서까지 일하고 복무했고 그들의 이름을 역사가 경외심을 가지고 간직했던 우리의 경건한 공후들, 귀족들과 지역 위원회 위원들은 모두 고리대금업자, 부농, 전횡자 들일 뿐이다! 아마도 압세옌코 씨는 그때의 인물들이 아니라 요즘 인물들에 대해 얘기하는 것이라고 사람들은 말할지 모르지만, 거기서 이 역사는 그 자체였고 모두 고로흐 왕王 치하[18]에서 실제 있었던 일이다. 그렇다면 이런 경우에는 우리 인민이 거듭났다는 것이 되는가? 압세옌코 씨는 최근의 어떤 인민에 대해 말하는 것인가? 그는 그것을 어디서부터 시작하는가? 표트르 대제의 개혁으로부터? 문화 시대로부터? 결정적인 노예화 때로부터? 그런데 이 경우 교양 있는 압세옌코 씨는 스스로 자신의 정체를 드러내고 있다. 그렇다면 누구나 그에게 말할 것이다. 당신이 교양을 갖추는 대신 인민을 방탕하게 만들고 그들을 오로지 부농과 협잡꾼 들이 되게 했다. 압세옌코 씨, 당신은 정말 이 정도로까지 "나쁜 것만 보는 재능을 가지고 있는가?" 바로 당신의 교양을 위해 노예화된 우리의 인민은(적어도 파데예프 장군[19]의 학설에 따르면), 2백 년간의 노예 생활 이후 교양 있는 당신에게 소

....

18 (익살스러운 표현) 옛날 옛날 한 옛날에

19 귀족주의 보수 진영의 사회비평가로 러시아의 모든 지적 능력은 귀족층에 집중되어 있으므로 모든 권력은 귀족의 손에 쥐어져야 한다고 주장했다. 도스토옙스키는 장편 『미성년』과 『작가 일기』 등에서 그와 논쟁하고 있다.

임을 다했는데, 감사나 하다못해 연민 대신 부농과 협잡꾼 들에 대한 이런 거만한 가래침뿐이던가. (당신이 앞에서 인민을 칭찬한 것은 내가 보기엔 아무 의미도 없는데, 바로 다음 페이지에서 그것을 전면 부정했기 때문이다.) 유럽에서 지성이 들어올 수 있도록 당신을 위해 인민은 2백 년 동안 팔과 다리가 묶여 있었고, 당신에게 유럽에서 지성(?)이 들어왔을 때 결박된 자들 앞에서 한 손을 허리에 얹은 채 자신이 얻은 교양의 고공高空에서 내려다보며 당신은 갑자기 그들에 대해 결론을 내린다, 형편없고 수동적이며 행동을 조금밖에 보여 주지 않았고(이들은 연관되어 있겠고), 문학에 살아 있는 자양분을 제공한 몇 가지 수동적인 선행을 드러냈을 뿐이라고, 그러나 본질적으론 한 푼의 값어치도 없는 것이, 인민이 행동하자마자 즉시 부농과 협잡꾼이 되기 때문이라고. 아니다, 압세옌코 씨에게 답할 필요도 없었는지 모르지만, 대답한다면 오로지 내가 설명할 나 자신의 실책을 인정하면서일 것이다. 그럼에도 얘기가 여기까지 왔으니, 압세옌코 씨에 대해 독자에게 어떤 개념을 잡아 주는 것이 어찌 되었든 쓸데없다고 생각되지는 않는다. 그는 작가로서, 관찰을 위해 무척 흥미로운, 썩 좋지는 않지만 어느 정도의 일반적 의미를 띠는, 그다지 중요하지 않은 나름의 문화적 전형으로서 자신을 드러낸다.

1876년 4월 호 제1장

역설가

◈

말이 나온 김에 전쟁과 전쟁의 소문들에 관해 얘기하겠다. 나는 역설가 한 명을 알고 있다. 그를 안 지 오래되었다. 그는 전혀 알려진 사람도 아니고, 성격이 이상한 몽상가이다. 그에 대해 좀 더 자세히 확실하게 말하겠다. 몇 년 전 언젠가 그와 전쟁을 주제로 논쟁한 적이 있었다는 것이 이제 생각났다. 그는 전쟁을 일반적으로 옹호했는데, 단지 역설 놀이 때문이었던 것 같다. 짚고 넘어가자면, 그는 '문관'이고, 아마도 세상에서 그리고 우리 페테르부르크에서 평화를 가장 애호하는 선량한 사람일 것이다.

"전쟁이 인류에게 천벌이라는 생각은 미개한 것이에요." 그는 이렇게 말했다. "오히려 전쟁은 가장 유익한 것이지요. 오직 한 가지 종류의 전쟁만이 혐오스럽고 진정 파괴적인 것이니, 그것은 바로 내전과 동족상잔입니다. 그것은 국가를 마비시키고 와해시키며, 언제나 너무 오래 계속되어 수백 년간 인민을 광란에 빠지게 합니다. 그러나 정치적이고 국제적인 전쟁은 모든 관계에서 이익만 가져다주기 때문에 전적으로 필수적입니다.”

“애석하게도 인민이 인민에 대항해 나아가고, 사람들이 서로를 죽이러 나아가는데, 거기에 무슨 필수적인 게 있습니까?”

“모든 게 높은 차원에 있죠. 첫째, 사람들이 서로를 죽이러 나아간다는 것은 거짓입니다. 우선 이런 일은 결코 일어나지 않아요, 반대로 자신의 생명을 희생하러 나아가죠, 이것이 바로 우선적으로 있어야 할 일입니다. 이건 전혀 다른 거죠. 자신의 형제와 조국을 지키거나 단순히 조국의 이익을 주장하면서 자신의 생명을 희생하는 이념보다 더 숭고한 것은 없죠. 관대한 이념 없이 인류는 살 수 없고, 바로 이 때문에 관대한 이념에 참여하기 위해 인류는 전쟁을 사랑합니다.”

“설마 인류가 전쟁을 사랑하겠습니까?”

“설마라니요? 누가 전쟁 때 우울해합니까? 반대로 모두가 그때는 활기차고, 의기충천하고, 평화기平和期처럼 둔감과 권태에 대한 얘기가 들려오지 않습니다. 그러고 나서 전쟁이 끝나면 그것을 떠올리기를 얼마나 좋아하는지. 심지어 패한 경우에도 말입니다! 안 믿으시겠지만, 전쟁 때는 항상 사람들이 만나면 고개를 흔들면서, ‘이제 불행이군, 이제 다 살았어!’라고 서로에게 말하죠. 이건 단지 예의에 지나지 않는다고 할 수 있어요. 오히려 각자의 마음속은 축제 분위기랍니다. 아시겠지만, 다른 종류의 생각들을 고백하는 것이 끔찍하게 어렵죠. 짐승이다, 반동이다 비난할 테고, 그게 두려운 거죠. 감히 전쟁을 찬양하지 못하죠."

"하지만 당신은 관대한 이념에 대해, 인간화에 대해 얘기하고 있습니다. 정말 전쟁 없이는 관대한 이념을 찾을 수 없다는 말인가요? 오히려 평화기에 이념이 발달하는 게 더 적절하지 않을까요."

"전혀 반대죠, 전혀 거꾸로예요. 아량은 오랜 평화기에 사라지고, 그 대신 냉소주의와 무관심, 권태 등등이, 무수히 악의적인 조소들이 나타나는 거예요. 그것도 일이 아닌 한가한 재미를 위해서 말이죠. 오랜 평화는 사람들을 잔인하게 만든다고 분명히 말할 수 있어요. 그런 시기에는 사회적 저울추가 항상 인류의 어리석고 난폭한 쪽으로, 특히 부와 자본으로만 기울어요. 전쟁 직후인 지금은 아직 명예, 박애, 자기희생이 존경받고 평가되어 높은 자리에 있지만, 평화가 오래 계속될수록 이 모든 아름답고 관대한 사물들은 빛이 바래고 시들고 죽어 가며, 부와 탐욕만이 모든 것을 삼키죠. 결국 오직 위선-명예, 자기희생, 의무의 위선만 남게 되는데, 모든 냉소주의에도 불구하고 아직 저들을 계속 존경할지도 모르지만, 격식을 위한 미사여구에서나겠죠. 진정한 명예는 없어지고, 공식이 남을 거예요. 명예의 공식, 그것은 명예의 죽음이지요. 오랜 평화는 냉담, 사상의 저열화, 타락을 생산하고, 감각을 무디게 합니다. 쾌락을 섬세하게 하는 게 아니라 거칠게 하죠. 조잡한 부富는 관대함을 즐길 수 없고, 더 소박하고, 실제로 육체의 완전히 직접적인 만족에 더 가까운 쾌락을 요구합니다. 쾌락은 음탕한 것이 되어 갑니다. 호색은 음욕을 불러내고, 음욕은 언제나 무자비하죠. 당신은 이 모든 것을 결코 부정할 수 없을 거예요. 평화가 장기화될 때 사회의 저울추는 결국 조잡한 부로 기운다는 중요한 사실을 부정할 수 없기 때문이지요."

"하지만 학문이나 예술 같은 것들이 전쟁이 계속되는 동안에 발전할 수 있겠습니까. 이것들이야말로 위대하고 관대한 이념이지 않습니까."

"거기서 제가 당신을 낚을게요. 학문과 예술은 언제나 전쟁 직후에 발전합니다. 전쟁은 그들을 회복시키고 소생시키며, 사상을 불러내고 견고하게 하며, 자극을 줍니다. 반대로 평화가 장기화될 때 학문은 쇠퇴합니다. 의심할 여지 없이, 학문에의 종사는 관대함과 헌신을 요구합니다. 그러나 학자들 중 많은 이들이 세계의 악에 굴복하지 않습니까? 거짓 명예, 자존심, 호색이 그들도 사로잡은 거죠. 예를 들어 질투 같은 열정을 감당해 보세요, 그것은 난폭하고 저속하지만, 학자의 가장 고결한 영혼에까지 파고든답니다. 그에게도 일반적인 화려함과 찬란함에 참여하고 싶은 욕구가 있는 것이죠. 부의 성가成家 앞에서 이러저러한 학문적 발견의 성가가 무슨 의미가 있겠어요. 예를 들어 해왕성의 발견과 같은 인상적인 것이 아니라면 말이죠. 많은 이들이 진정한 역군으로 남을는지, 어떻게 생각하세요? 반대로 영광을 원하기 때문에 학문에서의 허풍, 효과적인 것을 향한 격렬한 추구, 무엇보다 공리주의가 많이 나타날 텐데, 이는 부富도 원하기 때문이죠. 예술에서도 똑같습니다. 마찬가지로 효과적인 것이나 어떤 세련됨을 좇을 뿐입니다. 단순하고 선명하고 너그럽고 건강한 이념은 더 이상 유행이 아닐 테니, 무언가 훨씬 더 소박한 것이 필요하고, 열정의 인위성이 필요한 것이죠. 절도와 조화의 감각이 조금씩 상실되고, 감각의 세련됨이라고 불리지만 본질에 있어서는 그것의 조잡화일 뿐인 감각과 열정의 왜곡이 일어날 것입니다. 오랜 평화 끝에는 언제나 예술은 이런 모든 것에 종속됩니다. 세상에 전쟁이 없었다면 예술은 결정적으로 쇠퇴했을 겁니다. 예술에서의 우월한 이념은 모두 전쟁과 투쟁에 의해 주어진 것입니다. 비극을 들여다보시고, 동상을 쳐다보세요. 코르네유의 『오라스』를 보시고, 괴물을 물리치는 벨베데르의 아폴론을 보세요……."

"성모 마리아는요, 그리스도교는요?"

"그리스도교 자체가 전쟁의 실재를 인정하고, 칼이 세상의 종말에까지 이르게 하지는 않는다고 예언하죠. 이것이야말로 매우 훌륭하고 놀라운 것이죠. 오, 물론 높은 도덕적 차원에서 그리스도교가 전쟁을 거부하고 형제애를 요구한다는 것은 의심의 여지가 없습니다. 칼을 쳐서 보습이 될 때[20] 나는 제일 먼저 기뻐할 것입니다. 그런데 언제 이런 일이 일어날 수 있는지, 이제 와서 칼을 쳐서 보습을 만들 가치가 있는지를 묻게 되는 것이죠. 오늘날 평화는 언제 어디서나 전쟁보다 못하니까요. 평화를 지지하는 것이 비도덕적이 될 정도이니까요. 가치를 인정할 만한 것이 아무것도 없어요. 보존할 만한 것이 아예 아무것도 없어요, 아니 보존한다는 게 부끄럽고 부질없어요. 쾌락의 조야함과 부유함이 나태를 낳고, 나태는 노예들을 낳죠. 노예들을 노예 상태로 지속하기 위해서는 자유 의지와 계몽의 가능성을 박탈해야 하죠. 당신이 비록 가장 인도적인 사람이라 해도 노예를 필요로 하지 않을 수 없을걸요? 평화의 시대에 비겁함과 천박함이 뿌리내린다는 점을 다시 한 번 강조합니다. 인간은 그 본성상 비겁함과 천박함에 끔찍하게 경사되어 있고, 자신에 대해 이 점을 잘 알고 있습니다. 바로 그런 이유로 인간은 전쟁을 그토록 갈망하고 전쟁을 그토록 사랑하는지 모릅니다. 인간은 전쟁에서 약효를 느낍니다. 전쟁은 형제애를 발달시키고 인민들을 단결시킵니다."

"인민들을 어떻게 단결시킨다는 거죠?"

"그들을 서로서로 존중하게 강제함으로써요. 전쟁은 사람들을 갱신하죠. 인간애는 어디에서보다 전장에서만 발달합니다. 이상한 사실이긴 하지만, 전쟁은 평화보다 덜 노엽게 합니다. 실제로 평화기의 어떤 정치적 모욕이나 어떤 뻔뻔스러운 협상, 마치 1863년에 유럽이 우리

....

20 구약성서 「이사야서」 2장 4절을 인용하고 있다.

에게 했던 것[21]과 같은 정치적 억압, 불손한 요구가 대놓고 하는 전투보다 훨씬 더 노엽게 합니다. 기억하시죠, 크림에서의 군사 행동 때 우리가 프랑스인들과 영국인들을 미워했나요? 오히려 그들과 더 가까이 조우한 듯했고, 가까운 관계로 이어지기까지 한 듯했어요. 우리는 우리의 용감함에 대한 그들의 의견에 관심이 있었고, 포로들을 귀여워했죠. 우리 병사들과 장교들은 휴전 때 최전선에 나가 적들과 거의 얼싸안고 함께 보드카를 마시기까지 했어요. 러시아는 이런 소식을 흐뭇한 마음으로 신문에서 읽었지만, 이것이 서로 멋지게 싸우는 것을 방해하지는 않았죠. 기사도가 발달하게 되었죠. 전쟁의 물질적 참화에 대해서는 말하지 않겠어요. 전쟁 후에 모든 것이 힘차게 부활한다는 법칙을 누가 모르겠습니까. 마치 먹구름이 메마른 토양에 풍성한 비를 뿌리듯, 나라의 경제적 동력이 열 배나 부르르 일어날 거예요. 지금은 전쟁에서 고통당한 사람들을 모두 돕고 있는데, 평화기에는 가려운 곳을 긁거나 은화 세 닢을 주기 전에 도읍들이 통째로 굶어 죽을 수 있죠."

"하지만 전쟁 중에는 인민이 누구보다 더 고통받고, 사회 상류층과는 비교할 수 없이 큰 파괴와 부담을 감당하

---

21 당시 폴란드 해방 봉기를 둘러싸고 프랑스와 영국은 러시아의 국제적 입지를 약화시키기 위해 복잡한 외교적 게임을 벌였다. 프랑스와 영국은 1863년에 세 차례에 걸쳐 러시아를 위협했으나, 러시아 정부는 멕시코에서 전쟁 중이었던 그들이 폴란드 문제로 러시아와 전쟁할 의도가 없다는 것을 알고 있었다.

지 않나요?"

"아마 그럴 거예요. 그러나 잠시일 뿐이죠. 그 대신 잃는 것보다 훨씬 더 많은 것을 얻게 되니까요. 바로 인민에게 전쟁은 가장 좋고 고상한 결과를 남기죠. 당신이 원하시는 대로 가장 인도적인 사람이지만, 당신은 어쨌든 자신을 평민보다는 위에 있다고 생각하잖아요. 이 시대에 누가 그리스도교적 잣대를 가지고 사람의 목숨을 목숨으로 재단하나요? 돈, 권력, 능력으로 재단하죠, 그리고 평민은 모두 이 점을 너무 잘 알고 있어요. 여기에는 질투가 있는 것이 아니라, 민중에게는 너무 치명적인, 정신적 불평등의 뭔가 참을 수 없는 감정이 있는 것이죠. 어떻게 해방하든 어떤 법칙을 정하든 간에 인간의 불평등은 지금 세상에선 없어지지 않을 거예요. 유일한 처방은 전쟁이죠. 초원이 불에 타 버려 경작지가 되듯 순간적이지만 인민을 위해 경사스러운 것이죠. 전쟁은 인민의 영혼과 자존 의식을 고양시켜요. 전쟁은 싸우는 동안 모두를 평등하게 하고, 공동의 목적을 위해 모두를 위해 조국을 위해 삶을 희생한다는 인간 덕성의 가장 고상한 발현 가운데 주인과 노예를 화해시키죠. 설마 당신은 농투성이나 거지 같은 가장 무지한 무리는 너그러운 감정을 행동으로 표현할 필요가 없다고 생각하시나요? 평화기에 대중은 무엇으로 자신의 관대함과 인간 덕성을 드러낼 수 있을까요? 우리는 때론 믿지 못하겠다는 미소를 띠고, 때로는 그저 믿지 않고, 때로는 이렇게 의심스러운 눈초리로, 그들을 언급할 가치를 겨우 인정해 주면서, 민중 속에서 드물게 나타나는 관대함을 바라보죠. 우리가 어떤 드문 영웅주의를 믿을 때, 뭔가 평범하지 않은 것 앞에서처럼 곧바로 큰 소동을 일으키게 돼요. 그래서 어떻게 되는가 하면, 우리의 감탄과 우리의 칭찬은 의심을 닮는 거죠. 전쟁 때는 이 모든 것이 저절로 사라지고, 영웅주의의 완전한 평등이 도래하죠. 흘린 피는 중요한 것이에요. 상호 간 관대함의 위업은 불평등한 계층들의 가장 단단한 결합을 낳죠. 지주와 소작농이 1812년에 함께 전쟁에 참여하면서 시골이나 평화로운 영지에서보다 서로 더 가까워졌어요. 전쟁은 대중에게 자신을 존중하는 계기가 되었고, 그래서 인민은 전쟁을 사랑하죠. 인민은 전쟁에 관한 노래를 짓고, 이후 오랫동안 전쟁에 대한 전설과 이야기들을 정신없이 듣습니다……. 흘린 피는 중요한 것입니다! 아니, 전쟁은 우리 시대에 필수적인 것이에요. 전쟁 없이 평화는 자취를 감추거나, 적어도 썩어 가는 상처로 뒤덮인 어떤 점액이나 어떤 형편없는 진창으로 변해 버렸을 겁니다……."

나는 물론 논쟁을 멈췄다. 몽상가들과의 논쟁은 불가능하다. 그런데 아주 이상한 사실이 있다. 옛날 옛날에 해결되어 고문서 보관소로 보낸 것처럼 보였던 것들에 대해 지금 논쟁하고 논의가 일어나기 시작했다는 것이다. 이제 다시 이 모든 것들이 파헤쳐지고 있다. 중요한 점은 이 일이 도처에서 일어나고 있다는 것이다.

1876년 4월 호 제2장

나의 역설

◈

다시 유럽과의 충돌이다(오, 아직 전쟁은 아니라고, 우리, 즉 러시아에 말하기를 전쟁까지는 아직 멀었다고 한다). 무대에는 끝나지 않는 문제인 '동방문제'가 다시 등장하고, 유럽에서는 러시아인들을 다시 의심스럽게 바라본다……. 그런데 왜 우리가 유럽의 신임을 좇아야만 한다는 말인가? 유럽이 언제 한번 러시아인들을 믿음직하게 바라본 적이 있었던가, 유럽이 우리를 적대시하지 않고 믿는 눈으로 바라볼 날이 올 수 있을까? 오, 물론 언젠가 이 시각이 변하고, 언젠가 유럽이 우리를 더 잘 분별하고 이해하게 될 테고, 이에 대해서는 언젠가 꼭 한 번 얘기해 볼 가치가 있지만, 아직, 아직 내 머릿속에서는 부차적이고 주변적인 문제처럼 자리할 뿐이고, 최근에는 그것을 풀어 보려 꽤나 열중했다. 아무도 동의하지 않을지 모르지만, 내 보기에는, 내가 부분적으로나마 옳다.

유럽에서는 러시아인들을 좋아하지 않는다고 나는 말

한 바 있다. 좋아하지 않는다는 것에 대해서는 어느 누구도 시비하지 않으리라 생각하는데, 그건 그렇다 치고, 유럽에서는 우리 러시아인들을 거의 통째로, 골수 자유주의자들이라고 비난한다. 게다가 우리 혁명주의자들은 항상 유럽의 보수적 요소들보다는 확실히 파괴적 요소들에 어떤 애정을 품고 가담하는 경향이 있다. 이 때문에 많은 유럽인들이 우리를 조롱하며 오만하게 바라본다. 혐오스럽다. 어째서 우리가 남의 일에 부정적 판단을 하는 자들이 되는지 그들에게는 이해가 가지 않고, 그들은 우리를 '문명'에 속하는 부류로 인정하지 않음으로써 우리에게서 유럽적 부정의 권한을 결정적으로 빼앗는다. 그들은 우리를 유럽의 장단에 맞춰 요동하고, 무엇이든 어디서든 파괴할 수 있는 데 환호하는 야만인들로 본다. 단지 파괴를 위해, 단지 이 모든 것이 어떻게 허물어지는지 지켜보는 만족을 위해 파괴한다, 마치 자신들이 멸절시키는 보물이 무엇인지 전혀 이해하지도 못한 채 고대 로마에 밀려들어 와서 성물을 파괴할 준비가 되어 있던 야만적인 타타르족이나 훈족처럼. 러시아인들은 대부분 유럽에서 자유주의자를 자처하는데, 이는 진실이면서 이상하기까지 한 것이다. 누가 언제 자신에게 이런 질문을 던져 본 적이 있는가. 왜 이럴까?

러시아인 열 명 중 아홉 명은 우리의 백 년 내내 유럽에서 문명화되면서 항상 자유주의적인 성향의 '좌파'에 합류해 왔다. 즉, 항상 자신들의 문화와 자신들의 문명을 부정했던 쪽에 말이다(어느 정도 물론 아돌프 티에르가 문명에서 부정하는 것, 그리고 1871년의 파리 코뮌이 부정했던 것인데, 이것도 심하게 제각각이다). 마찬가지로 '어느 정도' 그리고 마찬가지로 매우 다양하게 유럽의 러시아인들은 자유주의적이지만, 다시 한 번 반복하면, 그들은 처음에 자유주의의 낮은 단계에서 노닐기보다 처음부터 곧바로 극좌에 가담하는 것을 유럽인들보다 더 선호하는데, 한마디로 러시아인들 중에서 코뮌주의자들보다는 티에르들을 훨씬 더 드물게 발견하게 된다. 그런데 이들이 이런저런 경박한 사람들이 전혀 아니라는 점을 짚고 넘어갈 필요가 있고, 적어도 모두가 경박한 이들은 아니며, 심지어 매우 견실하고 개화된 모습을 지녔을 뿐 아니라, 가끔은 각료급인 경우도 있다. 그런데 유럽인들은 이런 겉모습을 믿지 않고 이렇게 말한다. "러시아인의 껍데기를 벗기니 거기 타타르인이 있었다."

이 모든 것이 공정한 듯하지만, 나는 이런 생각이 들었다. 러시아인이 유럽과의 교류에서 대부분 극좌에 가담하는 것은 그가 타타르인이어서 야만인처럼 파괴를 좋아하기 때문인가, 혹은 다른 원인들이 그를 움직이기 때문인가, 이것이 문제로다……! 그리고 이 문제가 충분히 흥미롭다는 데 동의하실 것이다. 우리와 유럽의 충돌은 종말이 가까워 온다. 유럽으로 터진 창문 역할은 끝났고, 뭔가 다른 것이 도래하고 있으며, 적어도 도래해야만 하는데, 이것은 이제 어느 정도라도 생각할 수 있는 형편에 놓인 이라면 누구나 의식하는 것이다. 한마디로 우리는 유럽과 지금까지 이루어졌던 것보다 뭔가 새롭고 이제 훨씬 더 독창적인 만남을 준비해야 한다는 것을 갈수록 점점 더 느끼기 시작하는데, '동방문제'에서 이것이 이루어질지 아니면 다른 문제에서일지 누가 알겠는가! 온갖 유사한 문제들, 연구들, 심지어 추측들, 역설들조차도 생각을 품게 한다는 것 하나만으로 흥미로울 수 있다. 특히 자신을 유럽인으로 여기는 바로 그 러시아인들인 '서구주의자들'이라는 현상이 어떻게 흥미롭지 않을 수 있는가. 그들은 이 별명으로 허세를 부리고 우쭐대며, 지금까지도 러시아인들의 또 다른 절반인 전통주의자들을 자극하고 있다. 말하자면 문명을 부정하는 자들, 문명의 파괴자들, '극좌'에 누구보다 먼저 가담하는 것이, 러시아에서는 누구도 전혀 놀라게 하지 않는다는 것이, 심지어 전혀 문제시되지도 않았다는 것이 어떻게 흥미롭지 않을 수 있는가? 어찌 이것이 흥미롭지 않을 수 있겠는가?

단도직입적으로 말하겠다. 나는 답이 만들어졌지만, 내 생각을 증명하지는 않고, 그것을 가볍게 진술하기만 하고, 사실만을 발전시켜 보겠다. 그도 그럴 것이 전부를 증명할 수 없는데, 하나씩 증명할 수도 없는 노릇이다.

내가 보기에는 이렇다. 이 사실에서(즉, 극좌로의 가담에서, 실상은 유럽을, 심지어 가장 맹렬한 우리의 서구주의자들조차 부정하는 데에서) 모두 나타나는 것 아닌가, 여기에서 반항하는 러시아의 정신이 표현되었던 것 아닌가. 유럽의 문화가 표트르 대제 당시로부터 항상 미워했던 그 정신은 많이, 아주 많이 러시아의 정신에 낯선 것으로 불리는 것 아닌가? 나는 바로 이렇게 생각한다. 오, 물론 이 반항은 거의 내내 무의식적으로 진행되어 왔지만, 러시아의 감각이 죽지 않았다는 것이 소중하다. 러시아의 정신이 비록 무의식적으로라도, 바로 자신의 러시아주의를 위해, 자신의 러시아적인 것, 억압당한 시원을 위해 반항했는가? 물론 그랬다 해도 거기에 전혀 기뻐할 것은 없다고 사람들은 말할 것이다. "부정하는 자(훈족, 야만인 그리고 타타르인!)도 마찬가지로 무언가 고상한 것을 위하여 부정한 것이 아니라, 2세기가 지나도록 유럽의 고상함을 쳐다볼 수도 없을 만큼 자신이 저급하다는 것을 위하여 부정했다."

조금도 의심하지 않고 이렇게 말할 것이다. 나는 이것이 질문이라는 데 동의하지만, 이에 대해서는 대답하지 않고, 다만 내가 타타르인에 대한 가정을 온 힘을 다해 부정한다는 것을 밑도 끝도 없이 언급하고자 한다. 오, 물론 이제 모든 러시아인들 중 누가, 특히 모든 것을 통과한 이때에(이 시기를 정말 통과했기 때문에) 모든 러시아인들 중 누가 고대 모스크바 왕국을 꿈꾸면서 표트르 대제의 업적에 반대하고, 터놓은 창문에 반대해 논쟁할 수 있겠는가, 그것에 반기를 들 수 있겠는가? 결코 그것에 관한 것이 아니며 나는 그것에 대해 이야기를 시작한 것이 아니라, 모든 것, 즉 우리가 창문을 통해 본 모든 것이 좋고 유익하지는 않았다는 것, 그중에는 어쨌든 나쁘고 해로운 것이 상당히 있었다는 것에 대해, 러시아의 감각이 이에 분개하기를 멈추지 않았다는 것, 반항을 멈추지 않았고(비록 그 감각은 대체로 무엇을 하는지 이해하지 못했을 정도로 길을 잃었지만) 자신의 타타르적인 것에서 반항한 것이 아니라, 실제로 창문을 통해 본 것들 가운데 간직했던 뭔가 고상하고 가장 나은 것들로부터 그랬다는 것……(암, 당연히 모든 것에 반대해 반항한 것은 아니었다. 우리는 많은 훌륭한 것들을 받았고, 감사할 줄 모르는 자들이 되기를 원하지 않으며, 이제 적어도 절반 정도에 반대해서 반항할 수 있을 것이다).

반복하건대, 이 모든 것은 대단히 독창적으로 일어났다. 바로 우리의 가장 열렬한 서구주의자들, 바로 개혁을 향한 투쟁가들이 동시에 유럽을 부정하는 이들이 되었으며 극좌의 대열에 서게 되었다……. 그래서 어떻게 되었던가? 그 자체로 그들은 자신들을 가장 열성적인 러시아인들, 러시아의 원형과 러시아의 혼을 위한 투사들로 규정하게 되었던 것이고, 물론 이것이 무엇인지 그들이 제때에 해석했더라면 웃어 젖히거나 기겁했을 것이다. 의심할 것 없이 그들은 자기 안에서 반항의 어떤 숭고함도 의식하지 못했으며, 오히려 지난 2세기 내내 줄곧 자신의 숭고함을 부정했고, 숭고함뿐 아니라 자신에 대한 존중마저 부정해서(정말 대단한 부정의 애호가들이었다!) 유럽을 놀라게 할 정도였다. 그런데 결과적으로, 그들이야말로 진정한 러시아인들로 보이는 것이다. 이러한 추측을 나는 나의 역설이라 부르고자 한다.

예를 들어 천성적으로 열렬히 몰두하는 인간이었던 벨린스키는 이미 유럽 문명의 질서 전체를 부정한 유럽의 사회주의자들에 바로 가담했던 거의 최초의 러시아인들 중 하나였는데, 우리 러시아 문학에서 그는 전혀 반대되는 것을 위해 슬라브주의자들과 싸웠던 것으로 보인다. 그 슬라브주의자들이 그때, 그 또한 러시아에서 유럽을 위해 부정했고, 그것도 부족해서 터무니없는 이야기로 간주해 버린 러시아의 진실, 러시아의 고유함, 러시아의 시원을 위한 가장 극단적인 투사라는 것을 말했더라면 그는 놀랐을 것이다. 그가 바로 유럽에서 사회주의자이자 혁명주의자라는 것 때문에, 어떤 의미에서 그 또한 진짜 보수주의자였음을 그에게 증명해 주었더라면? 실제로 사정은 정말 거의 이러했다. 여기 양쪽에서 중대한 오류가 나왔는데, 무엇보다 그것은, 당시 러시아의 모든 서구주의자들이 유럽과 혼합되었고, 유럽과 유럽의 질서를 부정하면서도 유럽을 진지하게 수용하였으며, 그러한 부정을 러시아에도 적용할 수 있을 것이라고 생각했는데, 당시 러시아는 유럽이 전혀 아니었고, 단지 유럽의 제복만 걸치고 다녔으며, 제복 밑에는 전혀 다른 존재가 있었다는 것이다. 슬라브주의자들은 서구주의자들이 비슷하지 않고 비교할 수 없는 무언가를 똑같이 취급하고 있고, 그것의 결론은 유럽에 쓸모가 있고 러시아에는 전혀 적용되지 않는 것들이며, 이는 어느 정도 이 모든 것이 그들이 유럽에서 바라는 것들이고, 이미 오래전부터 러시아에는 있거나, 적어도 맹아와 가능성으로라도 존재하는 것들이기 때문이며, 심지어 그것은 러시아의 본질을 형성하고 있는데, 다만 혁명적 형태로서가 아니라, 전 세계 인류 회복의 사상이 나타나야만 하는 형태로, 신적 진실의 형태로, 언젠가 지상에서 실현되고 정교正教에서 온전히 보존되어 있는 그리스도적 진리의 형태로 나타나리라는 것을 직접 지적하면서, 러시아가 유럽이 아닌 다른 존재임을 분별하도록 초청했다. 그들은 우선 러시아가 배우고, 그다음 결론을 내리도록 초청했으나, 당시에는 배울 수가 없었는데, 진정 방법이 없었다. 누가 당시 러시아에 대해 무엇이라도 알 수 있었는가? 슬라브주의자들은 물론 서구주의자들보다 백배는 더 알고 있었고(이것은 최소한이다), 그뿐 아니라 그들은 자신의 특별한 감각에 의지하여 거의 손으로 더듬어서, 사변적으로 그리고 추상화해서 행동했다. 무언가 배우는 것이 가능해진 것은 최근 20년의 일이지만, 지금이라 해서 누가 러시아에 대해 무엇인가 알게 되었는가? 연구에 초석이 놓일 만큼 아주 많이 알게 되었지만, 중요한 문제가 갑자기 대두되었는데, 곧바로 우리 가운데 모든 것에 관한 의견이 분분하게 된 것이다. 자, 이제 '동방문제'가 다시 시작된다. 이 문제에 관해 어떤 일반적인 하나의 결론을 모을 수 있는 사람들이 많지 않다는 점을 인정해야 하지 않겠는가? 이렇게 중요하고 위대하고, 이렇게 숙명적이고 민족적인 우리의 문제에 있어서 말이다! '동방문제'라! 이러한 큰 질문을 어디로 가져가겠는가! 수백 수천 가지의 우리 내부적, 일상적 현안들을 보라. 이 일반적인 요동은 뭐고, 자리 잡히지 않은 시각은 뭐고, 일에 익숙지 않은 이 행태는 뭐란 말인가! 러시아의 숲을 없애고 있는데, 지주들과 농민들은 어떤 광포함으로 숲을 도말塗抹하고 있다. 확실히 말해 목재가 10분의 1 가격으로 거래되고 있는데, 이래서야 공급이 오래 버티겠는가? 시장에서 목재 가격이 10배 더 낮아진다면, 우리 아이들은 자라기 어려울 것이다. 어떤 결과가 나올까, 아마도 멸망일 것이다. 그건 그렇고, 숲의 도말에 대한 권리의 축소에 관해 뭐든 얘기해 보시라, 그렇게 해 보시라. 듣고 계시는가? 한편으로는 국가적, 민족적 필요가 있고, 다른 편에는 사유 재산의 권리에 대한 침해가 있으며, 이 둘은 대립한다. 이때 두 진영이 나타나는데, 전능한 견해인 자유주의는 어디에 가담할 것인지 불투명하다. 그런데 두 진영만으로 충분할까? 오랜 시간이 걸릴 것이다. 누군가 오늘날의 자유주의적 정신으로, 하늘이 무너져도 솟아날 구멍이 있고, 러시아의 숲을 도말해 버린다면 어찌 되었든 그 이익은 남는 것 아니냐고, 지방 법정에서는 더 이상 무엇으로도 죄를 범한 농민들을 장작으로 때릴 수 없을 테니 태형은 완전히 폐지될 것 아니냐고 비아냥거렸다. 물론 이것은 위로가 되지만, 왠지 믿을 수는 없다. 숲이 없어지더라도 농민들을 때릴 장작은 외국에서 들여와 항상 충분할 것이다. 유대인 놈들이 지주가 되고, 그들이 러시아의 토양을 죽이고 있으며, 영지를 사기 위해 자본을 지출한 유대인 놈은 자본과 이자를 회수하려고 당장 사들인 땅의 모든 힘과 수단을 말려 버린다고 도처에서 외치며 쓰고는 있다. 그러나 당신이 이 현상에 반대해 뭔가를 말하기라도 한다면 당장 당신에게 경제적 자유와 시민적 평등의 원칙을 위반한다고 절규할 것이다. 여기 무엇보다 먼저 전면에 『탈무드』의 명백한 '국가 안의 국가'가 있다면 토양의 소진뿐 아니라, 지주로부터 해방되어 의심할 여지 없이 매우 빨리 이제 공동체 전체가 훨씬 더 못한 노예 상태에 처하게 되고, 이미 서러시아 농민의 진액을 빨아 먹고 있는 훨씬 더 못한 지주에게, 이제 영지와 농민을 잠식할 뿐 아니라 자유주의 견해까지 잠식하기 시작했고 매우 성공적으로 이를 진행하고 있는 바로 그들에게 속한 우리 농민의 미래도 소진되고 있다면, 여기에 대체 무슨 권리의 평등이 있다는 말인가. 어째서 이 모든 것이 우리 안에 있는가? 어째서 어떤 결정을 할 때마다 이러한 결단력의 부재와 합의에 이르지 못하는 일이 일어나는가, 아니 어떤 결정이라는 것이 있기는 한가(아시겠는가, 이것은 사실이다)? 내가 보기에 이것은 우리의 재능 없음에서 비롯된 것도 아니고, 일할 능력이 없음에서 비롯된 것도 아니고, 벨린스키와 슬라브주의자들의 시대로부터 학파들이 지나온 세월이 이미 20년이 흘렀는데도 불구하고 러시아의 본질과 특성, 그 의미와 정신에 대한 계속되는 무지에서 비롯된 것이다. 이런 얘기까지 할 수 있을 것이다. 학파들이 지나온 이 20년 동안 러시아에 대한 연구는 실질적으로 꽤 진전되었다고까지 할 수 있으나, 러시아적 감각은 이전과 비교했을 때 줄어든 것처럼 보인다. 이유가 무엇일까? 그런데 당시 슬라브주의자들을 그들의 러시아적 감각이 구원했다면, 슬라브주의자들이 벨린스키를 자신들의 가장 좋은 친구로 간주했을 수도 있을 만큼 그러한 감각은 그에게도 있었다. 반복하건대, 거기에는 양쪽 모두에서 큰 오해가 있었던 것이다. 가끔 상당히 민감한 사실을 얘기하곤 했던 아폴론 그리고리예프는 이유가 있어 다음과 같이 말했던 것이다. "만약 벨린스키가 좀 더 살았더라면, 아마 슬라브주의에 가담했을 것이다." 이 구절에 사상이 있었다.

1876년 6월 호 제2장

역설로부터의 결론

◈

"'모든 러시아인은 유럽 코뮌주의자로 개종하면서 곧바로 동시에 러시아 보수주의자가 된다'고 당신은 단언하는가?"라고 내게 물을 것이다. 아니다, 그렇게 결론 내기에는 너무 위험하다. 이 발상에는, 문자 그대로 가져온다 해도 조금의 진실이 있다는 것을 지적하고 싶을 뿐이다. 중요한 것은 무의식적인 면이 많다는 것인데, 나에게는 중단되지 않는 러시아적 감각과 러시아 정신의 불멸에 대한 너무 강한 믿음이 있는 듯하다. 거기에 역설이 있다는 것을 나 스스로 알고 있다 해도, 어쨌든 나는 외견상으로 결론을 제시하고 싶었다. 이 또한 하나의 사실이면서 사실로부터 나온 하나의 결론이다. 나는 앞에서, 러시아인들은 유럽에서 자유주의적이라는 특색을 지니고, 그들이 유럽과 접촉하자마자, 적어도 10분의 9는 좌편향으로, 극좌에 가담한다고 말한 바 있다……. 나는 숫자상으로 고집하지는 않겠고, 그들이 10분의 9가 아닐

지도 모르지만, 자유주의적이지 않은 러시아인들보다 자유주의적인 러시아인들이 비교할 수 없을 정도로 많다는 데 대해서만은 고집하고자 한다. 하지만 자유주의적이지 않은 러시아인들도 있다. 그렇다, 실제로 이런 러시아인들은 지금도 있고 항상 있었는데(그중 많은 이들이 유명하다), 그들은 유럽 문명을 부정하지 않았을 뿐 아니라, 반대로 자신들의 러시아적인 마지막 감각을 잃어버렸고, 자신들의 러시아적 개성을 잃어버렸고, 자신들의 언어를 잃어버렸고, 자신들의 조국을 바꿀 만큼 그것을 숭배했다. 또한 그들이 외국으로 귀화하지 않았다면, 적어도 유럽에서 세대에 걸쳐 머물렀다. 그러나 자유주의적 러시아인들과 그들의 무신론과 코뮌주의 반대편에 있던 이런 사람들은 신속하게 우편향으로, 극우에 가담했고, 이미 열렬한 유럽의 보수주의자들이 되었다는 것은 사실이다.

그중 많은 이들이 자신들의 신앙을 바꾸어 가톨릭으로 개종했다. 이것은 이미 보수주의자가 아니지 않은가, 이것은 이미 극우가 아니지 않은가? 아니, 유럽에서 보수주의자들은 오히려 러시아를 완전히 부정하는 자들이다. 그들은 러시아의 파괴자들이자 러시아의 적들이 되었다! 바로 이것은 러시아인을 맷돌로 빻아 가루로 만들어 진짜 유럽인이 나왔다는 것, 문명의 진짜 아들이 되었음을 의미하는데, 이는 2백 년간의 경험을 통해 얻은 주목할 만한 사실이다. 실제 유럽인이 된 러시아인은 동시에 자연스럽게 러시아의 적이 되지 않을 수 없다는 결론에 이른다. 창문을 뚫은 사람들이 이를 원했던 것인가? 그들이 생각한 것이 이것이었던가? 이렇게 해서 문명화된 러시아인들의 두 유형이 나왔다. 유럽인 벨린스키는 동시에 유럽을 부정했는데, 러시아에 대해 그가 선언한 숱한 오류에도 불구하고 그는 가장 높은 수준의 러시아인이었음이 판명되었다. 러시아의 유서 깊은 토착 귀족인 가가린 공작은 유럽인이 되자, 가톨릭으로의 개종뿐 아니라, 아예 예수회 회원으로 껑충 뛰었다. 이제 말해보시오, 둘 중에 누가 더 러시아의 친구인가? 둘 중에 누가 더 러시아인으로 남았는가? 이 두 번째 예(극우)는 다음과 같은 나의 최초 역설을 확증해 주지 않는가. 유럽의 러시아인 사회주의자와 코뮌주의자는 무엇보다 유럽인이 아니고, 의혹이 해소되어 그들이 러시아를 잘 배우게 되었을 때 다시 훌륭한 토착 러시아인이 되는 것으로 끝내며, 두 번째로 러시아인은 어느 정도라도 러시아인으로 남아 있는 한 결코 진지한 유럽인이 될 수 없는데, 만약 그렇다면 러시아는 결국 유럽을 전혀 닮지 않고 그 자체로 진지한, 무언가 자주적이고 특별한 것이다. 유럽 자체가 러시아인들을 판단하고, 혁명주의를 들어 그들을 비웃으며, 불공정하게 구는지 모른다. 따라서 우리는 훈족이나 타타르인들처럼 세우지도 않은 곳에서 부수기만 하는 혁명주의자들이 아니라, 사실 아직 우리 스스로도 모르는, 다른 무언가를 위한 혁명주의자들이다(알고 있는 사람은 자신을 위해 감추고 있다). 한마디로 우리는, 말하자면 자신의 어떤 필요에 의한, 말하자면 심지어 보수주의로부터 비롯한 혁명주의자들이다……. 그러나 이 모든 것은 임시적이고, 이 모든 것은, 이미 내가 말한 대로, 부차적이고 주변적인 것인데, 이제 무대에는 영원히 풀리지 않을 '동방문제'가 서 있다.

1876년 6월 호 제2장

동방문제[22]

◈

동방문제라! 우리 가운데 누가 이달에 다분히 이상한 느낌을 경험하지 않았고, 신문들에는 얼마나 많은 해설이 실렸던가! 여러 머리에는 어떤 당혹감이, 여러 판결에는 어떤 냉소가, 여러 가슴에는 얼마나 착하고 정직한 떨림이, 여러 유대인 놈들에게는 어떤 소동이 있었던가! 한 가지는 맞는데, 놀라게 하는 것들이 많았음에도 두려워할 것은 없었다는 점이다. 러시아에 겁쟁이들이 이처럼 많았다고 말하기는 어렵다. 그중에는 **고의적인** 겁쟁이들이 있고, 이것은 사실이지만, 그들이 기한을 혼동한 것 같은데, 이제는 심지어 겁내기엔 이미 늦었고, 기대할 수도 없다. 성공을 거두지 못할 것이다. 그런데 고의적인 겁

---

22 18세기 말부터 20세기 초에 걸쳐 전개된 국제적 갈등을 일컫는다. 팔레스타인의 그리스도교 성지에 대한 통제와 오스만 제국 내 그리스도교인들(특히 정교인들)의 독립 투쟁, 쇠퇴해 가는 오스만 제국의 영토를 둘러싸고 러시아, 오스트리아, 영국, 프랑스 (후에 이탈리아, 독일) 등의 각축이 복합적으로 얽혀 있었다.

쟁이들은 물론 자신의 한계를 알아서, 마치 예전에 스테판 바토리에게 사신들을 보내며 차르 이반 바실리예비치 그로즈니가 그들에게, 평화를 얻어 내기 위해 필요하다면 구타라도 견디라고 요구했던 것처럼, 러시아로부터 불명예를 요구하지는 않을 것이다. 한마디로 구타는 어떤 식의 평화와도 어울리지 않는다는 사회의 의견이 제시되었던 것이다.

세르비아의 밀란 공작과 헤르체고비나의 니콜라이 공작이 하느님과 자신의 자격에 기대하며 술탄에 대항해 나아갔는데, 이 구절을 읽으면서 어떤 의의 있는 만남이나 결정적인 전투에 대한 소식이 있을 것 같았다. 이제 사태는 빠르게 진행될 것이다. 위대한 국가들의 결단력 부족과 굼뜸, 베를린 회의의 결론에 가담하기를 거절한 영국의 기이한 외교적 행동, 뒤이어 갑자기 발생한 콘스탄티노플에서의 혁명과 이슬람 광신주의의 폭발, 마침내 바시키르인과 체르케스인들이 불가리아 민간인 — 노인, 여성, 아이까지 포함해 — 6만 명을 죽인 끔찍한 대량 살상 등 이 모든 것으로 단번에 점화되어 전쟁을 불러왔다. 슬라브인들은 대단히 희망적이었다. 그들의 모든 능력을 헤아려 보면, 병력이 15만에 이르는데, 그중 4분의 3 이상이 잘 정비된 정규군이다. 그런데 중요한 것은 사기이다. 그들은 자신들의 자격을 믿고, 자신들의 승리를 믿으며 나아가고 있다. 그때 터키인들은 그런 광신에도 불구하고 대단한 무질서와 동요 가운데 있었다. 이 동요가 첫 만남 이후 공황 상태의 두려움으로 변한다 해도 놀랍지 않을 것이다. 유럽의 개입이 뒤이어 일어나지 않으면 아마 슬라브인들이 승리할 것이라고 이미 예견해도 될 것 같다. 유럽의 불간섭은 결정된 듯하나, 현재 유럽의 정치에서 무언가 견고하고 완결된 것이 있다고 말하기는 어렵다. 갑자기 일어난 거대한 문제로 인해 모두가 혼자 기다리면서 마지막 결정을 지체하기로 한 것 같다. 위대한 동방 국가 셋의 연합이 계속되고 있다는, 세 군주의 개인적인 만남이 계속되고 있다는, 그래서 슬라브인들의 싸움에 이쪽이 간섭하지 않으리라는 것이 **당분간** 맞는다는 소식이 들려온다. 고독해진 영국이 동맹국을 찾고 있는데, 찾을 수 있을지는 의문이다. 만약 찾는다 해도 프랑스는 아닐 것 같다. 한마디로, 모든 유럽이 개입하지는 않으면서 그리스도인과 술탄의 전쟁을 주시할 것이나, ……때까지만 당분간…… 유산의 분배 때까지만. 그런데 이 유산이 가능할 것인가? 아직 어떤 유산이 남아 있는가? 만약 하느님이 슬라브인들에게 성공을 보내 주신다면, 유럽은 그들의 성공을 어느 한계까지 허용할 것인가? 병자를 침상에서 끌어내 아주 내쫓아 버리는 것도 허용할 것인가? 이것을 가정하기는 매우 어렵다. 반대로, 새로운 그럴듯한 진찰 후에 그를 다시 치료하기로 결정할까……? 그래서 슬라브인의 노력은 아주 대단한 성공의 경우에도 상당히 미약한 것으로 보상받을 뿐일 것이다. 세르비아는 자신의 능력을 기대하면서 전장에 나갔으나,

물론 세르비아는 그의 결정적인 운명이 전적으로 러시아에 달려 있다는 것을 알고 있다. 오직 러시아만이 가장 불행한 경우에 세르비아를 파멸에서 보호한다는 것을, 러시아가 자신의 강력한 영향력으로, 세르비아에 행운이 왔을 때 최대한의 이득을 챙길 수 있도록 도와줄 것을 세르비아는 알고 있다. 세르비아는 그것을 알고 러시아에 기대하고 있으나, 전 유럽이 러시아를 비밀스럽게 불신하며 바라보고 있다는 것, 러시아의 처지가 염려스럽다는 것 또한 알고 있다. 한마디로 모든 것이 미래에 있는데, 러시아는 과연 어떻게 행동할 것인가?

이것이 질문인가? 어떤 러시아인에게도 이것은 질문일 수 없고 질문이어서도 안 된다. 러시아는 **정직하게** 행동할 것이다 — 바로 이것이 질문에 대한 답이다. 영국에서는 수상이 정무적 판단으로 의회 앞에서 진실을 왜곡하여 6만 불가리아인의 대량 살상이 터키인이나 바시키르인에 의한 것이 아니라, 슬라브 출신 이주자들에 의해 일어났다고 공식적으로 발표하며, 의회는 정무적 판단에서 그를 믿고 그의 거짓말을 조용히 승인할 수 있다. 러시아에서는 비슷한 일이 절대 있을 수 없고 있어서도 안 된다. 어떤 사람들은 말할 것이다. 러시아도 어떤 경우 자신의 명백한 불이익에는 응할 수 없을 것 아닌가? 그럴 것이다. 그런데 러시아의 이익은 어디에 있는가? 러시아의 이익은 바로, 필요하다면 공정함을 파괴하지 않기 위해서만이라도 심지어 명백한 불이익과 명백한 희생으로 나아간다는 것이다. 러시아는 수 세기 가까이 유언으로 남겨진, 지금까지 확고하게 따라왔던 위대한 사상을 배신할 수 없다. 말이 나온 김에, 이 사상은 모든 슬라브인들의 일치이다. 그러나 이러한 일치는 침략도 폭력도 아니고, 인류에 대한 전적인 봉사를 위해서이다. 언제, 또 자주 러시아가 정치에서 자신의 직접적인 이익 때문에 행동한 적이 있었던가? 오히려 러시아는 페테르부르크의 역사가 계속되는 동안 무엇보다 자주 남의 이익을 위해, 유럽이 우리를 항상 못 미더워하며 의심스러운 눈초리로 미워하면서 보지 않고 선명하게만 볼 수 있었더라면 놀라게 되었을 정도로, 사심 없이 봉사하지 않았는가. 유럽에서는 러시아의 사심 없음만이 아니라, 아무도 사심 없는 것을 결코 믿지 않을 것인데, 그들은 오히려 사기와 어리석음을 믿을 것이다. 그러나 우리는 그들의 판결에 전혀 두려워할 것이 없다. 러시아의 이러한 헌신적 사심 없음에 그 힘의 모든 것이 있고, 말하자면 모든 개성이, 러시아 사명의 모든 미래가 있다. 단지 그 힘이 때때로 다분히 잘못된 방향으로 흘러간다는 것이 유감이다.

1876년 6월 호 제2장

4.

중편
『지하로부터의 수기』

지하

수기의 저자는 물론 수기 자체도 지어낸 것이다. 그럼에도 이 수기의 작가와 같은 인물들은, 우리 사회가 형성된 상황들을 고려할 때 우리 사회에 존재할 뿐 아니라 존재해야만 한다. 나는 머지않은 과거의 유형 중 한 인물을 보다 또렷이 대중 앞에 선보이고 싶었다. 이 인물은 아직 살아남아 있는 세대의 대표자들 중 하나이다. '지하'라는 제목이 붙은 이 장에서 이 인물은 자기 자신과 자신의 견해를 소개하고, 자신이 우리의 환경 속에서 출현한, 아니 출현할 수밖에 없었던 이유들을 밝히고 싶어 하는 듯하다. 다음 장에서는 그의 생애 중 몇 가지 사건들에 관한 이 인물의 진짜 '수기'가 나올 것이다.

– 표도르 도스토옙스키

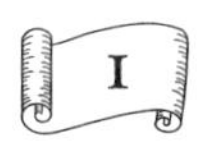

나는 병든 인간이다. 나는 악독한 인간이다. 나는 호감을 주지 못하는 인간이다. 간이 아픈 것 같다고 나는 생각한다. 그렇긴 해도 나는 내 병에 대해 아무것도 이해하지 못하는 데다 어디가 아픈지도 잘 모른다. 의학과 의사를 존경하긴 하지만 나는 치료를 받고 있지 않고 받은 적도 결코 없다. 게다가 나는 극도로 미신적이기까지 하다. 바로 의학을 존중하는 만큼 말이다. (미신적이지 않을 만큼 충분히 교육을 받았지만, 나는 미신적이다.) 아니, 나는 심보가 뒤틀려서 치료받고 싶지 않은 거다. 당신들은 분명 이해 못하실 거다. 뭐, 나야 이해하지만. 나는 물론 이 경우에 내 뒤틀린 심보로 대체 누구를 괴롭히려는 건지 설명할 수가 없다. 의사한테 치료받지 않는다고 해서 결코 그를 '엿 먹일' 수 없다는 건 나도 아주 잘 알고 있다. 그래 봐야 그 누구도 아닌 자신만 손해라는 걸 내가 제일 잘 안다. 그럼에도 내가 치료받지 않는다면 그건 속이 뒤틀려서 그러는 거다. 간이 아프다, 에라, 더 아프라지!

내가 이렇게 산 지는 꽤 오래되었다, 20년째 이러고 있으니 말이다. 나는 이제 마흔이다. 나는 예전에 관청에서 일했지만 지금은 근무하지 않는다. 나는 고약한 관리였다. 나는 거칠었고 거기서 만족을 찾았다. 그러나 뇌물을 받은 적이 없으니 이것만으로도 상을 받아야 하는 것 아닌가. (형편없는 말장난이지만 이 구절을 삭제하진 않겠다. 내가 이 구절을 쓸 때는 아주 날카로운 위트가 될 거라고 생각했다. 그런데 이제 보니 그저 재수 없게 잘난 척하고 싶어 했던 거다. 일부러라도 지우지 않겠다!) 내가 앉아 있던 책상 앞으로 증명서를 끊으러 오는 사람들에게 나는 이를 갈아 댔고, 누군가를 괴롭히는 데 성공했을 때 강렬한 쾌감을 느꼈다. 거의 언제나 성공적이었다. 그들은 대부분 하나같이 겁쟁이들이었으니까. 청원인들이 그렇다는 건 다 아는 얘기 아닌가. 그런데 폼 재기 좋아하는 자들 중에 특히 참아 줄 수 없는 장교 놈이 하나 있었다. 그 자식은 결코 고분고분하지 않았고 혐오스러울 정도로 칼을 절그럭거리며 다녔다. 나는 칼 소리 때문에 그 자식과 1년 반 동안 전쟁을 벌였다. 결국 내가 이겼는데, 그놈이 절그럭거리는 걸 멈췄던 거다. 하긴 이건 내가 아직 젊었을 때 있었던 일이다. 그런데 여러분, 내 뒤틀린 심보의 요점이 뭔지 아시겠는가? 모든 문제의 핵심이, 가장 추악한 것이 뭐냐 하면 나는 악독하지도 원한을 품지도 않은 인간이라는 것, 참새들이나 쓸데없이 놀라게 해서 자신을 위로하려는 인간이라는 것을 시시각각, 심지어 화가 나 미쳐 날뛰는 순간에도 수치스럽게 자각하고 있었다는 점이다. 내가 입에 거품을 물고 있을 때도 인형 같은 걸 안겨 준다거나 설탕 넣은 차를 가져다준다면 나는 아마 진정될 것이다. 심지어 마음속 깊이 감동할 것이다. 그다음엔 분명 자신을 향해 이를 갈며 수치심으로 몇 달 동안 불면증에 시달리겠지만. 이게 내 습관이니 어쩔 것인가.

내가 악독한 관리였다고 조금 아까 말한 건 나 자신에 대해 거짓말을 한 것이다. 그냥 속이 뒤틀려서 거짓말을 해 버렸다. 나는 그저 청원인들과 장교들을 상대로 장난을 좀 쳤을 뿐이지 본질적으로 결코 악독한 놈이 될 수는 없었다. 나는 내 안에서 그러한 것과는 반대되는 요소들이 넘쳐 난다는 것을 매 순간 의식해 왔다. 내 안에서 이러한 대립적인 요소들이 들끓고 있다는 것을 느껴 왔다. 그것들이 내 안에서 평생 들끓고 있었으며 밖으로 나오려고 기를 쓰는 것을 나는 알고 있었으나 그것들을 내보내지 않았다. 물론 내보내지 않았다. 일부러 밖으로 내보내지 않았다. 그것들은 나를 수치스러울 정도로 괴롭혔다. 경련을 일으킬 지경이었고, 마침내 지겨워졌다. 얼마나 진절머리가 났던지! 여러분, 이쯤 되면 내가 당신들 앞에서 뭔가를 고백하려 한다고, 뭔가에 대해 용서를 구하려 한다고 생각하시겠지? 나는 당신들이 분명 그렇게 생각하시리라 확신한다……. 그런데 당신들이 그러거나 말거나 내겐 마찬가지라는 점을 나는 단언한다…….

나는 악독한 인간이 될 수 없었을 뿐 아니라 아무것도 될 수 없었다. 악독한 인간도, 착한 인간도, 야비한 인간도, 정직한 인간도, 영웅도, 벌레도 그 어떤 것도. 나는 이제 현명한 인간은 진정 아무것도 될 수 없고, 뭔가가 된다는 건 바보에게나 해당되는 일이라는, 악의에 차고 아무짝에도 쓸모없는 위안으로 스스로를 흥분시키며 나만의 구석에서 살아갈 것이다. 그렇사옵니다, 19세기의 현명한 인간은 반드시 정신적으로 우선 주관 없는 존재가 되어야만 한다. 주관을 가진 사람, 즉 행동가는 대개 편협한 존재이다. 이것이 마흔 먹은 나의 확신이다. 나는 이제 마흔 살인데, 40년은 정말 한평생 아닌가, 사실 늙을 만큼 늙은 것 아닌가. 40년 이상 산다는 건 보기 흉하고 속되며 비도덕적이다! 누가 40년 이상을 살고 있는지 진실로 정직하게 대답해 보시겠는가? 내가 대답해 보겠다, 바보들과 쓸모없는 자들이 살아남아 있을 뿐이다. 나는 이러한 사실을 모든 노인들에게 눈을 마주 보며 얘기해 주겠다. 모든 존경받는 노인들에게, 백발이 성성하고 향내를 풍기는 노인들에게! 온 세상을 똑바로 보면서 말해 주겠다! 나에게는 이럴 권리가 있다. 왜냐하면 나도 예순까지 살 거니까. 일흔까지도 살아 버릴 거다! 아니, 여든까지도 살아남을 거다……! 잠깐만! 숨 좀 돌리자…….

아마 당신들은 내가 당신들을 웃기려 한다고 생각하시

겠지? 착각이다. 나는 당신들이 짐작하는 것처럼 또는 넘겨짚는 것처럼 명랑한 인간이 전혀 아니다. 게다가 만약 당신들이 이런 수다에 짜증이 났다면(이미 당신들이 짜증 났다고 나는 느끼고 있는데), 도대체 너는 누구냐고 내게 물을 생각이 들 것이다. 그렇다면 나는 일개 8등관이라고 대답해 주겠다. 나는 먹고살기 위해(오로지 이것을 위해) 근무했고, 작년에 먼 친척으로부터 6천 루블의 유산을 물려받게 되었을 때 곧바로 사표를 내고, 방구석에 틀어박혔다. 나는 오래전부터 이 방구석에서 살았지만, 지금은 이곳에 틀어박혀 버렸다. 지저분하고 고약한 내 방은 이 도시의 변두리에 있다. 나의 하녀는 촌마을 출신으로 늙고 어리석고 심술궂은 할망구인데, 지독한 냄새까지 풍기는 위인이다. 페테르부르크의 기후는 내게 해롭고, 내 보잘것없는 재정 형편으로는 페테르부르크의 물가를 감당할 수 없다고들 한다. 나는 이 모든 걸 알고 있다, 이 모든 경험 많고 지혜 넘치는 조언자들과 고개를 끄덕대는 자들보다 더 잘 알고 있다. 하지만 나는 페테르부르크에 남을 것이고, 페테르부르크를 떠나지 않을 것이다! 그 이유는……. 이런! 이러나저러나 마찬가지 아닌가, 내가 떠나든 안 떠나든.

그나저나 점잖은 인간이 가장 큰 만족감을 맛보며 얘기할 수 있는 소재란 무엇일까?

답은 자신에 관한 것이다.

그러니 나도 자신에 관해 이야기해 보겠다.

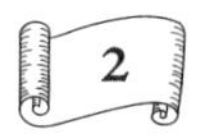

여러분, 당신들이 듣고 싶든 듣고 싶지 않든 이제 내가 왜 벌레조차 될 수 없었는지 얘기하겠다. 나는 수도 없이 벌레가 되고 싶었음을 당신들에게 엄숙히 말한다. 하지만 나는 그런 주제도 못 되었다. 맹세컨대 지나치게 의식하는 것, 이건 병이다. 진짜 완전한 병이다. 인간이 일상생활을 하는 데는 평범한 의식만으로도 너무나 충분했을 것이다. 즉, 우리의 불행한 19세기에, 더구나 지구상에서 가장 추상적이고 계획적인 도시(도시에는 계획적인 것과 그렇지 않은 것이 있다)인 페테르부르크에 거주하는 크나큰 불행까지 짊어진 계발된 인간의 의식 양의 절반이나 4분의 1이면 되었을 것이다. 신념에 찬 단순한 인간들과 무턱대고 돌진하는 활동가들이 살아가는 데 필요한 만큼의 의식이면 완벽하게 충분했을 것이다. 장담컨대 당신들은 내가 활동가들을 비꼬려고 젠체하면서 이 모든 것을 쓰고 있다고, 더 나아가 우리의 장교처럼 불쾌한 취향으로 젠체하며 칼을 절그럭거리면서 다닌다고 생각할 것이다. 하지만 여러분, 대체 어느 누가 자신의 병을 가지고 허세를 부릴 수 있으며 그것으로 젠체할 수 있겠는가?

한데 내가 지금 무슨 소릴 하고 있는 건가? 모두들 그렇게, 다들 병 나부랭이로 허세를 부리지만, 내가 아마 제일 심할 텐데. 관두자, 내 반박은 들을 가치도 없을 테니까. 그러나 어쨌든 나는 매우 많은 양의 의식뿐 아니라 모든 종류의 의식 자체가 병이라고 굳게 확신한다. 나는 그것을 고집한다. 이건 잠깐 미뤄 두고, 내게 바로 다음 질문에 답해 달라. 왜 하필 그 순간에, 언젠가 우리 가운데 얘기되었던 '모든 아름답고 숭고한 것'의 모든 미묘한 부분까지 내가 가장 또렷이 의식할 수 있었던 바로 그 순간에, 더 이상 그것을 의식하지 못하게 되고 추한 행동들을, 아마도 뭐 한마디로 모두가 행하는 그런 일들을 마치 일부러 그러는 것처럼, 내가 그것을 전혀 할 필요가 없다고 또렷이 의식한 바로 그때 버젓이 행하는 일이 어떻게 일어나는지? 내가 선과 이 모든 '아름답고 숭고한 것'을 의식할수록 나는 점점 깊이 나의 진흙탕 속으로 빠져들었고 헤어날 수 없는 처지가 되었다. 그런데 중요한 점은 이 모든 일이 내 안에서 우연히 일어난 게 아니라 필연적으로 일어난 듯하다는 것이다. 이것은 질병이나 부패가 아니라 나의 지극히 정상적인 상태로 보였으며, 마침내 나는 이 부패와 싸우려는 마음이 싹 가셔 버렸다. 그러다 이것이 아마도 나의 정상적인 상태일 것이라고 거의 믿는 쪽으로 끝났다(실제로 믿게 되었는지도 모른다). 처음에는 이 싸움에서 얼마나 많은 고통을 감내했던지! 다른 사람들도 그럴 것이라고는 믿지 않았기 때문에 나는 평생 이것을 비밀로 감추어 왔다. 나는 부끄러웠다(아마 지금까지도 부끄러워하고 있는지 모른다). 나는 뭔가 비밀스럽고 비정상적이고 비열한 만족을 느끼는 지경까지 이르기도 했고, 혐오스러운 페테르부르크의 어느 날 밤에 자신의 방구석으로 돌아오며 오늘도 혐오스러운 짓을 저질렀다는 것, 일단 저지른 일은 역시나 절대 돌이킬 수 없다는 것을 강렬하게 의식했고, 이 때문에 속으로 몰래 자신에게 이를 갈고 또 갈고, 자신을 고문하고 쥐어짜다 보니, 마침내 쓰라림이 치욕적이고 저주받을 어떤 감미로움으로 바뀌고, 또 마침내 확실히 심각한 쾌감으로 변하는 것이었다! 그렇다, 쾌감, 쾌감으로 말이다! 나는 그렇게 주장한다. 내가 이런 말을 꺼낸 건 다른 사람들도 이 같은 쾌감을 맛볼 때가 있는지, 늘 알고 싶었기 때문이다. 내가 당신들에게 설명하겠다. 쾌감은 바로 자신의 굴욕을 너무나 선명하게 의식하는 데서 발생한다. 즉, 막다른 벽에 다다랐다는 것을, 이건 추악하지만 별도리가 없다는 것을, 이미 출구도 없고, 결코 다른 사람이 될 수도 없다는 것을 스스로 느끼기 때문이다. 뭔가 다른 것으로 변화될 수 있는 시간과 믿음이 있었다 해도 아마 스스로 내키지 않았거나, 원하는 게 있었다 하더라도 사실상 될 만한 것이 하나도 없었기 때문에 아무것도 하지 않았을 것이다. 중요한 것은 결국 이 모든 것이 강렬해진 의식의 정상적이고 기본적인 법칙들과 그 법칙들로부터 흘러나오는 타성에 따라 일어난다는 것이고, 따라서 이 경우엔 뭔가로 변하는 건 고사하고 도무지 어찌해 볼 수가 없는 것이다. 강렬해진 의식의 결과로 다음과 같은 예를 들 수 있다. 비열한이 자신이 실제로 비열한이라는 것을 이미 그 스스로 느낀다면 그것이 비열한에게 마치 위로가 되는 듯하다는 것은 옳다. 하지만 그만두자. 잔뜩 지껄여 대긴 했는데, 뭘 설명했던가……? 이때 쾌감이 무엇으로 설명될 수 있겠는가? 그래도 나는 설명해 보겠다! 나는 역시 끝까지 가겠다! 나는 이것 때문에 손에 펜을 잡을 것이다…….

나는, 예컨대 끔찍이도 자존심이 강하다. 나는 꼽추나 난쟁이처럼 의심이 많고 모욕감을 잘 느끼는 성격이지만, 내 뺨을 때리는 일이 벌어졌다 해도 오히려 기뻐했을 그런 순간들이 정말 있었다. 진지하게 말하는데, 분명히 나는 여기서 자기 식의 쾌감을 찾을 수 있었을 것이다. 물론 절망의 쾌감이었다. 그런데 절망 따위에서 활활 타오르는 쾌감이 솟아나기도 했는데, 자신의 출구 없는 처지를 아주 강렬하게 의식할 때 그랬다. 이럴 때 따귀라도 맞으면 사람들이 당신에게 끈적한 것을 처발랐다는 의식에 짓눌릴 것이다. 중요한 것은, 아무리 사방을 둘러보아도 항상 내가 모든 것에서 어쨌거나 가장 잘못한 사람이 된다는 것인데, 잘못 없이, 말하자면 자연의 법칙에 의해 잘못한 사람이 된다는 것이 무엇보다 모욕적이다. 그것은 첫째로 내가 주위의 모든 사람들보다 똑똑하기 때문에 잘못이 있다. (나는 스스로를 내 주위의 모든 사람들보다 똑똑하다고 계속 생각해 왔고, 또 가끔은, 믿으실지 모르겠지만, 이 때문에 양심의 가책을 느꼈다. 적어도 나는 평생을 웬일인지 딴 데만 쳐다보았을 뿐 한 번도 사람들의 눈을 똑바로 쳐다볼 수 없었다.) 마침내 나는 다음 이유로 잘못이 있다. 내 안에 관대함이 있었다면 그것이 쓸모없다는 의식으로 나는 더 고통스럽기만 했을 것이기 때문이다. 내게 관대함이 있었다 해도 아마 나는 아무것도 못했을 것이다. 용서하지도 못했을 것이고. 왜냐하면 어떤 자식이 나를 때렸다면 자연의 법칙에 따라 그랬을 터인데, 자연의 법칙은 용서하고 말고 할 수 있는 게 아니지 않은가. 그렇다고 잊어버리지도 못했을 터인데, 아무리 자연의 법칙이라 해도 어쨌든 모욕적이기 때문이다. 마침내 내가 전혀 관대하게 굴지 않고, 반대로 나를 모욕한 자식에게 복수하기를 원했다 해도 나는 그 무엇으로도 그 누구에게도 복수할 수 없었을 것이다. 왜냐하면 나는 할 수 있었더라도 뭔가를 단행할 결심을 하지 못했을 것이기 때문이다. 어째서 결단할 수 없었는가? 이 점에 대해 특별히 두어 마디만 하고 싶다.

정말이지 자신을 위해 복수할 줄 아는, 대체로 자신을 옹호할 줄 아는 사람들의 경우, 예를 들어 이것은 어떻게 이루어지는가? 정말이지 일단 복수심에 사로잡히기만 하면, 그때는 그들의 전 존재에 이 감정 이외에는 더 이상 아무것도 남지 않을 것이다. 이런 양반들은 미친 황소

처럼 뿔을 아래로 처박고 목표를 향해 곧장 돌진하는데, 오직 벽만이 그를 멈추게 할 수 있다. (말이 나온 김에 덧붙이자면, 이런 양반들, 즉 신념에 찬 단순한 인간들과 활동가들은 벽 앞에서 진정으로 굴복하고 만다. 그들에게 벽이란, 예를 들어 우리처럼 생각만 하고 결과적으로 아무것도 하지 않는 인간들과는 달리 길에서 벗어나도록 방향을 틀 건수도 핑곗거리도 될 수 없다. 우리 형제들은 보통 믿지는 않지만 언제나 이 핑곗거리에 무척 기뻐한다. 아니, 그들은 진정으로 굴복하는 것이다. 그들에게 벽은 안심시켜 주고, 도덕적 해결책을 제시해 주고, 결정적인 무엇인가를, 어쩌면 신비하기까지 한 뭔가를 지니고 있는 것이다. (……) 하지만 벽에 대한 얘기는 나중에.) 따라서 이런 식의 단순한 인간을, 나는 바로 상냥한 어머니인 자연이 자상하게 지상에 낳으면서 보고 싶어 한 모습 그대로의 진짜 인간, 정상적인 인간이라고 생각한다. 나는 이런 인간이 환장하도록 부럽다. 이런 인간은 멍청하다는 것, 이를 놓고 나는 당신들과 왈가왈부하지 않겠지만, 아마도 정상적인 인간은 반드시 멍청해야만 하는 것인지도 모르는데, 왜 그런지 당신들은 아는가? 어쩌면 이것이 매우 아름답다고 할 수도 있을 것이다. 더군다나 나는 이러한 의혹에 확신을 가지고 있는데, 만약 예를 들어 정상적인 인간의 안티테제, 즉 강렬하게 의식하는 인간, 물론 자연의 품이 아니라 증류기에서 나온 인간(이것은 이미 신비주의에 가깝지만, 여러분, 나는 이것도 의심하고 있다)을 보면, 이 증류기 인간은 자신의 안티테제 앞에서 자신의 모든 강렬한 의식을 가지고도 이따금 자신을 기꺼이 인간이 아니라 생쥐로 간주할 정도로까지 스스로 굴복해 버린다. 강렬하게 의식하는 생쥐라 해도 어쨌든 생쥐이지만, 여기엔 인간이 있고, 따라서 아무튼 그렇다는 말이다. 그리고 중요한 것은 바로 자신이 스스로를 생쥐로 간주한다는 것이다. 이에 대해 어느 누구도 그에게 요구하지 않는데 그런다는 점, 이것이 중요하다. 이제 이 생쥐의 행동을 살펴보자. 예를 들어 이 생쥐가 모욕당했고(생쥐는 거의 언제나 모욕당한 상태이긴 하지만), 또한 복수를 원한다고 해 보자. 자연과 진리의 인간보다 생쥐 안에는 악의가 훨씬 더 쌓여 있을 수 있다. 자기를 모욕한 자에게 그 악독함 그대로 되갚아 주려는 추잡하고 저속한 복수의 욕구가 자연과 진리의 인간 안에서보다 더 추잡하게 들끓고 있을 수 있는데, 이는 자연과 진리의 인간이 그 타고난 어리석음으로 자신의 복수를 그저 단순하게 공정함으로 간주하는 반면, 생쥐는 강렬한 의식의 결과로 이런 경우 공정을 부정해 버린다. 마침내 생쥐는 그 일 자체, 즉 복수라는 행위에 이른다. 불행한 생쥐는 최초의 한 가지 추잡한 것 외에 이미 질문과 의심의 형태로 수많은 다른 추잡한 것들을 자기 주위에 잔뜩 쌓아 올릴 수 있었다. 그리하여 하나의 질문에다 해결되지 않는 너무 많은 질문들을 가져다 놓는 바람에 어쩔 수 없이 생쥐 주위에는 어떤 숙명적인 흙탕물이, 의심과 흥분으로 이루어진, 마침내 재판관과 독재자의 모습으로 의기양양하게 둘러서서 생쥐를 향해 한껏 큰 소리로 비웃음을 날리는 신념에 찬 단순한 활동가들이 생쥐에게 뱉어 댄 침들로 이루어진 악취 나는 시궁창 같은 것이 도처에 깔리게 되는 것이다. 물론 모든 것에 대해 한 손을 내젓고, 생쥐 스스로도 믿지 않는 가장된 경멸의 미소를 지으며 자신의 쥐구멍 속으로 수치스럽게 기어 들어갈 도리밖에 없다는 점은 자명하다. 그곳, 자신의 혐오스럽고 악취 나는 지하에서, 모욕과 조롱에 만신창이가 된 우리의 생쥐는 지체하지 않고 싸늘하고 독기 어린, 특히 이 점이 중요한데, 영원히 존재할 증오 속으로 침잠한다. 40년을 내내 가장 수치스러운 마지막 세세한 부분까지 자신의 치욕을 기억해 낼 것이고, 그럴 때마다 매번 자신의 환상으로 스스로를 악랄하게 약 올리고 짜증 나게 하면서 더 부끄러운 세세한 것들을 자기 안에서 끄집어내어 덧붙이곤 했다. 자신의 환상을 스스로 부끄러워하면서도, 어쨌든 모든 것을 기억해 내어 곱씹고, 일어날 수도 있다는 구실을 대면서 자신에게 불리한 말도 안 되는 이야기들을 잔뜩 생각해 내며, 어떤 것도 그냥 지나치지 않을 것이다. 아마 복수를 시작하긴 할 테지만, 자신에게 복수할 권리가 있는지 자신의 복수가 성공할는지에 대한 믿음도 없고, 자신의 모든 복수 시도로부터 복수할 상대보다 백배는 더 고통받고, 정작 상대방은 눈 하나 꿈쩍하지 않으리라는 것을 미리부터 알고 있으면서, 되는대로 이따금 시시하게 벽난로 뒤에서 은밀하게 할 것이다.

죽음의 침상에 누워서도 또다시 모든 것을 기억해 낼 텐데, 이때는 그동안 쌓인 이자까지 붙을 것이고 또 〔……〕 하지만 이 싸늘하고 역겨운 반半절망과 반半믿음 속에, 그 자신은 너무 괴로워 40년간 의식적으로 스스로를 지하에 생매장한 것에, 강렬하게 창조되었으나 어쨌든 부분적으로 의심스러운 이 출구 없는 자신의 처지에, 내부로 들어와 버린 충족되지 못한 욕구의 이 모든 독기 속에, 항구적 결단들과 1분 후에 다시 밀려드는 후회들이 빚어내는 이 모든 주저함의 열병 속에, 내가 말했던 그 이상한 쾌감의 정수가 들어 있는 것이다. 그것은 가끔 의식에 굴복되지 않을 만큼 섬세해서 조금이라도 제한적인 인간들이나 그저 튼튼한 신경을 가진 인간들조차 그 안에 있는 특성을 하나도 이해하지 못할 것이다. 당신들은 이를 드러내고 히죽거리며 자기 의견을 덧붙일 것이다. "한 번도 따귀를 맞아 보지 않은 사람은 아마 이해하지 못할 거요." 당신들은 이런 식으로, 아마도 내가 살아오면서 따귀를 맞아 본 적이 있으며, 그래서 내가 이 세계를 잘 아는 사람처럼 말한다는 것을 내 앞에서 정중하게 암시할 것이다. 당신들이 그렇게 생각한다는 쪽에 내기를 걸 수도 있다. 그러나 안심하시라, 여러분, 당신들이 어떻게 생각하든 내겐 전혀 상관없지만, 나는 따귀를 맞아 본 적이 없다. 아마도 내 인생에서 스스로 따귀를 갈겨 본 적이 별로 없음을 내가 유감스러워할 수는 있다. 그러나 이젠 그만, 당신들이 지나치게 흥미를 느끼는 이 주제에 대해서는 더 이상 한마디도 하지 않겠다.

익히 알려진 쾌감의 섬세함을 이해하지 못하는 튼튼한 신경을 가진 인간들 얘기를 차분히 계속하겠다. 이런 양반들은 경우에 따라선 황소처럼 목청껏 울부짖을지라도, 또 이것이 가령 그들에게 어마어마한 명예를 가져온다 할지라도, 내가 이미 말했듯이, 그들은 불가능성 앞에서 즉시 온순해진다. 불가능성은 돌벽을 의미하는가? 돌벽은 또 무엇인가? 당연히 자연의 법칙들, 자연 과학의 결론들, 수학을 말한다. 예를 들어 댁이 원숭이에게서 나왔다는 걸 댁 앞에 증명해 보인다면, 얼굴을 찌푸릴 것 없이 있는 그대로 받아들이면 된다. 본질적으로 댁의 지방 한 방울이 댁과 비슷한 10만 명보다 댁에게 더 귀중해야 하고, 그 결과 선행과 의무로 불리는 것들, 또 그 외의 헛소리들과 편견들이 마침내 모두 해결될 것임을 댁한테 증명해 보인다면 그대로 받아들여라. 더 이상 할 일이 뭐 있겠는가, 2×2는 수학인데. 어디 한번 반박해 보시든가.

사람들은 당신들에게 소리칠 것이다. "이보시오, 반항해선 안 되오. 2×2는 4일 뿐이오! 자연이 당신들에게 묻지 않소. 당신들의 소망이 뭔지, 자연의 법칙이 당신들 맘에 드는지 안 드는지에 자연은 관심 없다오. 당신들은 그것을 있는 그대로, 그것의 모든 결과들까지 그대로 받아들여야만 하오. 벽은 어디까지나 벽이니까…… 기타 등등." 하느님 맙소사, 무슨 이유로든 이 법칙들과 2×2=4가 내 마음에 들지 않는다면, 자연의 법칙들과 대수학이

나와 무슨 상관인가? 분명 나는 이마로 그 벽을 들이받지 않을 것이다. 벽을 부술 힘이 내겐 없는 것이 현실이지만, 내 앞에 돌벽이 있는데 그걸 뚫을 힘이 부족하다는 이유만으로 그것과 타협하지는 않을 것이다.

흡사 이런 돌벽은 진실로 위안이 되고 진실로 평화를 위한 무슨 말이라도 담고 있는 것 같은데, 이는 오로지 그것이 2×2=4이기 때문이다. 오, 어처구니없음의 극치여! 모든 불가능성들과 돌벽들을 모두 이해하고 모두 의식하는 것이 훨씬 낫다. 만약 타협하는 것이 역겹다면 이 불가능성과 돌벽 중 단 하나와도 타협하지 않는 쪽이 낫단 말이다. 역시나 잘못한 게 전혀 없음이 지극히 명백한데도 가장 불가피하고 논리적인 조합을 통해, 돌벽에 대해서조차 마치 자신이 뭔가 잘못한 것처럼 되는, 영원한 주제에 대한 가장 혐오스러운 결론에 도달한다. 그리고 이 결과로 침묵하며 무기력하게 이를 갈고 극도로 탐닉하며 관성 속에 침잠하여 성질을 부리려 해도 그럴 상대가 없다는 몽상에 젖는다. 대상을 찾지 못하고, 아마도 영원히 못 찾을 터인데, 바로 여기에 바꿔치기, 눈속임, 사기가 있고, 이건 완전히 흙탕물이라고 몽상하면서, 뭔지도 알 수 없고 누군지도 알 수 없지만 이 모든 불확실성과 눈속임에도 불구하고 당신들은 어쨌거나 아프고, 영문을 모를수록 더 아픈 것이다!

"하, 하, 하! 그러고 보니 이다음에 당신은 치통 속에서도 쾌감을 찾겠다는 거로군!" 당신들은 웃음을 터뜨리며 이렇게 외칠 것이다.

"아니, 그게 어때서요? 치통 속에도 쾌감은 있소." 나는 대답하겠다. "나는 한 달 내내 이가 아픈 적이 있었는데, 그래서 그게 어떤 건지 안다오." 이 경우에는 물론 소리 없이 성질을 부리지는 않는다. 바로 신음을 낸다. 그러나 이 신음은 솔직한 것이 아니다. 악의에 찬 조롱 섞인 신음이다. 하지만 바로 이 악의에 찬 조롱에 장난의 핵심이 들어 있다. 이런 유의 신음 속에 고통스러워하는 자의 쾌감이 표현되는데, 그가 거기서 쾌감을 느끼지 못했다면 신음을 내지 않았을 것이다. 이건 좋은 예이니, 여러분, 이쪽으로 계속해 보겠다. 이 신음들 속에는, 첫째 우리 의식으로서는 굴욕적인 우리 통증의 무목적성이 표현되어 있다. 여기에 자연의 합법적인 모든 것이 있을 텐데, 당신들은 분명 거기에다 침을 뱉겠지만, 또한 어쨌든 그로 인해 괴로워하는 반면, 자연은 아랑곳하지 않는다. 적은 없는데 통증은 있다는 의식이 표현되는 것이다. 즉, 모든 바겐하임들[1]이 함께한다 해도 당신들은 자기 이빨에

1 치과의사 '바겐하임'들에 대해 말하고 있다. 1860년대 중반의 『페테르부르크 일반 주소록』에는 바겐하임이라는 성을 가진 치과의사가 여덟 명이나 되었고, 그들의 광고 간판은 도시 전체에 퍼져 있었다.

대해 완전히 노예 상태에 있다는 의식, 누군가 원한다면 당신들의 치통이 멈추고, 원하지 않는다면 3개월 더 아플 것이라는 의식, 그리고 마침내 만약 당신들이 아직도 여전히 동의하지 않고 어떻게든 반항하고 있다면 당신들에게는 스스로를 위로하기 위한 방편으로 자신을 채찍질하거나 벽을 주먹으로 더 세게 치는 수밖에 더 이상 별 뾰족한 수가 없다는 의식인 것이다. 따라서 바로 이런 유의 피범벅이 된 모욕으로부터, 누구의 것인지도 모르는 바로 이런 유의 조롱으로부터 마침내 쾌감이 시작되고 그것은 이따금 최고의 탐닉에까지 이른다. 여러분, 당신들께 내가 부탁하는데, 언제든 19세기의 교양 있는 사람이 치통을 앓으며 내는 신음에 귀 기울여 보시라. 그것도 앓기 시작한 지 이틀째나 사흘째, 그가 첫날과는 다르게 신음을 내기 시작할 때, 즉 보통 거친 농사꾼이 그러듯 단순히 치통 때문에 신음하는 것이 아니라 발전과 유럽 문명에 감화된 사람처럼, 요즘 표현으로 하면 "토양과 민중의 원칙들을 저버린" 사람처럼 신음할 때 말이다. 그 신음은 왠지 추잡하고 불쾌하고 악의에 찬 것이 되어 밤낮으로 며칠씩 이어진다. 신음해 봤자 자기에게 아무런 득이 되지 않는다는 것을 스스로 잘 알고 있고, 자신이 정말 쓸데없이 자신과 남들의 마음을 갈기갈기 찢어 놓고 짜증을 북돋고 있을 뿐이라는 것을 누구보다 잘 알고 있다. 심지어 그가 애써 의식하고 있는 청중도, 그의 온 가족도 이미 혐오감을 느끼며 그의 신음을 듣고 있고, 손톱만큼도 그를 믿지 않고 속으로, 그가 괴상한 소리를 내거나 몸을 뒤틀지 않고 조금 다른 방식으로 더 단순하게 신음을 낼 수도 있었을 것이라고, 그가 오로지 그저 오기가 발동한 나머지 적의에 사로잡혀 어리광을 부린다고 생각한다는 것을 그는 알고 있는 것이다. 뭐 그러니까 여기 이 모든 종류의 의식과 치욕 속에 고도의 탐닉이 있는 것이다. "그래, 나는 당신들에게 폐를 끼치고 있소, 당신들의 마음을 갈기갈기 찢어 놓고, 온 집안 사람들을 잠 못 자게 하고 있소. 그럼 그냥 자지 말고, 내가 치통을 앓고 있다는 것을 당신들도 시시각각 느끼시오. 나는 이미 당신들에게 예전에 그토록 보이고 싶어 했던 영웅이 아니라 그저 혐오스러운 인간, 쓸모없는 놈일 뿐이오. 그러라지 뭐! 나는 당신들이 나를 간파하게 되어 매우 기쁘오. 당신들은 내 비열한 신음을 듣는 것이 역겹겠지? 역겨워하라지 뭐. 그럼 나는 지금 당신들에게 괴상한 소리를 더 역겹게 내 주겠소……." 이래도 이해하지 못하겠는가, 여러분? 아니, 필시 고도의 탐닉의 모든 섬세한 부분들을 이해하려면 지적 발달과 의식의 심화가 깊이 이루어져야 하겠다. 지금 당신들은 웃고 있는 건가? 매우 기쁘옵니다. 내 농담들은, 여러분, 물론 품위도 없고 변덕스럽고 앞뒤도 안 맞는 데다 자기 불신감마저 가미되어 있다. 하지만 실상 이것은 나 자신 스스로를 존경하지 않기 때문이다. 의식 있는 인간이 대체 얼마나 자신을 존경할 수 있겠는가?

5

세상에, 자신을 비하하는 감정 자체에서 쾌감을 찾으려고 안달했던 인간이 자신을 조금이라도 존경할 수 있단 말인가? 나는 무슨 능글맞은 참회의 심정으로 지금 이렇게 말하고 있는 것이 아니다. 게다가 원래 나는 “용서해 주세요, 아빠, 앞으론 안 그럴게요”라는 식의 말은 참아 낼 수 없는 놈이다. 그건 이런 말을 할 수 있는 능력이 없어서가 아니라 오히려 그럴 능력이 너무 많아서였는데, 그럼 어느 정도였느냐? 스스로 꿈에도 잘못한 것이 없는 경우에 나는 일부러 그런 짓을 일삼곤 했다. 그것은 정말 가장 더러운 짓이었다. 이럴 때 나는 역시 마음 깊이 감동해서 참회하고 눈물을 흘렸는데, 이는 물론 자신을 기만한 것이었지만, 그렇다고 연극을 한 것은 아니었다. 마음이 그만 어쩌다가 거기서 수작을 부린 것이었다……. 어쨌거나 자연의 법칙은 무엇보다도 평생을 두고 끊임없이 나를 모욕해 왔지만, 이땐 벌써 자연의 법칙들조차 탓할 수 없게 되었다. 나로서는 이 모든 것들을 회상한다는 게 더럽지만 그때도 마찬가지로 더러운 기분이었다. 정말 1분이 채 지나지 않아 나는 이 모든 참회, 이 모든 감동, 이 모든 갱생의 약속들, 이 모든 것이 거짓이며 거짓이고 혐오스럽게 꾸며 낸 거짓이라는 것을 화를 내며 깨닫곤 했다. 뭣 때문에 내가 이렇게 자신을 망가뜨리고 괴롭혔느냐고 물으신다면, 팔짱을 끼고 앉아

가만히 있기가 너무 지겨워져서 그랬다고 대답하겠다. 그래서 희한한 짓을 해 버린 것이라고. 정말 그렇다. 여러분, 스스로를 좀 더 잘 살펴보시라, 그러면 정말 그렇다는 것을 이해하게 될 거다. 어떻게 해서든 살아 보려고 스스로 모험담을 생각해 내고 자신의 삶을 지어냈던 것이다. 이런 일이 얼마나 여러 번 내게 일어났는지 모른다. 뭐 예를 들어 보자면 아무 이유 없이 공연히 화를 내고, 아무 이유 없이 화를 냈다는 걸, 그런 체했다는 걸 스스로 잘 알면서도 결국엔 진짜 화를 내는 데까지 자신을 몰아간다. 왠지 나는 이런 장난질을 하는 데 평생 끌렸고, 이렇게 해서 마침내 자신에 대한 통제력을 잃고 말았다. 한 번은 억지로 사랑에 빠지기를 원했었다, 그것도 두 번씩이나. 정말 괴로웠다, 여러분, 정말이다. 마음속 깊은 데서는 괴로워한다는 걸 믿지 않고, 스멀스멀 비웃음이 올라오지만, 어쨌든 괴로워하고, 그것도 진정으로 진짜로 괴로워하는 것이다. 질투하고 제정신을 잃고…… 모두 권태 탓이다, 여러분, 모두 권태 탓이다. 부동不動의 관성에 짓눌렸던 것이다. 실상 직접적으로 입증된 의식의 단순한 열매는 바로 부동의 관성, 즉 '의식적으로 팔짱 끼고 앉아 있기'이다. 이에 대해서는 앞에서 이미 언급한 바 있다. 되풀이하건대, 강렬하게 되풀이하건대 모든 신념에 찬 단순한 인간들과 활동가들이 활동적인 것은 그들이 우둔하고 제한적이기 때문이다. 어떻게 설명해야 할까? 이렇게 한번 설명해 보자. 그들은 자신의 제한성으로 인해 제일 가깝고 이차적인 원인들을 근본적인 것으로 받아들이고, 이런 식으로 누구보다 빨리, 쉽게 자기 일의 확고한 근거를 찾았다고 확신하고는 안도한다. 이게 정말 중요한 점이다. 행동을 시작하기 위해서는 미리 마음을 전적으로 편히 가져야 하고, 어떤 의심도 남아 있지 않도록 해야 한다. 그럼 예를 들어 나는 어떻게 자신을 안도시킬까? 내가 버팀목으로 삼을 만한 근본적 원인들이 내 안 어디에 있을까? 그 근거들은 어디에 있을까? 어디서 그것들을 구할까? 나는 사유하는 연습을 하고 있고, 따라서 내 경우엔 근본적 원인마다 당장 다른 원인을, 더욱 근본적인 원인을 끌어내는 식으로 한없이 이어진다. 이것이 바로 온갖 의식과 사유의 본질이다. 그렇기 때문에 이것은 이미 자연의 법칙이기도 하다. 마침내 어떤 결과를 갖게 되는가? 역시 마찬가지다. 내가 아까 복수에 관해 말했던 것을 상기해 주시길. (당신들은 분명 귀담아듣지 않았겠지만.) 말인즉슨, 인간은 복수한다, 거기에서 공정함을 발견하기 때문이다. 즉, 그는 근본 원인과 근거를 찾았는데, 바로 공정함이다. 그렇기 때문에 그는 모든 면에서 안심했고, 따라서 정직하고 공정한 일을 하고 있노라 확신하면서 침착하게 복수에 성공한다. 나는 거기서 공정함을 볼 수 없고, 어떤 선행도 찾을 수 없다. 따라서 복수하게 된다면 그건 오로지 악의에 사로잡혀서다. 악의는 물론 내 모든 의심을 비롯해 모든 것을 극복할 수 있고, 근본적 원인의 대역을 완전히 성공적으로 수행할 수도 있다. 왜냐하면 바로 그것이 원인이 아니기 때문이다. 그러나 내게 악의조차 없다면(나는 아까 여기서부터 시작했다) 무엇을 할 수 있겠는가? 저주받은 의식의 법칙들의 결과로 내 악의는 역시나 화학적으로 분해되어 버린다. 눈앞에서 악의의 대상은 흩어지고 논거는 증발하고 잘못한 자는 발견되지 않고 모욕은 모욕이 되지 않고 숙명, 즉 치통과 비슷한 무언가가 되어 버리는데, 여기에는 누구도 잘못이 없어서 역시나 예의 그 출구만 남게 된다. 즉, 더 아프게 벽을 치는 것. 뭐, 근본적 원인을 찾지 못했으니 한 손을 내저을밖에. 근본적 원인 따위는 잊고 아무 생각 없이 이 시간만이라도 의식을 내몰고 자신의 감정에 눈먼 채 집중해 보라. 팔짱을 끼고 앉아 있지는 않도록 증오하든지 사랑하든지 해 보라. 아무리 늦어도 내일 모레면 뻔히 알면서도 자신을 속였다는 이유로 스스로를 경멸하기 시작할 것이다. 결과적으론 비누 거품과 부동不動의 관성뿐이다. 오, 여러분, 내가 스스로를 현명한 인간이라고 생각하는 유일한 이유는 평생 무엇 하나 시작할 수도 끝낼 수도 없었기 때문이다. 그래, 내가 우리 모두 그런 것처럼 수다쟁이, 무해하고 분憤해하는 수다쟁이라고 해 두자. 그런데 모든 현명한 인간의 유일한 사명이 바로 수다라면, 머리 굴려 쓸데없는 잡담을 늘어놓는 데 있다면 어쩌란 말인가.

6

오, 내가 오직 게을러서 아무것도 하지 않은 것이라면. 세상에, 내가 얼마나 자신을 존경했을까. 게으름이라도 내 안에 지닐 수 있었다는 바로 그 이유만으로 존경했을 것이다. 내가 스스로 확신할 수 있는 긍정적이라 할 한 가지 성질이라도 내 안에 있었다면 말이다. 질문: 대체 어떤 놈이냐? 대답: 게으름뱅이. 자신에 대해 이런 말을 듣는 것은 진정 매우 유쾌했을 것이다. 그것은 확실하게 정의가 내려졌다는 것이고, 나에 대해 말할 게 있다는 소리니까. "게으름뱅이!" 이것은 진정 직함이자 사명이며 또한 출세이옵니다. 농담이 아니다, 정말 그렇다. 그때 나는 당연히 최고의 클럽 회원이 되고, 끊임없이 자신을 존경하는 일에만 전념하게 되는 것이다. 나는 자신이 라피트[2]에 대해 잘 안다는 것을 평생 자랑스러워했던 한 신사를 알고 있다. 그는 이것을 자신의 확실한 장점으로 여겼고 스스로 추호의 의심도 하지 않았다. 그는 죽을 때도 평온한 정도가 아니라 환희에 찬 양심을 지닌 채였는데, 그가 전적으로 옳았다. 나였다면 그때 출세를 택했을 텐데, 게으름뱅이에 대식가가 되었을 것이다. 물론 평범한 부류가 아니라, 뭐 예를 들자면 모든 아름다운 것과 숭고한 것에 공감하는 부류 말이다. 어떤가, 마음에 드는

2 적포도주의 일종.

가? 내겐 오래전부터 눈앞에서 아른거리던 것이다. 내 나이 마흔에 이 '아름답고 숭고한 것'은 참으로 거세게 내 목덜미를 짓누르고 있다. 그러나 이건 마흔 살 때 얘기고, 그때는, 오, 그때는 달랐겠지! 나는 즉시 나 자신에게 맞는 활동을 찾았을 것이다. 바로 모든 아름답고 숭고한 것을 위해 축배를 들었을 것이다. 먼저 자신의 술잔에 눈물을 흘리고, 그다음엔 모든 아름답고 숭고한 것을 위해 그 잔을 들이켜려고 온갖 기회를 노렸을 것이다. 그때 나는 세상의 모든 것을 아름답고 숭고한 것으로 바꿔 놓았을 것이고, 의심할 여지 없이 더럽기 짝이 없는 쓰레기에서 아름답고 숭고한 것을 찾았을 텐데. 물먹은 스펀지처럼 눈물이 많아졌을 텐데. 한 화가, 예를 들어 게[3]가 작품을 그렸다고 하자. 나는 즉시 작품을 그린 화가 게를 위해 축배를 든다. 이는 내가 모든 아름답고 숭고한 것을 사랑하기 때문이다. 한 저자가 「누구든 원하는 대로」라는 글을 썼다, 그럼 나는 "누구를 위해서든" 축배를 든다. 모든 '아름답고 숭고한 것[4]'을 사랑하기 때문에. 이런 이유[5]로 나는 자신에게 존경을 요구하는 것이고, 내게 존경을 보이지 않는 자들을 가만두지 않을 것이다. 조용히 살다가 장엄하게 죽는다는 것, 이건 정말 매혹적이다, 완전

3 니콜라이 게(1831~1894).

4 『동시대인』 1863년 7호에 실린 살티콥 쉐드린의 글을 말한다.

5 1863년 가을 전시회에서 선보인 니콜라이 게의 「최후의 만찬」에 대한 도스토옙스키와 살티콥 쉐드린의 이견이 반영되어 있다.

히 매혹 덩어리다! 그리고 그때 나는 뱃살을 이만큼 찌우고, 이렇게 3중 턱을 만들었을 것이며, 이런 식으로 딸기코를 손질해서 나와 마주치는 모든 사람들은 이렇게 말했을 것이다. "이것이 바로 장점이오! 이것이 바로 진짜 긍정적인 것이오!" 뭐니 뭐니 해도 우리의 부정적인 세기에 이런 평가를 듣는다는 건 무척 유쾌한 일이 아니겠는가, 여러분.

7

그러나 이건 모두 황금빛 몽상이다. 오, 말해 달라. 누가 맨 처음 이런 의견을 공표했고, 누가 맨 처음 이렇게 선언했는지. 인간이 추잡한 짓을 하는 것은 자신의 진정한 이익을 모르기 때문이라고, 만약 그를 계몽해 주고 진정한 정상적인 이익에 눈뜨게 해 준다면, 그는 곧바로 추잡한 짓을 그만두고 즉시 선하고 고결한 인간이 되었을 것이라고. 왜냐하면 계몽된 인간으로 자신의 진짜 이득을 이해하고, 선행에서 자신의 사적 이득을 발견할 것이기 때문이라고. 잘 알려진 대로, 그 누구도 알면서 자신의 사적 이득에 반하는 행동을 할 수는 없으므로, 따라서 말하자면, 필연적으로 선을 행하게 되지 않겠는가, 라고요? 오, 젖먹이여! 오, 순수하고 순진한 아이여! 무엇보다 먼저, 도대체 언제, 이 수천 년을 통틀어 인간이 자신의 사적 이득에 따라서만 행동한 적이 있었던가? 뻔히 알면서도, 즉 자신의 진짜 이득이 뭔지 완전히 이해하면서도 이것을 뒤로 제쳐 둔 채, 누구도 어떤 것도 강요하지 않는데도 모험과 요행을 찾아 다른 길로 달려갔던, 마치 지정된 길이 싫다는 바로 그 이유만으로 어둠 속을 더듬듯 고집스럽게 제멋대로 힘들고 터무니없는 다른 길을 뚫고 나갔던 사람들을 증거하는 수많은 사실들을 어찌해야 할까. 이건 바로, 그들에게는 고집스러움과 제멋대로가 어떤 이득보다 더 유쾌했다는 것 아닌가……. 이득이라! 이득이 대체 뭐란 말인가? 그래, 당신들은 바로 인간의 이득을 구성하는 것이 무엇인지 완전 정확히 정의하는 일을 떠맡을 수 있겠는가? 만약 인간의 이득이 때때로 유리한 것이 아니라 불리한 것을 바라는 일이 가능할 뿐 아니라 심지어 그래야만 한다면 어쩔 것인가? 만약 그렇다면, 그런 일이 가능하기만 해도 모든 법칙은 먼지가 되고 만다. 당신들은 어떻게 생각하는가, 이런 일이 있을 수 있는가? 당신들은 웃고 있군요, 여러분, 웃으셔도 되지만 다음 질문에 꼭 답을 해 주시라. 인간의 이득이라는 것이 완전 정확히 계산된 것인가? 어떤 분류에도 포함되지 않았을 뿐 아니라 포함될 수 없는 것들이 있지 않겠는가? 정말, 여러분, 내가 알고 있는 한, 당신들은 통계 수치와 경제학 공식으로부터 얻은 평균치를 가지고 인간 이득의 총 장부를 만들었다. 실상 당신들의 이득이란 안락, 부유함, 자유, 평온, 뭐 기타 등등 기타 등등일 테죠. 따라서,

예를 들어 잘 알면서도 대놓고 이러한 총 장부를 거스르는 인간이 있다면, 당신들 보기에는, 뭐 물론, 내가 보기에도 몽매한 작자이거나 완전 미치광이였을 것이다, 안 그런가? 그런데 정말 놀라운 점이 있다. 이 모든 통계들, 현자들과 박애주의자들이 인간의 이득을 계산하며 계속해서 한 가지 이득을 빠뜨리는 일이 벌어지는 건 대체 무엇 때문일까? 모든 계산이 거기에 달려 있는데도 그래야만 할 형태로 그것을 계산에 넣지 않는다. 그 이득을 고려해서 목록에 넣으면 되므로 큰 문제는 아닐 것이다. 그러나 이 불가사의한 이득은 어떤 분류에도 속하지 않고 어떤 목록에도 들어가지 않는다는 데 문제가 있다. 예를 들어 나에게 친구가 있다고 치자……. 에잇, 여러분! 그는 당신들의 친구이기도 하다. 그리고 누군들 그의 친구가 아니겠는가! 이 친구는 어떤 일에 임할 때 당신들에게 오성悟性과 진리의 법칙에 따라 어떻게 행동해야 하는지 즉시 유창하고 명료하게 설명할 것이다. 어디 그뿐인가, 흥분과 열정에 차서 진정한 정상적인 인간의 이익에 대해 당신들에게 얘기할 것이고, 자신의 이득도 선행의 진정한 의미도 이해하지 못하는 근시안적인 멍청이들을 비웃으며 나무랄 것이다. 그리고 정확히 15분 뒤에 어떤 갑작스러운 외부의 동기도 없이, 바로 그의 모든 이익보다 더 강렬한, 무언가 이런 내적 동기에 따라 전혀 엉뚱한 방향으로 나갈 것이다. 즉, 스스로 얘기한 것에 확연히 반대로 나갈 것이다. 오성의 법칙들에 반대되게 사적 이득에 반하게, 뭐 한마디로 모든 것에 반하게……. 미리 말해 두자면, 여기서 내 친구는 인공적인 존재이므로 그 한 명을 콕 집어 탓하기는 어렵다고 할 수 있다. 바로 이래서, 여러분, 거의 모든 인간에게 가장 나은 이득보다 귀중한 무언가가 존재할 순 없는 것일까, 혹은 (논리를 무너뜨리지 않기 위해) 모든 다른 이득보다 중요하고 유리한, 이러한 가장 유리한 이득(바로 아까 말한 빠뜨렸던 그것 말이다)이 만약 필요하다면 인간이 모든 법칙들을 거슬러, 즉 오성, 명예, 평온, 안락, 한마디로 이 모든 아름답고 유용한 것들을 거슬러 행동하게 만드는 이득이 있지 않을까, 인간에게 모든 것보다 귀중해서 이 근본적이고 가장 유리한 이득에 도달하기만 하면 되는 그런 이득 말이다.

"뭐, 그래 봐야 어쨌든 이득이지 않은가"라고 당신들은 내 말을 가로막는다. 계속 설명하는 것을 허락해 주신다면, 지금 중요한 것은 이런 말장난이 아니라, 이 이득의 훌륭한 점이 바로 우리의 모든 범주를 무너뜨리고, 인류의 행복을 위해 박애주의자들이 마련한 모든 시스템을 끊임없이 부순다는 데 있다는 것이다. 한마디로 말해, 이득은 모든 것을 방해한다. 그러나 내가 이 이득의 이름을 당신들에게 말하기 전에 나는 나 자신을 개인적으로 불명예스럽게 만들면서 대담하게 공언하건대, 이 모든 아름다운 시스템, 이 이익들에 반드시 도달하기 위해 노력하면 그와 동시에 선하고 고결해진다는, 인류에게 진짜 정상적인 이익을 설명하기 위한 이 모든 이론은, 지금 내 의견으로는 하나의 기계적 논리에 지나지 않는다! 그렇사옵니다, 기계적 논리! 정말이지 인류의 사적 이득의 시스템을 통한 온 인류의 갱생 이론을 주장한다는 것은 정말, 이것은 내가 보기엔, 예를 들어 문명에 의해 인간이 유순해지고 따라서 피에 덜 굶주리게 되고 전쟁 능력도 약화된다는 버클[6]의 주장을 따르는 것과 거의 같다. 논리라는 것을 따르자면, 그의 결론이 이렇게 날 듯도 싶다. 그러나 인간은 고의적으로 진실을 왜곡할 준비가 되어 있고, 오직 자신의 논리를 정당화하기 위해 보아도 보지 않고 들어도 듣지 않을 준비가 되어 있을 정도로 시스템과 추상적 결론에 탐닉한다. 내가 이를 예로 드는 건 이것이 무척 선명한 예이기 때문이다. 그래, 주위를 둘러보라, 피가 강물처럼 흐르고 있다. 그것도 마치 샴페인처럼 흥겨운 모습으로. 여러분, 여기 버클이 살았던 우리의 19세기의 모든 것이 있다. 여러분, 여기 위대하고 현재적인 나폴레옹이 있다. 여러분, 여기 영원한 동맹인 북아메리카가 있다.[7] 끝으로, 여러분, 우스꽝스러운 슐레스비히홀슈타인[8]도 있다……. 그러면 대체 문명이 우리 안의 무엇을 유순하게 한다는 말인가? 문명은 인간 안에 존재하

---

6 Henry Thomas Buckle(1821~1862) 영국의 역사학자.

7 1861~1865년간 미국에서는 남북전쟁이 있었다.

8 독일의 슐레스비히홀슈타인 공국은 1773년부터 사실상 덴마크의 지방이 되었으나, 1864년 프러시아와 덴마크 간 전쟁의 결과로 이 지역은 프러시아의 영토가 되었다.

는 감각의 다면성만을 계발할 뿐이고 (……) 결코 그 이상은 아니다. 이 다면성의 발전으로 인간은 아마 피에서도 쾌감을 찾는 데까지 이르게 될 것이다. 실상 이런 일은 이미 인간에게 일어났다. 가장 세련된 살육자들이 거의 예외 없이 가장 문명화된 신사들이었다는 것을 당신들은 알아차렸는가? 어떨 땐 온갖 아틸라[9]들과 스텐카 라진[10]들이 저들의 발밑에도 못 미칠 지경인데, 아틸라와 스텐카 라진처럼 저들이 눈에 확 띄지 않는 이유는 바로 저들을 너무 자주 대면하기 때문이고, 저들이 너무나 흔해서 익숙해진 탓이다. 적어도 문명 때문에 인간이 더 피에 굶주리게 된 것이 아니라 해도, 예전보다 분명히 더 흉악하고 더러운 방식으로 이미 피에 굶주리게 되었다. 예전엔 유혈에서 공정함을 보았고, 목표로 삼은 자를 평온한 양심으로 살육했다. 지금 우리는 유혈을 더러운 짓으로 여기고 있지만, 하여튼 이 더러운 짓에 종사하고 있다, 그것도 전보다 더 많이. 무엇이 더 나쁜가? 당신들 스스로 판단하시라. 흔히 말하길, 클레오파트라(로마 역사의 예를 들어 미안하지만)는 여자 노예들의 젖가슴을 황금 핀으로 찌르는 걸 좋아했고 그들이 비명을 지르며 몸을 비트는 모습에서 쾌감을 찾았다고 한다. 당신들은 말할 것이다. 그때는, 상대적으로 말하자면 야만의 시대이지 않

9 Attila, 훈족의 왕.

10 Stenka Razin, 1667~1671년간 러시아에서 농민전쟁을 지휘했던 돈 강(江) 출신의 카자크.

았나, 그리고 지금도 핀으로 찌르고 있는 것을 보면 (역시 상대적으로 말해서) 야만의 시대이다. 그리고 이제 인간은 야만의 시대보다 가끔 더 선명하게 보는 법을 조금 배우기는 했지만, 오성과 과학이 가리키는 대로 행하는 법을 익히는 데는 훨씬 미치지 못했다. 그러나 당신들은 낡고 바보 같은 온갖 습관들이 완전히 사라지고 상식과 과학이 인간의 본성을 전적으로 재교육하고 정상적인 방향으로 이끌어 주면 인간은 어쨌든 그것을 곧 익힐 것이라 믿어 의심치 않고 있다. 그때는 인간 스스로 자원해서 실수를 멈출 것이고, 말하자면 자신의 의지가 자신의 정상적인 이익과 다른 것을 자연스레 원치 않게 될 것이다. 그것도 모자라 당신들은 말할 것이다. 과학이 직접 인간을 깨우칠 것인데(내가 보기에 이건 이미 사치로 보이지만), 사실 인간에겐 의지도 변덕도 없을 뿐만 아니라 있었던 적이 없었다고, 인간 그 자신은 피아노 건반이나 오르간의 작은 못 비슷한 것 이상이 아니라고, 게다가 세상에는 자연법칙이라는 것이 있고, 따라서 그가 무엇을 하든 전혀 그 자신이 원해서가 아니라, 자연법칙에 따라 저절로 되는 것이라고. 그러므로 이러한 자연법칙을 발견하기만 하면 되고, 자신의 행동에 대해 인간은 책임지지 않을 것이고, 인간은 살아가기가 훨씬 쉬워질 것이다. 그때 인간의 모든 행동은 저절로 이 법칙에 따라 로그표처럼 10만 8천까지 수학적으로 계산되어 일정표에 기록될 것이다. 그보다 더 좋은 것은, 모든 것이 정확히 계산되고 명시된 내용이 담긴 오늘날의 백과사전 같은, 좋은 의도의 출판물이 나와서 세상에는 이제 더 이상의 행동도 모험도 없게 되는 것이다.

그때가 되면, 이것은 모두 당신들이 하는 얘기다, 새로운 차원의 경제적, 즉 완전히 준비되고 수학적 정확성으로 계산된 관계들이 도래할 것이고, 따라서 한순간에 모든 가능한 질문들이 사라질 텐데 그건 바로 그것들에 대한 모든 가능한 답들이 주어지기 때문이다. 그때는 수정궁[11]이 세워지는 것이다. 그때는…… 뭐, 한마디로 카간새[12]가 날아오는 것이다. (이제야 하는 말이지만) 물론 끔찍이 심심하지 않으리라고는 전혀 보장할 수 없다. (모든 것이 도표에 따라 계산되어 할 일이 아무것도 없기 때문인데) 대신 모든 것이 무척이나 합리적일 것이다. 물론 심심하면 뭔들 생각해 내지 못하겠는가! 심심해서 황금 핀으로 찔러 대는 것 아닌가, 하지만 이런 건 별거 아니다. (다시 말하지만) 그때가 되면 사람들이 황금 핀을 보고 선한 게 있다며 기뻐하게 될 텐데, 그게 불경스럽다는 것이다. 인간은 원래 어리석다, 보기 드물게 어리석다. 또 인간이 전혀 어리석지 않다 할지라도 대신 배은망덕하기 때문에 다른 것을 찾으려 하지만 결국 찾지 못할 것이다. 정말이지 나는, 예컨대 미래의 총체적 분별 가운데 고결하지 못

....

11 체르니셉스키의 장편 『무엇을 할 것인가?』에 묘사된 주철로 된 수정궁을 암시하고 있다.

12 사람들에게 행운을 가져다준다는 새.

한, 또는 더 정확히 말해 반동적이고 냉소적인 인상을 가진 신사가 갑자기 밑도 끝도 없이 나타나 양손을 허리에 댄 채 서서 우리 모두를 향해 "여러분, 우리가 이 모든 분별을 한 방에 날려 폐기 처분해 버리는 건 어떻겠소. 이 모든 로그표들은 귀신에게나 보내고 우리의 어리석은 의지에 따라 다시 살아가기 위해, 오직 이 유일한 목적을 위해 말이오"라고 말한다 해도 전혀 놀라지 않을 것이다! 이것은 아직 괜찮을지도 모르나, 그가 반드시 추종자들을 찾아낼 거라는 점이 모욕적이긴 하다. 인간은 이렇게 생겨 먹었다. 이 모든 것이 언급할 가치조차 없어 보이는 공소하기 짝이 없는 이유 때문에 생긴다. 인간은 그가 누구이든 오성과 이득이 명령한 대로가 아니라, 언제 어디서나 자기가 원하는 대로 행동하기를 좋아한다. 자신의 이득을 거슬러서 원하기도 하고, 가끔은 (이건 이제 내 생각인데) **꼭 그래야만 한다**는 것이다. 자신의 개인적이고 제멋대로인 자유로운 욕망, 하다못해 가장 거친 변덕이라 할지라도 자기 자신의 것, 가끔 미쳐 버릴 정도로 곤두서게 하더라도 하여튼 자신의 환상, 그 모든 것이 바로 그 누락된 가장 유리한 이득, 어떤 범주에도 들지 않고 모든 시스템과 이론에 물을 먹이는 그것이다. 대체 저 모든 현자들은 무언가 정상적이고 선한 욕망들이 인간에게 필요하다는 생각을 어디에서 얻은 것인가? 반드시 합리적으로 따져 유리한 욕망이 인간에게 필요하다는 것을 그들은 어디에서 정확히 상상해 냈단 말인가? 인간에게는 오직 **자율적 욕망** 한 가지만 필요할 뿐이다. 이 자율성이 어떤 대가를 요구하든, 어떤 결과에 이르게 하든 말이다. 욕망이라는 걸 대체 누가 알겠느냐마는…….

8

"하, 하, 하! 그야말로 이 욕망이라는 건 본질적으론 없단 말이오!" 당신들은 요란하게 웃으며 내 말을 중단시킬 것이다. "과학은 요즘에도 인간을 속속들이 분석할 정도가 되어 이제 이미 우리에게 잘 알려진 바와 같이 욕망과 이른바 자유 의지란 다른 게 아니라 바로……."

잠깐만, 여러분, 나도 그렇게 시작하려고 했다. 나는 놀라기까지 했다는 걸 인정한다. 나는 방금 전 욕망이라는 게 뭐에 달렸는지 이게 무언지 귀신이나 알지 어떻게 알겠는가 하고 외치려 했던 것 같은데, 그때 다행히도 과학이라는 게 떠올라서…… 그만두었다. 바로 그때 당신들이 말했던 것이다. 정말 실제로 언젠가 우리의 모든 욕망과 변덕의 공식을 정말 다 찾아낸다면, 즉 그것이 무엇에 달렸고, 정확히 어떤 법칙에 따라 발생하는지, 어떻게 퍼져 나가는지, 이러저러한 경우에는 어디로 향하는지 등등, 즉 진짜 수학적 공식을 찾게 된다면 인간은 그 즉시 욕망을 멈출 것이고, 더 나아가 아마도 확실히 욕망하지 않게 될 것이다. 도표에 따라 욕망하는 게 무슨 신이 나겠는가? 게다가 그는 즉시 인간에서 오르간의 작은 못이나 그 비슷한 무엇으로 변하는데, 원하는 바도 없고 의지도 없고 욕망도 없는 인간이라는 것이 오르간 축의 나사와 뭐가 다른가? 당신들 생각은 어떤가? 신빙성을 따져 보자, 이런 일이 일어날 수 있을지 없을지를.

"흠……." 당신들은 이렇게 결론 내리려 할 것이다, 우리의 욕망이 오류투성이인 것은 우리의 이득에 대한 잘못된 시각 때문이라고. 그래서 우리는 가끔 순전한 어처구니없음을 원하고, 그 어처구니없음에서 우리의 어리석음에 따라 뭐든 미리 예상된 이득을 달성하기 위한 가장 쉬운 길을 보는 것이라고. 그래, 이 모든 게 남김없이 해석되어 종이 위에 다 계산될 때(그럴 가능성이 매우 높은데, 자연의 어떤 법칙들은 인간이 결코 알 수 없을 거라고 미리부터 믿어 버리는 것은 꺼림칙하고 터무니없는 짓 아닌가), 그때는 물론 욕망이라 불리는 그것이 없어질 것이다. 언젠가 진정 욕망이 오성과 완전히 한통속이 된다면, 그때 우리는 실제로 욕망하는 대신 정말 이제 오성적 판단만을 하게 될 터인데, 왜냐하면 예를 들어 오성을 간직한 채 터무니없는 것을 **욕망하고** 그런 식으로 뻔히 다 알면서 오성을 거슬러 자신에게 해로운 일을 욕망하는 것이 불가능하기 때문이다……. 우리가 자유 의지라고 부르는 것의 법칙들이 언젠가는 밝혀질 것이기에 모든 욕망과 판단은 실제로 계산될 수 있고, 따라서 농담이 아니라, 도표 같은 것이 작성될 수도 있으며, 우리는 실제로 이 도표에 따라 욕망하게 될 것이다. 예를 들어 내가 누군가에게 손가락으로 엿 먹으라는 시늉을 했는데, 그렇게 하지 않을 수 없었고 반드시 어떤 손가락을 내밀어야 했기 때문에 그랬다는 것을 언젠가 내게 계산하고 증명해 준다면, 그때는 내 안에 **자유로운 것**이 뭐가 남겠는가? 특히 내가 학자이고 학과 과정을 마친 사람이라면? 그렇다면 나는 내 인생의 향후 30년을 계산해 낼 수 있는데, 한마디로 이런 구조가 갖춰진다면 우리는 정말 할 일이 아무것도 없게 될 것이다. 어찌 되었든 그냥 받아들여야만 할 것이다. 반드시 정해진 순간과 정해진 상황에서 자연은 우리의 의향을 묻지 않고, 우리가 공상하는 대로가 아니라 있는 그대로 받아들여야만 한다는 것을 자신에게 지치지 않고 되뇌어야만 한다. 우리가 정말 도표와 일정표를, 그래 뭐 증류기 같은 것까지도 지향한다면 말이다, 어쩌겠는가, 증류기도 받아들여야지! 안 그런다 해도 증류기 스스로 당신들 없이 받아들여질 것이다…….

그렇사옵니다, 그런데 나로선 바로 여기에 어려움이 있다! 여러분, 개똥철학이나 늘어놓는 나를 용서해 주시기 바란다, 여기에 40년간의 지하 생활이 있는 것이다! 공상을 하더라도 좀 봐주시기 바란다. 보이시옵니까? 여러분, 오성은 좋은 것이다. 이건 논란의 여지가 없다. 그러나 오성은 오성일 뿐, 인간의 판단 능력만을 만족시킬 뿐이지만 욕망은 삶 전체, 오성과 모든 긁적거림을 포함하는 인간 삶 전체의 발현이다. 우리의 삶이 종종 허접

쓰레기의 모습으로 나타나기도 하지만, 어쨌든 삶은 삶이지 한낱 제곱근을 구하는 일 따위가 아니다. 예를 들어 내가 지극히 자연스럽게 살기를 원하는 것은 판단 능력 한 가지만을, 즉 내 삶의 능력 전체의 20분의 1 정도를 만족시키기 위해서가 아니라 내 삶의 모든 능력을 만족시키기 위해서다. 오성이 뭘 알고 있는가? 오성은 알 수 있었던 것만을 알지만(어쩌면 다른 것은 절대 알 수 없을지 모른다. 이것이 위로가 되지는 않겠지만, 말 못할 건 또 뭔가?), 인간의 본성은 의식적이든 무의식적이든 그 안에 들어 있는 모든 것으로써 통째로 행동하는 것이고, 뻥을 치더라도 어떻든 살아가는 것이다. 당신들이 나를 불쌍하다는 듯 바라보고 있지 않을까 의심스럽다. 계몽되고 계발된 인간, 한마디로 미래의 인간이 될 그런 자가, 뻔히 알면서도 자신에게 무익한 일을 욕망할 리는 없다, 이건 수학이다, 라고 내게 반복하고 있다. 전적으로 동의한다. 정말 수학이다. 하지만 내가 백 번째 반복하거니와, 인간은 어리석다 못해 어리석기 그지없고, 자신에게 해롭기조차 한 것을 일부러 의식적으로 바라는 경우가 한 번은, 딱 한 번은 있다. 그건 바로 가장 어리석은 것조차 바랄 수 있는 **권리를 갖기** 위해 오직 현명한 것 하나만 바라야 하는 의무에 얽매이지 않기 위해서다. 이건 정말 어리석기 그지없는 일이고, 이건 정말 자신의 변덕에 불과하지만, 실제로는 여러분, 지상에 있는 모든 것 중에서 우리 같은 인간에겐 가장 이로운 것이 될 수 있으며,

어떤 경우에는 특별히 더 그렇다. 그리고 특히, 우리에게 명백한 해를 입히고, 이득에 대한 우리 오성의 가장 건전한 결론들에 모순되는 경우조차도 모든 이득보다 더 이로운 것일 수 있는데, 이는 어떤 경우든 그것이 우리에게 가장 중요하고 가장 소중한 것, 즉 우리의 인격과 우리의 개성을 보존해 주기 때문이다. 어떤 이들은 이것이 실제로 인간에게 무엇보다 소중하다고 주장한다. 욕망은, 원한다면 물론 오성과 합치될 수도 있고, 특히 이것을 남용하지 않고 적절히 사용한다면 유용할 뿐 아니라 칭찬받을 만한 것이다. 그러나 욕망은 매우 자주, 심지어 대부분의 경우 완전히 그리고 고집스럽게 오성과 상치되고…… 또…… 또 이것은 유용하고 가끔 매우 칭찬받을 만하다는 걸 아시는가? 여러분, 인간이 어리석지 않다고 가정해 보자. (인간이 정말 어리석다면 대체 누가 현명할까, 라는 한 가지 이유 때문에라도 실제로 인간을 두고 이런 얘기는 절대 할 수 없을 것이다.) 하지만 어리석지는 않다고 할지라도, 하여튼 기괴하게 배은망덕하다! 보기 드물게 배은망덕하단 말이다. 나는, 인간에 대한 가장 훌륭한 정의는 두 발로 걷는 배은망덕한 존재라는 생각까지 든다. 하지만 아직 이게 전부는 아니다. 이것이 인간의 주된 결함은 아니라는 말이다. 인간의 가장 주된 결함은 바로 끊임없는 부정不淨, 노아의 대홍수로부터 슐레스비히홀슈타인 시대에 이르기까지 인간의 운명에서 끊임없이 나타난 그것이다. 부정은 곧 무분별이기도 한데, 오래전부터 잘 알려져 있듯이 무분별은 다름 아닌 부정에서 비롯된다. 인류의 역사를 한번 살펴보라. 무엇이 보이는가? 장엄한가? 장엄하다고 해 보자. 예컨대 로도스섬의 거상巨像[13] 하나만 해도 얼마나 가치가 있는가! 그것에 대해 어떤 이들은 인간의 손이 만들어 낸 작품이라 하고, 다른 이들은 자연의 창조물이라 주장한다고 아나옙스키 씨가 증언하는 데는 충분한 이유가 있다. 휘황찬란한가? 휘황찬란하다고 해 보자. 모든 세기, 모든 민족의 무관과 문관 예복만 모아 본다 해도 벌써 이것만으로도 그 가치가 얼마나 되겠는가, 평상 제복들까지 꿟어진다면 다리가 완전히 부러질 것이다. 단 한 명의 역사가도 버텨 내지 못할 것이다. 단조로운가? 단조롭다고 해 보자. 싸우고 또 싸우고, 지금도 싸우고 있고, 예전에도 싸웠고, 이후에도 싸우고, 정말 이건 너무 단조롭다. 그렇지 않은가. 한마디로 말해, 세계사에 관해선 무슨 말이든, 엉망이 된 상상력으로만 머릿속에 그려 낼 수 있는 모든 것을 말할 수 있다. 그러나 한 가지만은 말할 수 없는데, 바로 분별 있다는 말이다. 첫 번째 단어에서 목이 탁 막힐 것이다. 게다가 시시각각 별일들을 다 만나게 된다. 정결하고 분별 있는 인간들, 그러한 현자들과 박애주의자들이 인생에는 진정 끊임없이 등장하는데, 평생을 바로 가능한 한 더 정결하고 더 분별 있게 행하여 이웃을 위해 빛이 되어 주는

13 기원전 280년경 만들어진 것으로 보이는 31미터 높이의 태양신 청동상.

것을 자신의 목표로 삼고, 이로써 세상에서 정결하고 분별 있게 살아 내는 것이 실제적으로 가능함을 증명하고자 한다. 그런데 어떤가? 잘 알려져 있다시피 박애주의자들 중 많은 이들은 이르든 늦든 말년에 가서는 갖가지 사건을 일으킴으로써 스스로를 배신했으며, 그중에는 가끔 아주 점잖지 못한 것들도 있다. 이제 내가 당신들에게 묻겠다. 이렇게 이상한 품성을 부여받은 인간이라는 생명체로부터 무얼 기대할 수 있겠는가? 오직 거품만 물 위에서처럼 행복의 표면에서 부글부글 끓어오르도록, 모든 지상의 복락으로 인간에게 퍼부어 머리까지 완전히 행복에 잠기게 해 보라. 인간에게 엄청난 경제적 만족을 줌으로써 잠이나 자고 당밀 과자나 먹고 세계사가 계속되도록 분주한 것 외에는 아무것도 할 일이 없도록 해 보라. 그러면 이 경우에도 인간인 그는 당신들에게, 이런 상황에서도 오직 배은망덕한 품성 때문에, 오직 비방하는 품성 때문에 혐오스러운 짓을 저지를 것이다. 당밀 과자도 희생하면서 일부러 가장 파괴적인 어이없는 짓을, 가장 비경제적인 터무니없는 짓을 바랄 것이다. 오로지 이 모든 긍정적 분별에 자신의 파괴적이고 공상적인 요소를 더하기 위해서 말이다. 자신의 공상적 몽상과, 자신의 너무나 하잘것없는 어리석음을 부여잡고 싶어 할 것인데, 이는 바로 한 가지, 인간들은 여전히 인간들이고, 자연의 법칙이 제 손으로 연주하고, 계속 그러다가 일정표 이외에는 어떠한 것도 욕망할 수 없게 될 위험이 있는 피아노 건반이 아니라는 것을, (마치 이것이 그토록 꼭 필요한 것처럼) 자기 자신에게 확신시키기 위해서다. 어디 그뿐인가, 인간이 피아노 건반임이 밝혀진다 해도, 이것이 자연 과학에 의해 수학적으로 증명되기까지 한다 해도, 그런 상황에서조차 그는 정신을 못 차리고, 이를 거슬러 일부러 무슨 짓이든 할 것인데, 이는 오로지 배은망덕한 품성과 자신의 고집을 꺾지 않으려는 본래의 습성 때문이다. 마땅한 수단이 없을 경우에도 파괴와 혼돈을 생각해 내고, 갖가지 고통을 생각해 내면서 어떻든 자기 뜻을 고집할 것이다. 그는 온 세상에 저주를 퍼부으며, 오로지 인간만이 저주할 수 있고(이는 인간을 다른 동물들과 근본적으로 구별시켜 주는 그의 특권이기도 한데), 정말 인간은 아마 저주 하나만으로도 그가 피아노 건반이 아니라 인간이라는 것을 참으로 확신하며 자신의 뜻을 이룬다. 만약 당신들이 혼돈이든 암흑이든 저주든 이 모든 것을 도표에 따라 계산할 수 있고, 따라서 미리 계산할 수 있는 가능성 하나만으로도 모든 것을 평정하고 오성이 승리를 거둘 것이라고 말한다면, 이 경우 인간은 오성을 갖지 않고 자신을 고수하기 위해 일부러 미치광이가 될 것이다! 나는 이것을 믿으며, 또한 이것을 보증한다. 진정 인간의 모든 일이라는 것은 인간이 시시각각 그가 인간이며 못이 아님을 실제적으로 스스로에게 증명하는 것에 다름 아니다. 인간은 손해를 본다 하더라도 증명하려 할 것이고, 원시인이 된다 하더라도 증명하려 할 것이다. 그러니 그런 것 따위는 아직 없으며, 욕망이 뭐에 달렸는지는 아직 귀신이나 알 거라고 찬양하면서 어떻게 죄를 짓지 않을 수 있겠는가…….

당신들은 내게 외칠 것이다(만약 당신들이 아직 나에게 외칠 만한 가치가 있다고 생각한다면). 정말 지금 아무도 내게서 의지를 앗아 가지 않았고, 내 의지가 나 자신의 의지에 의해 정상적인 이익이나 자연의 법칙이나 대수학과 일치하도록 어떻게든 조정하기 위해 분주하기만 하다고 말이다.

에잇, 여러분, 사정이 도표와 대수학까지 이르렀을 때, 2×2=4 하나만 통용되는 상황이 되었을 때, 여기에 무슨 자신의 의지가 있을 수 있겠는가? 2×2는 내 의지 없이도 4가 될 것이다. 이러한 자신의 의지도 있을 수 있는가!

여러분, 물론 나는 농담을 하고 있고, 적절치 못한 농담을 하고 있다는 것을 스스로 알고 있다. 그러나 사실 모든 것을 농담으로 받아들여서는 안 된다. 나는 어쩌면 농담을 하며 이를 부득부득 갈고 있는지도 모르겠다. 여러분, 나를 괴롭히는 질문들이 있는데, 이걸 좀 풀어 달라. 자, 당신들은, 예를 들어 인간을 낡은 습관으로부터 떼어 놓고 과학과 상식의 요구에 맞게 인간의 의지를 교정하고자 한다. 그런데 당신들은 인간을 이처럼 개조할 수 있을 뿐 아니라, 그럴 **필요가 있다**는 것을 어떻게 아는가? 무슨 근거로 당신들은 인간의 욕망을 반드시 교정**해야 한다**고 결론 내릴 수 있는가? 한마디로, 이러한 교정이 인간에게 실제적인 이득을 가져오리라는 것을 어떻게 아는가? 그럼 이제 다 얘기해 본다면, 이성의 추론과 대수학에 의해 보장된 진짜 정상적인 이득을 거스르지 않는 것이 정말 인간에게 항상 이롭고 인류 모두를 위한 법칙임을 당신들은 어떻게 그토록 **분명히** 확신하는가? 사실 이것은 아직까지는 한낱 당신들의 가정일 뿐이다. 이것이 논리학의 법칙이라 해도, 인류의 법칙은 절대 아닐 수 있다. 여러분, 당신들은 아마 나를 미쳤다고 생각하겠지? 변명할 수 있도록 양해해 달라. 나는 동의한다. 무엇보다 인간은 창조하는 동물로서, 목표를 향해 의식적으로 돌진하고 기술을 연마하도록, 즉 **어디를 가든** 영원히, 끊임없이 자기 길을 개척하도록 선고받은 존재이다. 하지만 가끔 그가 갑자기 옆길로 새고 싶어 하는 것은, 아마도 바로 이 길을 개척하도록 **선고받았기** 때문일 것이다. 게다가 어쩌면 신념에 찬 단순한 활동가가 일반적으로 아무리 어리석다 해도 어쨌건 그들에게조차 이따금, 길이란 **어디로 나 있든** 거의 항상 나 있게 마련이고, 중요한 것은 길이 어디로 나 있느냐가 아니라 오직 길이 나 있도록 하는 것이며, 그래서 품행이 바른 아이가 기술을 무시한 채 모든 악덕의 어머니로 알려진 파괴적 태만에 빠져들지 않도록 하는 것이라는 생각이 드는 것이다. 인간이 창조하고 길을 개척하기를 좋아한다는 것, 이건 논란의 여지가 없다. 그런데 대체 무엇 때문에 인간은 파괴와 혼돈 역시 그토록 좋아하는 것인가? 바로 이걸 좀 얘기해 주시겠는가! 그리고 이것에 관해 나 자신도 따로 두어 마디 하고 싶다. 인간이 그토록 파괴와 혼돈을 좋아하는 것이(그가 가끔 너무 좋아한다는 건 논란의 여지가 없다, 정말 그렇다), 혹시 목적을 달성하고, 짓고 있는 건물을 마저 완성하는 것을 그 자신이 본능적으로 두려워하기 때문은 아닌가? 당신들이 아시는지는 모르겠지만, 인간은 그 건물을 멀리서 바라보는 것을 좋아할 뿐, 가까이서는 전혀 그렇지 않을지 모른다. 어쩌면 그는 건물 짓는 것만 좋아할 뿐 그 안에서 사는 것은 좋아하지 않기 때문에, 나중에는 그 건물을 가축들에게, 개미나 양이나 그런 것들에게 줘 버릴지도 모른다. 여기 전혀 다른 취향의 개미들이 있다. 그들에게는 세세토록 무너지지 않는, 이런 종류의 놀랄 만한 건물이 하나 있는데, 바로 개미집이다.

존경받을 만한 개미들은 개미집에서 시작하여 틀림없이 개미집으로 끝낼 텐데, 이는 그들의 지속성과 긍정성에 커다란 명예를 안겨 줄 것이다. 그러나 인간은 경박하고 꼴사나운 존재이며, 체스 기사처럼 목적 자체가 아니라 목적에 이르는 과정만을 좋아하는지도 모른다. 그리고 누가 알겠는가(장담할 순 없으니), 인류가 지향하는 지상의 모든 목적은 오직 목적 달성을 위한 이러한 끊임없는 과정에, 달리 말해 삶 자체에 있는 것일 뿐 목적 자체에 있는 것은 아닐지 모른다는 것을. 목적은 다름 아닌 2×2=4, 즉 공식임이 확실한데, 실상 2×2=4는 이미 삶이 아니라, 여러분, 죽음의 시작이 아닌가. 적어도 인간은 늘 왠지 이 2×2=4를 두려워해 왔는데, 나는 지금도 두렵다. 인간이 오직 하는 일은 이 2×2=4를 찾아 대양을 건너고 이 탐색에 삶을 바치는 것인데, 하지만 그는 찾기는 하되, 실제로 발견하는 것은 정말, 왠지 두려워한다. 실상 발견하고 나면 그때는 더 이상 찾아야 할 것이 아무것도 남지 않게 될 것임을 그는 직감하는 것이다. 일꾼들은 일을 마친 뒤, 적어도 돈을 받아 주막에 가고, 그다음에는 파출소에 떨어진다. 뭐 이것이 일주일 치 일이다. 그런데 인간은 어디로 갈 것인가? 적어도 그와 같은 목적을 달성할 때마다 그에게는 매번 뭔가 언짢음이 눈에 띈다. 달성하는 일은 좋아하지만 정작 완전한 달성은 별로라는 것인데, 이건 물론 끔찍하게 웃긴 일이다. 한마디로, 인간은 희극적으로 생겨 먹었다. 이 모든 것에 명백한 말장난이 담겨 있다. 어쨌든 2×2=4는 도저히 견딜 수 없는 녀석이다. 2×2=4, 진정 이것은, 내 의견으로는 뻔뻔스러움일 뿐이옵니다. 2×2=4는 젠체하듯 바라보며, 당신들의 길을 막고 서서는 손을 허리에 짚고 침을 뱉는다. 나는 2×2=4가 뛰어난 녀석이라는 데 동의하지만, 모든 걸 칭찬할 바엔 2×2=5도 가끔은 정말 귀여운 녀석 아닌가.

당신들은 왜 오직 정상적이고 긍정적인 것 하나만이, 한마디로 안락 하나만이 인간에게 이롭다고 그토록 확고하게, 그토록 의기양양하게 확신하는가? 이득에 대해 이성이 뭔가 착오하고 있는 건 아닌가? 정말 어쩌면 인간은 안락 하나만을 사랑하는 것이 아닐 수도 있지 않은가? 어쩌면 인간은 바로 그만큼 고통을 사랑할 수도 있지 않은가? 어쩌면 고통이라는 것도 인간에게 안락만큼 이로운 것은 아닌가? 인간은 이따금 고통을 끔찍이, 맹렬하게 사랑한다, 이건 사실이다. 여기서는 세계사를 뒤져 볼 필요도 없는데, 당신들이 인간이라면, 얼마라도 인생을 살아 봤다면 자기 자신에게 물어보는 것으로 족하다. 내 개인적 의견을 말할 것 같으면, 안락 하나만 사랑한다는 것은 어쩐지 꼴사납기까지 하다. 좋은지 나쁜지는 모르겠지만, 이따금 뭔가를 부수는 것은 역시 대단히 유쾌한 일이다. 사실 나는 여기서 원래 고통을 옹호하는 것도, 그렇다고 안락을 옹호하는 것도 아니다. 내가 옹호하는 것은…… 자신의 변덕이고, 내가 필요할 때 변덕 부리는 것이 보장되었으면 하는 것이다. 고통은, 예를 들어 보드빌[14]에서는 허용되지 않는다. 나는 이것을 알고 있다. 수정궁에서는 생각조차 할 수 없는 일이다. 고통은 의심이고 부정인데, 그 안에서 의심할 수 있는 거라면 그게 무슨 수정궁이겠는가? 하지만 나는 인간이 진짜 고통, 즉

14 노래를 곁들인 짧은 소극(笑劇).

파괴와 혼돈을 결코 거부하지 않으리라 확신한다. 고통이야말로 진정 의식의 유일한 원인이니까. 나는 처음에 의식은 인간에게 크나큰 불행이라는 의견을 말한 바 있지만, 인간은 고통을 사랑하여 그 어떤 만족과도 바꾸지 않으리라는 것을 나는 안다. 의식은 예컨대 2×2보다 무한히 높은 것이다. 2×2 다음에는 물론 할 일뿐만 아니라 알아야 할 것도 남아 있지 않을 것이다. 그때 가서 할 수 있는 일이란, 자신의 오감을 틀어막고 명상에 잠기는 것뿐이다. 뭐, 그래도 의식이 있으면 똑같은 결과가 나올지언정, 즉 할 일이 아무것도 없게 되더라도, 적어도 자기 자신을 가끔 채찍질할 수 있고, 이것으로 어쨌거나 삶의 활력을 다소 얻을 것이다. 조금 반동적일지라도, 아무것도 없는 것보다는 낫지 않은가.

10

당신들은 세세토록 무너지지 않는 수정 건물을, 즉 몰래 혀를 내밀 수도 없고 호주머니 속에서 손가락으로 엿 먹으라는 시늉을 해 줄 수도 없는 그런 것을 믿고 있다. 글쎄, 내가 이 건물이 무서운 이유는, 그것이 수정으로 되어 있고 세세토록 무너지지 않아서 그것에 몰래 혀를 내밀 수조차 없기 때문인지도 모르겠다.

여기를 좀 보라. 만약 궁전 대신 닭장이 있고, 마침 비가 온다면, 젖지 않기 위해 나는 닭장으로 기어들 것이고, 그래도 비를 피하게 해 주었다는 고마움 때문에 닭장을 궁전으로 받아들이지는 않을 것이다. 당신들은 비웃으며, 이런 경우엔 닭장이나 저택이나 마찬가지 아닌가라는 말까지 한다. 그렇다, 비에 젖지 않기 위해서만 살아야 하는 것이라면 말이다, 하고 나는 대답한다.

내게 이것 하나만을 위해 사는 것이 아니라, 이왕 살 바엔 저택에서 살아야 한다는 생각이 들었다면 어쩔 것인가. 이것이 나의 욕망이고 바람이다. 당신들이 내게서 그 생각을 없애 버리려면 내 바람부터 바꿔야만 할 것이다. 자, 바꿔 보라, 다른 것으로 나를 유혹해 보라, 내게 다른 이상을 줘 보라. 아직은 닭장을 궁전으로 받아들이지 않겠다. 수정 건물이 허상이고, 자연법칙에 따르면 그런 것은 있을 수 없으며, 나 자신의 어리석음과 우리 세대의 고리타분하고 비합리적인 몇 가지 관습의 결과로 내가 고안해 낸 것뿐이라고 해 보자. 그런 것은 있을 수 없다고 한들 나와 무슨 상관이란 말인가. 그것이 내 바람 가운데 존재한다면, 아니 더 정확히 말해서 나의 바람이 존재하는 한 그것이 존재한다면 마찬가지 아닌가? 당신들은 다시 비웃을 텐가? 맘껏 웃으시라. 나는 모든 비웃음을 감내하겠지만, 그럼에도 배고프면서 배부르다고는 하지 않겠다. 아무튼 나는 자연의 법칙에 따라 그것이 존재하고, **실제로** 존재한다는 이유만으로, 내가 순순히 타협하거나 끊임없이 순환하는 영零에 안심하게 되지는 않을 것임을 알고 있다. 가난한 거주자들이 천 년 동안 입주해 살 수 있는 셋집이 잔뜩 딸려 있고, 만약의 경우를 위해 치과 의사 바겐하임의 간판까지 붙어 있는 어마어마한 건물이 주어진다 해도, 그것을 내 바람의 면류관으로 받아들이지는 않을 것이다. 내 바람을 없애고, 내 이상을 말살하고, 뭔가 좀 더 나은 것을 내게 보여 준다면, 나는 당신들을 따르겠다. 아마 당신들은 개입할 가치도 없다고 말하겠지만, 그런 경우엔 나도 똑같은 식으로 대답할 수 있다. 우리는 진지하게 논의하고 있는데, 당신들이 내게 주의를 기울이길 원치 않으니 나도 애걸하지는 않겠다. 나에게는 지하가 있다.

내가 아직 살아 있고 원하는 것이 있는 한, 그 어마어마한 집을 짓는 데 벽돌 한 장이라도 나를 수 있다면 내 손이 말라비틀어져도 좋다! 혀를 내밀어 약을 올릴 수 없다는 이유 하나만으로 나 자신이 바로 얼마 전까지 수정 건물을 배척했는데, 이것에 신경 쓰지 마시라. 내가 이런 말을 한 것은 절대로, 혀를 내미는 것을 내가 그토록 사랑해서는 아니다. 나는 그저 당신들의 모든 건물들 중에 혀를 내밀지 않아도 되는 그런 건물이 지금까지 하나도 없다는 데 화가 났을 뿐인지도 모르겠다. 오히려 나는 더 이상 혀를 내밀 마음이 결코 생겨나지 않을 상황이 조성된다면, 오직 감사해서라도 자신의 혀를 완전히 잘라 버릴 수도 있다. 상황이 이렇게 되는 것이 불가능하고, 보통은 집으로 만족해야 한다고 한들 나와 무슨 상관이겠는가. 어째서 나는 이렇게 원하도록 생겨 먹었을까? 정말 나의 모든 구조가 한낱 사기에 불과하다는 결론에 도달하지 않으면 안 되게끔 나는 생겨 먹은 것일까? 설마 여기에 모든 목적이 있기야 하겠는가? 설마 그럴 리야.

한데 당신들은 아시는가? 우리 지하 인간들에겐 재갈을 물려야 한다고 나는 확신하고 있다. 그가 지하에서 40년을 입 다문 채 앉아 있을 수 있다 해도, 세상에 뛰쳐나와 말문이 터지는 날엔 말하고, 말하고, 또 말하고…….

여러분, 결국 아무것도 하지 않는 편이 낫다! 의식적인 부동의 관성이 더 낫다! 그러니 지하 만세! 내가 정상적인 인간을 신경질이 극에 달할 만큼 부러워한다고 말하긴 했지만, 그가 처한 상황을 보는 나로서는 그런 사람이 되고 싶지 않다(아무래도 그를 부러워하는 것은 그만두지 않겠지만. 아니다, 아니야, 지하가 어떤 경우라도 더 이롭다!). 거기서는 적어도 〔……〕 할 수가……. 에잇! 나는 또 지금 거짓말을 하고 있는 것이다! 내가 거짓말을 하는 건 결코 지하가 더 좋은 것이 아니고 무언가 다른 것, 전혀 다른 것을 내가 갈망하지만 결코 발견하지 못하리라는 것을 2×2처럼 알고 있기 때문이다. 지하여, 꺼져 버려라!

그랬다면 더 좋았으리라고 생각하는 것은, 내가 이제

까지 쓴 모든 것 중에 나 자신이 뭐라도 믿을 수만 있다면 하는 것이다. 맹세하건대 여러분, 내가 이제까지 써 갈긴 것 중 하나도, 단어 하나도 나는 믿지 않는다! 즉, 나는 믿고 있는지도 모르지만, 그와 동시에 왠지는 몰라도, 내가 제화공처럼 거짓말하고 있다고 느끼며 의심하게 되는 것이다.

"그렇다면 도대체 뭘 위해 이 모든 걸 쓴 거요?"라고 당신들은 내게 묻는다.

"자, 내가 당신들을 아무 일거리 없이 40년쯤 가둬 놓았다가, 40년 지나서 당신들이 어떤 지경에 이르렀는지 보기 위해 지하에 왔다면? 과연 인간을 아무 일거리 없이 40년 동안 혼자 방치해 두는 일이 가능한가?"

"이건 수치스러운 일 아닌가, 굴욕적이지 않나!" 당신들은 경멸스럽다는 듯 머리를 흔들며 내게 말할지도 모른다. "당신은 삶을 갈망하고 있고, 삶의 문제들을 혼란스러운 논리로 풀어 보려 하고 있소. 당신의 돌출 행동이 얼마나 뻔뻔하고 불손한지 모르겠소. 그러면서도 당신은 겁이 많군! 헛소리를 지껄이면서 당신은 그것에 만족하고 있소. 한데 무례한 말을 뱉으면서도 그 때문에 스스로 끊임없이 겁을 내며 용서를 구하고 있소. 당신은 아무것도 두려워하지 않는다고 주장하면서 동시에 우리 견해에 신경 쓰며 아첨하고 있소. 당신은 이를 갈고 있다고 주장하면서 동시에 우리를 웃기려고 농담을 하고 있소. 당신은 당신의 농담들에 재치가 없다는 걸 알면서도, 분명히 그것들의 문학적 가치에 매우 만족하고 있소. 당신이 정말 고통받은 적이 있었을지도 모르지만, 당신은 자신의 고통을 조금도 존중하고 있지 않소. 당신 안에는 진실이 있지만, 당신 안에 순결은 없소. 당신은 가장 저열한 허영심에서 자신의 진실을 시장 바닥에 내놓고 구경거리로 만들어 치욕을 자처하는 거요. 당신은 실제로 무언가를 말하고 싶어 하지만 두려움 때문에 마지막 말을 감추고 있소. 그건 당신에게 그것을 말해 버릴 결단력은 없고 겁 많은 뻔뻔함만 있기 때문이오. 당신은 의식을 자랑하고 있지만, 당신은 동요하고 있을 뿐이오. 당신의 머리는 작동하고 있지만, 당신의 마음은 방탕으로 인해 어두워져 있기 때문이오. 순결한 마음 없이 온전하고 바른 의식이란 있을 수 없소. 또 당신은 어찌나 뻔뻔한지, 또 남들을 어찌나 귀찮게 하는지, 당신은 어찌나 인상을 일그러뜨리는지! 거짓. 거짓 또 거짓이오!"

물론 당신들의 이 모든 말도 나 자신이 지금 지어낸 것이다. 이 또한 지하에서 나온 것이다. 나는 거기서 40년을 줄곧 당신들의 이런 말을 문틈으로 엿들어 왔다. 나 스스로 그것들을 생각해 냈는데, 오직 이런 것만 생각났기 때문이 아니겠는가. 그럴 수 있다, 외울 정도로 열중했고 문학적 형식을 띠게 되었으니…….

아무리, 아무리 당신들이 잘 믿기로서니, 실제로 내가 이 모든 것을 인쇄해서 게다가 당신들에게 읽어 보라며 줄 것이라고 상상할 정도로까지일까? 나에게는 과제가 하나 더 있는데, 나는 무엇 때문에 당신들을 '여러분'이라고 부르며, 실제 독자에게 하듯 여러분을 대하는 것일까? 내가 진술을 시작하려고 하는 이러한 고백들은 발표되지도, 남들에게 읽히지도 않는 것들이다. 적어도 나는 내 안에 그런 확고함을 가지고 있지 않을 뿐 아니라, 가져야 할 필요가 있다고 생각하지도 않는다. 그런데 보이시는지 모르겠지만, 공상 하나가 내 머릿속에 떠올랐다. 나는 무슨 일이 있어도 그것을 실현시키고 싶다. 문제는 바로 이것이다.

어떤 사람에게든 친구들이 아니면 어느 누구에게도 밝히지 않는 추억이 있다. 친구들에게도 밝히지 않고 오직 자기 자신에게만, 그것도 은밀히 해야 하는 것들도 있다. 그리고 자신에게조차 밝히기 두려워하는 것들도 있는데, 점잖은 사람이라면 누구나 그런 것들을 상당히 많이 축적하고 있다. 즉, 심지어 이렇다, 점잖은 사람일수록 그런 것들을 더 많이 가지고 있다. 나 자신도 겨우 최근에야 예전의 나의 몇몇 모험들을 회상해 보기로 마음먹었지만, 지금까지 항상 그것을 회피하고 있으며, 심지어 어떤 불안감마저 느끼고 있다. 회상할 뿐 아니라 기록까지 하기로 마음먹은 지금, 이제야 나는 꼭 시험해 보고 싶은 것이다. 자기 자신에게라도 완전히 솔직해질 수 있는가, 그 어떤 진실도 두려워하지 않을 수 있는가? 마침 지적하고 가자면, 하이네는 믿을 만한 자서전이란 거의 있을 수 없으며, 인간은 스스로 자신에 대해 거짓말을 늘어놓을 것이 틀림없다고 주장한다. 그의 의견에 따르면, 루소는 『고백록』에서 자신에 대해 분명히 거짓말을 했고, 허영심에 사로잡힌 나머지 심지어 계획적으로 거짓말을 했다는 것이다. 나는 하이네가 옳다고 확신한다. 오로지 허영심 하나로 인해 자신에게 온갖 죄목을 덮어씌우는 일이 가끔 있다는 것을 나는 매우 잘 이해하며, 심지어 그 허영심이 어떤 종류의 것인지도 매우 잘 간파하고 있다. 그러나 하이네는 대중 앞에서 고백한 사람을 두고 판단한 것이었다. 나는 나 자신을 위해서만 쓰고 있고, 처음이자 마지막으로 선언하건대, 내가 독자들을 대하듯이 쓰는 것은 오로지 그저 보여 주기 위한 것일 뿐이며, 이렇게 하면 쓰기가 좀 더 수월하기 때문이다. 거기에는 형식, 하나의 텅 빈 형식만 있을 뿐, 독자 같은 건 결코 없을 것이다. 나는 이미 선언한 바 있다.

나는 내 수기를 편집하면서 무엇에도 구속받고 싶지 않다. 질서나 체계도 구축하지 않겠다. 그저 기억나는 대로 기록해 가겠다.

자, 이런 예가 있다. 당신들은 말꼬리를 잡고 늘어지면서 내게 물어볼 수 있다. "당신이 정말로 독자들을 염두에 두지 않는다면, 뭣 때문에 당신 자신이 스스로에게 대체 이런 설득을, 그것도 종이 위에다 하고 있는가? 즉, 질서와 체계를 구축하지 않을 것이고, 기억나는 대로 기록해 갈 것이다 기타 등등. 어째서 당신은 해명하려 하는가? 어째서 당신은 변명하려 하는가?"

"자, 이제 더 가 보시게." 나는 대답한다.

그런데 이건 완전히 하나의 심리학이다. 내가 그저 겁쟁이라서 그럴 수도 있다. 어쩌면 내가 글을 쓰는 동안 좀 더 점잖게 굴려고 일부러 자기 앞에 있는 대중을 상상하고 있는지도 모른다. 이유는 수천 가지일 수 있다.

그러나 여기 또 이런 문제도 있다. 무엇을 위해서, 대체 나는 왜 쓰고 싶어 하는가? 대중을 위해서가 아니라면, 그렇다면 정말 이런 식이어도 되는 것 아닌가, 종이에 옮겨 적을 것 없이 모든 걸 그냥 생각만으로 회상할 수도 있지 않은가?

그렇기는 하다. 하지만 종이 위에서는 왠지 더 웅장해진다. 여기에 뭔가 마음을 파고드는 것이 있고, 자신에 대한 판단도 더 엄격해질 것이고, 문체도 더 나아질 것이다. 그 외에 기록하면서 나는 실제로 마음이 가벼워질 수도 있다. 당장 지금만 해도, 예를 들어 옛 추억 하나가 나를 유난히 짓누른다. 그것은 요 근래 들어 또렷하게 떠올랐고, 그때 이후로 짜증 나는 멜로디처럼 내게 들러붙어 떨어지려 하지 않는다. 그런데 거기서 풀려나야 한다. 이런 추억들이 내게는 수백 개다. 이 수백 개 중에서 때에 따라 하나가 툭 튀어나와 나를 짓누른다. 내가 그것을 기록하면 그게 떨어져 나갈 것이라고 나는 어떤 이유에서인지 믿고 있다. 그러니 뭣 때문에 시험해 보지 않겠는가?

끝으로, 나는 심심하다, 나는 줄곧 아무 일도 하지 않는다. 기록하는 것은 마치 일하는 것 같다. 일을 하면 인간은 착해지고 정직해진다고들 한다. 적어도 그럴 기회가 내게 온 셈이다.

지금 눈이 내린다. 거의 질척거리는, 누렇고 흐릿한 눈이다. 어제도 내렸고, 며칠 전에도 내렸다. 내게서 떨어지려 하지 않는 그 일화를 떠올린 것이 진눈깨비 때문이었다는 생각이 든다. 그럼, 이것은 진눈깨비에 관한 소설이 되면 되겠다.

진눈깨비로 인해

방황의 어둠으로부터 나의
뜨거운 신념의 말로 네 타락한
영혼을 달래며 끌어냈을 때,
깊은 고통에 잠겨 너는,
두 손을 꺾으며 너를
휘감았던 죄악을 저주했지.
기억력이 나쁜 양심을
추억으로 처단하며 네가
나를 만나기 전의 일을 전부
내게 이야기해 주었을 때, 갑자기
두 손으로 얼굴을 가리고
수치와 공포에 휩싸여 너는
눈물을 쏟아 냈지,
격앙되어, 전율하며……
등등, 등등, 등등.

- 니콜라이 알렉세예비치 네크라소프의 시에서

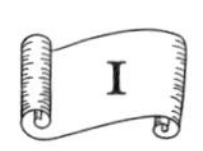

그때 나는 겨우 스물네 살이었다. 그때 내 삶은 이미 음울하고, 무질서하고, 야생에 가까울 정도로 고독했다. 나는 어느 누구와도 사귀지 않았고, 말하는 것조차 피하면서 점점 더 자신의 구석으로 숨어들고 있었다. 근무하는 관청에서도 나는 아무도 쳐다보지 않으려 애썼고, 동료들이 나를 괴짜로 여길 뿐 아니라, (내 눈에 줄곧 이렇게 보였는데) 어떤 혐오감을 가지고 나를 바라보는 것 같다는 걸 아주 잘 파악하고 있었다. 내게는 이런 생각이 들기도 했다. 어째서 나를 제외하곤 그 누구에게도 혐오감을 가지고 자신을 바라보고 있다는 생각이 들지 않는 것일까? 우리 관청 동료 중에는 얼굴이 온통 곰보에다 혐오스럽고, 마치 강도의 인상 같다고까지 할 수 있는 인간이 있었다. 나 같으면 그런 흉악한 얼굴을 가지고는 감히 누굴 쳐다볼 엄두도 내지 못했을 것이다. 또 가까이 가면 고약한 냄새가 날 정도로 낡은 제복을 입고 다니는 인간도 있었다. 그런데 이 양반들 중 누구도 옷이나 얼굴 때문에, 저기 무슨 정신적으로라도 전혀 당혹스러워하지 않았다. 이자든 저자든 혐오감을 가지고 그들을 바라볼 거라는 상상은 하지 않았다. 설령 그들이 상상했다고 해도 윗분들이 그렇게 보는 것이 아니라면, 그들에게는 마찬가지였을 것이다. 나 자신이 한없는 허영심으로 자기 자신에게 지나친 요구를 한 결과, 혐오감에 이를 정도로 미칠 것 같은 불만을 가지고 자신을 바라보는 일이 매우 잦았으며, 그런 까닭에 내가 생각 속에서 자신의 시선을 각 사람에게 투사했다는 것은, 이제 내겐 완전히 명백하다. 예를 들어 나는 자신의 얼굴을 증오했고 내 얼굴이 흉악하다고 생각했으며, 그 안에 뭔가 비굴한 표정이 있다는 의혹까지 품었기 때문에, 매번 출근해서, 비굴하다는 의혹을 사지 않도록 최대한 당당하게 자신을 다잡고, 할 수 있는 한 얼굴에 더 고상한 표정을 짓기 위해 괴로울 정도로 노력했다. '얼굴이 못생겼더라도, 대신 고상하고, 표정이 풍부하고, 무엇보다 대단히 지적인 얼굴이면 된다'고 나는 생각했다. 그러나 내 얼굴로 이런 모든 완벽함들을 결코 표현할 수 없다는 것을 나는 고통스러울 정도로 확실히 알고 있었다. 무엇보다 끔찍한 점은, 내 얼굴이 정말 멍청하게 생겼다는 사실을 발견했다는 것이다. 지적으로만 생겼더라면 나는 완전히 타협했을 것이다. 내 얼굴이 끔찍이도 지적이라는 인정만 곁들여 준다면, 표정이 비열하다는 데에도 흔쾌히 동의했을 것이다.

나는 당연히 우리 모든 관청 동료들을 첫 번째 인간부터 마지막 인간까지 증오했고, 모두를 경멸했는데, 그러면서도 그들을 두려워했던 것 같다. 갑자기 그들이 나보다 낫다고 평가하는 일이 벌어지기도 했다. 그들을 경멸하다가, 그들을 나보다 낫다고 생각하다가, 그때마다 왠지 갑자기 변하곤 했다. 계발되고 점잖은 인간은 자기 자신에 대한 무한한 요구 없이는, 어느 순간 증오할 정도로 스스로를 경멸하지 않고는 허영심에 사로잡힐 수 없다. 그러나 내가 그들을 경멸했건, 나보다 낫다고 생각했건 간에 나는 마주치는 누구 앞에서나 눈을 내리깔았다. 나를 향한 누군가의 시선을 내가 견뎌 낼 수 있을까 실험도 해 보았지만, 항상 내가 먼저 눈을 내리깔았다. 이것이 나를 미칠 정도로 괴롭혔다. 자신이 우습게 보이는 것을 병이 날 정도로 두려워한 나머지 외모와 관련된 모든 것에서 나는 인습을 노예처럼 숭배했다. 나는 열정적으로 일반적인 통념에 합류했고, 진정으로 내 안의 온갖 기이함에 흠칫했다. 그러나 내가 어떻게 끝까지 견뎌 낼 수 있었겠는가? 우리 시대의 계발된 인간이 그렇듯, 나는 병적으로 계발되어 있었다. 반면 그들은 모두 둔했고, 무리 속의 양들처럼 서로 닮아 있었다. 어쩌면 관청을 통틀어서 나 혼자만 끊임없이 자신을 겁쟁이이며 노예라고 여겼는지도 모르겠는데, 바로 그 때문에 내가 계발된 인간이라고 여겼던 것이다. 그런데 이것은 그렇게 여겨졌을 뿐 아니라, 실제로도 그랬다. 나는 겁쟁이이며 노예였다. 이러한 사실을 나는 전혀 당황하지 않고 말한다. 우리 시대의 점잖은 인간은 누구나 겁쟁이이며 노예이고, 또 그래야만 한다. 이것이 정상적인 상태이다. 이에 대해 나는 깊이 확신하는 바이다. 그는 그렇게 만들어졌고, 그렇게 생겨 먹었다. 현재만의 일도 무슨 우연한 상황에 의한 것이 아니고, 어느 시대에나 점잖은 인간은 겁쟁이이며 노예여야만 한다. 이것이 지상의 모든 점잖은 인간들의 자연법칙이다. 만일 그들 중 누가 무슨 일인가로 거만을 떨 일이 생길지라도, 위안을 얻거나 열중하지 않아도 된다. 마찬가지로 다른 일 앞에서는 벌벌 떨 테니까. 유일하고 영구적인 출구는 이런 것이다. 거만을 떠는 건 당나귀와 그런 잡종들뿐이지만, 그들도 일정한 선까지만 그렇다. 그들에겐 주의를 기울일 가치도 없는데, 왜냐하면 전혀 아무런 의미도 없기 때문이다.

그때 나를 괴롭히는 정황이 하나 더 있었는데, 바로 누구도 나를 닮지 않았고 나 역시 누구와도 닮지 않았다는 점이다. '나는 혼자이고, 그들은 **모두**잖아'라고 나는 생각했고, 그런 생각에 잠기곤 했다.

이걸 보면 내가 아직 완전히 어린애였다는 것을 알 수 있다.

정반대되는 일들도 일어나곤 했다. 정말 관청에 다니는 일이 가끔 얼마나 혐오스러웠는지, 퇴근할 때 여러 번

병자가 되어 돌아올 정도까지 가곤 했다. 그러다 갑자기 난데없이 회의주의와 무관심의 주기가 찾아왔는데(나에게는 모든 것에 주기가 있었다), 이는 나 스스로가 자신의 성급함과 결벽증을 비웃고, 스스로를 **낭만주의**를 들어 비난했던 것이다. 누구와도 얘기하고 싶지 않다가도, 얘기를 주고받을 뿐 아니라 친구처럼 지내겠다는 생각까지 들게 된다. 모든 결벽증이 갑자기 단번에 난데없이 사라지곤 했다. 누가 알겠는가, 어쩌면 내게 결벽증이란 건 아예 있었던 적이 없었고, 책에서 빌려 와 꾸며 낸 것만 있었던 것은 아닌가? 나는 여태껏 이 문제를 풀지 못했다. 한번은 그들과 완전히 친해져서 그들 집을 방문해 카드놀이를 하고 보드카를 마시고 진급 문제를 논하기도 했다……. 그나저나 여기서 좀 다른 얘기를 하나 할 수 있도록 양해를 구한다.

우리 러시아인들 중에는 대체로 뜬구름 잡는 어리석은 독일인들이나 특히 프랑스 낭만주의자들이 하나도 없었다. 그들은 발밑에 땅이 갈라진다 해도, 프랑스 전체가 전선에서 몰살된다 해도 꿈쩍하지 않을 터인데, 그들은 한결같아서 예의상으로라도 변해 주는 법 없이 계속해서, 말하자면 관 속에 들어가는 날까지 자신들의 뜬구름 잡는 노래들을 불러 젖힐 것이다. 그들은 바보들이니까. 우리 러시아 땅에는 바보들이 없는데, 이것은 익히 알려진 사실이고, 여타 독일 땅들과 우리를 구별시키는 점이기도 하다. 따라서 우리 나라에서는 뜬구름 잡는 기질의 인간이 순수한 상태로는 출몰하지 않는다. 이 모든 게 당시의 우리 '긍정적인' 사회 평론가들과 비평가들이 코스탄조글로[15]와 표트르 이바노비치 아저씨[16] 같은 자들을 잡고 늘어져 아무 생각 없이 우리의 이상[17]으로 받아들이고, 이들을 독일이나 프랑스에서처럼 뜬구름 잡는 자들과 같은 인물들로 간주하여, 우리의 낭만주의자들을 두고 너무 많은 것들을 생각해 낸 탓이다. 그러나 우리 낭만주의자의 특성은 뜬구름 잡는 유럽의 낭만주의자들과는 완전히 정반대에 있고, 유럽의 척도는 어느 것 하나 여기에 맞지 않는다('낭만주의자'라는 단어를 사용하는 것을 양해해 주기 바란다. 이것은 유구하고, 존중받을 만하고, 공적 있고, 누구나 아는 단어이다). 우리 낭만주의자의 특성은 모든 것을 이해하고, 모든 것을 보고, 종종 우리의 가장 긍정적인 지성들이 보는 것보다 비교할 수 없이 더 선명하게 보는 것이며, 누구와도 무엇과도 타협하지 않으면서 동시에 어떤 것도 꺼리지 않는 것, 모든 것을 우회하고, 모두에게 양보하고, 모두를 교묘하게 대하는 것, 유용하고 실제적인 목표(예를 들면 사택, 연금, 훈장 같은 것들)를 항상 시야에서 놓치지 않으면서도, 이 목표를 모든 열광과 서정시집들을 통해 간파하는 동시에 '아름답고 숭고한 것'

15 고골의 『죽은 혼』(1852)에 나오는 지주.

16 곤차로프의 『평범한 이야기』(1847)에 나오는 인물로 건전한 상식과 실제적인 수완을 가졌다.

17 모범적인 주인을 의미한다.

을 관 속에 들어가는 날까지 자기 안에 손상되지 않은 채 간직하며, 또한 그런 계제에 자신 또한, 예를 들어 예의 그 '아름답고 숭고한 것'의 소용을 위해서라도, 마치 어떤 귀금속처럼 솜뭉치 안에 온전하게 간직하는 것이다. 우리의 낭만주의자는 폭넓은 인간이며 우리의 모든 악당 중에서 제일가는 악당이라는 것을, 심지어 경험으로 나는 장담할 수 있다. 물론 이 모든 것은 낭만주의자가 똑똑한 경우에 그렇다. 그러니까 지금 내가 무슨 소릴 하고 있는 건가! 낭만주의자는 언제나 똑똑하지 않은가, 나는 다만 우리 낭만주의자들 중에 멍청이들이 있기도 하지만, 이건 셈에 넣지 않았음을 지적하고 싶었을 뿐인데, 이는 오로지 그들이 아직 한창때에 완전히 독일인으로 거듭나서, 자신의 귀금속을 더 편리하게 보존하기 위해 주로 바이마르나 슈바르츠발트 같은 곳에 정착했기 때문이다. 나는, 예를 들어 관청 일을 진정으로 경멸하면서도 오직 필요했기 때문에 침을 뱉지는 않았는데, 거기 앉아 있음으로 해서 돈을 받았기 때문이다. 어쨌거나 결과적으론 침을 뱉지 않았다는 것을 기억해 두기 바란다. 다른 출세의 전망을 염두에 두고 있지 않다면, 우리의 낭만주의자는 미쳐 버릴지언정(하긴 이것도 매우 드문 일이기는 하다), 침을 뱉게 되지는 않을 것이다. 결코 그를 거칠게 밀쳐 쫓아내지는 않을 것이고, '스페인 왕'[18]의 모습으로

18 고골의 「광인 일기」(1835)에서 포프리신은 자신을 스페인 왕으로 여겼다.

정신 병원에 끌고 갈 텐데, 그것도 그가 제대로 미쳐 버릴 때라야 그렇다. 그러나 우리 나라에서 미쳐 버리는 자들은 빈약하고 머리털이 흰 자들뿐이다. 셀 수 없이 많은 낭만주의자들이 나중에 상당한 관등을 얻게 된다. 비상한 팔방미인들 아닌가! 가장 모순되는 감각들을 지각하는 능력은 얼마나 대단한가! 나는 그때도 이 사실로 위로를 받았고, 지금도 그 생각에는 변함이 없다. 바로 이 때문에 가장 바닥까지 떨어지는 타락에서도 결코 자신의 이상을 잃지 않는 '폭넓은 천성의 소유자들'이 우리 나라에 그토록 많은 것이다. 그들은 비록 이상 따위를 위해서 손가락 하나 까딱하지 않는 악명 높은 강도요 도둑들이지만, 어쨌든 자신의 최초의 이상을 눈물을 보일 정도로 존경하며, 영혼은 비범하게 정직하다. 그렇사옵니다, 오직 우리 나라에서만 악명 높은 비열한 놈이 비열한 놈이기를 조금도 멈추지 않은 채, 동시에 영혼은 완전히 숭고할 정도로 정직할 수 있다. 반복하건대, 정말 도처에 우리의 낭만주의자들 가운데 때때로 사무에 매우 능란한 사기꾼들이 나와서(나는 '사기꾼'이라는 단어를 즐겨 사용한다), 갑자기 대단한 현실 감각과 긍정적인 것에 대한 지식을 선보이는데, 이 때문에 놀란 당국과 대중은 경악하며 그들을 향해 혀를 끌끌 찰 뿐이다.

진실로 경탄할 만한 이 다면성은 앞으로의 상황에서 무엇으로 변하고 또 어떻게 될지, 향후 우리에게 무엇을 선사할지 도무지 알 수가 없다. 그런데 재료가 나쁘지 않사옵니다! 내가 이렇게 말하는 것은, 무슨 우습거나 쉬어빠진 애국심에서 그러는 것이 아니다. 그런데도 당신들은 또 내가 농담한다고 생각하리라 확신한다. 누가 알겠는가, 어쩌면 정반대일지, 즉 내가 실제로 그렇게 생각한다고 당신들이 확신하고 있을지도. 어떤 경우에도, 여러분, 당신들의 두 의견을 명예와 특별한 만족으로 여길 것이다. 내가 잠시 삼천포로 빠진 것을 용서하기 바란다.

내 동료들과는 당연히 우정을 유지하지 못했고 그야말로 속히 헤어졌으며, 그때 아직 어린 미숙함으로 인해 그들과 인사조차 하지 않게 되었는데, 확실히 절교했다. 이런 일이 나에게는 딱 한 번 일어났을 뿐이었다. 대체로 나는 늘 혼자였다.

집에서 나는, 주로 책을 읽으며 지냈다. 내 안에서 끊임없이 들끓는 모든 것들을 외적 감각들로 잠재우기를 원했다. 외적 감각들 중에 나에게 유일하게 가능했던 것이 독서였다. 독서는 물론 많은 도움을 주었는데, 흥분하게 했고, 위안을 주었으며, 괴롭게 했다. 그러나 때때로 끔찍할 정도로 지루하게 만들기도 했다. 어쨌든 몸을 움직이고 싶었기에, 나는 갑자기 어두운 지하의 추잡한 방탕, 아니 방탕 나부랭이에 빠져들었다. 내 안의 열정 나부랭이는 나의 일상적인 병적 신경질로 인해 더욱 불타오르고 날카로워져 있었다. 히스테릭한 발작은 눈물과 경련을 동반하기도 했다. 독서 외에는 할 것이 없었는데, 즉 그 무렵 내 주위에는 존경할 만한 것이 아무것도 없었고, 끌릴 만한 것도 없었다. 게다가 우울이 끓어올랐고, 모순과 대조를 향한 히스테릭한 갈망이 나타났다. 이렇게 나는 방탕에 빠져들었다. 내가 변명을 하기 위해 이렇게 떠들어 댄 건 정말 아니다……. 그렇기는 하지만, 아니다! 거짓말을 하고 말았다! 나는 바로 자신을 정당화하고 싶었던 것이다. 여러분, 이건 나 자신을 위해 지적해 둔다. 나는 거짓말을 하고 싶지 않다. 나는 약속을 했었다.

나는 밤마다 고독 속에서 은밀하게, 소심하게, 지저분하게, 가장 역겨운 순간에도 나를 떠나지 않았고, 그런 순간에는 저주를 퍼붓는 데 이르기까지 했던 수치심으로 방탕에 빠져들곤 했다. 나는 그때 이미 내 영혼 안에 지하를 담고 다녔다. 어떻게든 누군가 나를 보지는 않을까, 만나게 되지는 않을까, 알아보지는 않을까, 나는 끔찍이 두려워했다. 그러면서도 나는 무척 어두운 여러 장소를 돌아다녔다.

한번은 밤에 선술집 옆을 지나다 불이 환한 창문으로 신사들이 당구대 옆에서 큐로 싸움질을 하다 그중 한 명을 창문 밖으로 던져 버리는 것을 보았다. 다른 때 같으면 무척 불쾌했을 텐데, 그날은 갑자기 내동댕이쳐진 그 신사가 부러워지는 순간을 맞이했을 뿐 아니라, 선술집의 당구장 안으로 들어가 볼 정도로 부러웠다. '행여나 내가 싸움질이라도 하면, 저들이 나도 창문으로 내던지지 않을까.'

나는 술에 취해 있지 않았지만, 어쩌겠는가, 정말 이 정도의 히스테리에 이를 만큼 우울에 사로잡혔으니! 그러나 아무 일 없이 지나가게 되었다. 결국 나는 창문을 뛰어넘을 능력도 없으니, 싸움을 걸지 않고 그대로 떠나고 말았다.

내가 그곳에 발을 들여놓자마자 장교 하나가 내 코를 납작하게 했다.

내가 당구대 곁에서 모르고 남의 길을 막고 서 있었는데, 그 장교는 지나가야 했고, 그는 예고도 설명도 없이, 내 어깨를 잡고, 말없이 내가 서 있던 자리에서 다른 자리로 나를 옮겨 놓고는, 자신은 보지도 못한 것처럼 지나가 버렸다. 나는 차라리 한 대 맞았더라면 용서했을 테지만, 나를 옮겨 놓고는 이렇듯 아예 알아채지도 못했다는 것은 도저히 용서할 수 없었다.

그때 진정한 좀 더 올바른 싸움, 좀 더 점잖고, 말하자면 좀 더 문학적인 싸움을 위해서라면 나는 뭐라도 내놓았을 거라는 걸 귀신은 알는지! 나를 파리 취급한 것이다. 그 장교는 키가 10베르쇼크[19]나 되었고, 나는 키가 작고 비쩍 마른 인간이었다. 싸움은, 그래도, 내 손에 달려 있었다. 내가 대들었다면, 물론 나를 창밖으로 내던졌을 것이다. 하지만 나는 곰곰이 생각해 보고 차라리…… 앙심을 품은 채 슬그머니 사라지는 쪽을 택했다.

....

19 19세기 러시아에서는 키를 얘기할 때 2아르신을 제한 나머지 길이를 베르쇼크로 계산하였다. 즉, 이 장교의 키는 2아르신(71cm × 2 = 142cm) 10베르쇼크(4.45cm × 10 = 44.5cm)로 186cm 정도가 되는 것이다.

나는 심란하고 흥분된 상태로 선술집을 나와 곧장 집으로 향했으며, 다음 날에도 나의 방탕 행각은 이전보다 더 소심하고, 더 녹초가 되어, 더 우울하게, 마치 눈물방울이라도 맺힌 것처럼 계속되었는데, 어쨌든 계속되었다. 그러나 내가 원래 비겁해서 장교한테 겁을 집어먹었다고는 생각하지 마시라. 현실에서는 끊임없이 겁을 집어먹어도 내 영혼이 겁쟁이였던 적은 한 번도 없었으니, 그러므로 비웃기를 그치고 좀 기다려 달라. 여기엔 그럴 만한 이유가 있으니, 내게는 모든 것에 그럴 만한 이유가 있다는 걸 좀 믿어 달라.

오, 만약 이 장교가 결투에 응하는 부류의 인간이었다면! 하지만 아니었다, 이자는 바로 당구 큐를 휘두르거나, 고골의 피로고프 중위[20]처럼 상관을 통해 행동하는 것을 선호했던 부류의 신사였다. 그들은 결투에 나서지 않았을뿐더러, 우리 같은 민간인과의 결투를 점잖지 못한 것으로 여긴 듯한데, 그뿐 아니라 그들은 대체로 결투를 뭔가 생각조차 할 수 없는 것으로, 자유사상에 물든 프랑스적인 것으로 간주했지만, 자신들은 남들을 상당히 모욕했으며, 키가 10베르쇼크인 경우에는 특히 더했다.

내가 이때 겁을 먹은 것은 비겁해서가 아니라, 무한하기 그지없는 허영심 때문이었다. 나는 10베르쇼크의 키에 놀랐던 것도, 나를 심하게 두들겨 패곤 창문 밖으로

20 고골의 「넵스키 대로」(1835)의 인물.

내던질까 봐 그랬던 것도 아니었다. 사실 육체적 용기는 충분했을 터이지만, 정신적 용기가 부족했다. 내가 항의하려고 할 때 문학적 언어로 말하기 시작하면, 건방진 종업원에서부터 거기서 얼쩡거리던, 기름기 흐르는 셔츠 깃에 악취를 풍기고 여드름투성이인 말단 관리에 이르기까지 거기 있던 모든 사람들이 나를 이해하지 못하고 비웃기만 할까 봐 놀랐던 것이다. 왜냐하면 우리 나라에서는 지금까지도 명예라는 문제, 즉 명예가 아니라 명예라는 문제에 대해 문학적 언어가 아니고서는 달리 얘기해 볼 방법이 없기 때문이다. '명예라는 문제'는 일상적 언어로는 거론되지 않는다. 나는 전적으로 확신하는데(낭만주의에 젖어 있을지라도 감각은 현실적이다!), 그들 모두는 웃다가 그냥 자지러졌을 테고, 장교는 그냥이 아니라, 즉 악의 없이 나를 두들겨 패는 게 아니라, 틀림없이 내 무릎을 걷어차고 당구대 주위로 한 바퀴 돌린 다음, 자비를 베풀듯 창밖으로 던져 버릴 것이다. 물론 나의 이 초라한 이야기는 이것으로 끝날 수 없었다. 이후에도 나는 자주 이 장교를 거리에서 만났고 그를 눈여겨봤다. 그가 나를 알아봤는지 어쨌는지는 모르겠다. 분명 알아보지 못했을 것이다. 몇 가지 징후를 통해 그런 결론을 내린다. 하지만 나로 말할 것 같으면, 나는 그를 원한과 증오를 품고 바라보았고, 이렇게…… 몇 년 동안이나 계속되었다! 나의 원한은 해가 갈수록 더 견고해지고 더 자라났다. 우선 나는 조용히 장교의 신상을 캐기 시작했다. 그건 어려운 작업이었는데, 내게는 아는 사람이 없었기 때문이다. 그런데 내가 꼭 그에게 묶인 양 그의 뒤를 멀찍이서 따라가고 있던 어느 날, 누군가 길에서 그의 성을 불렀고, 덕분에 나는 그의 성을 알게 되었다. 또 한 번은 그의 아파트 앞까지 쫓아가서 그곳 수위에게 잔돈 몇 푼을 쥐여 주고는 그가 몇 층에 살며, 혼자 사는지 누구와 함께 사는지 등등을 알아냈다. 한번은 아침 녘에, 나는 비록 문학 작업을 해 본 적이 한 번도 없었지만, 갑자기 이 장교를 폭로의 형태나 캐리커처로, 소설의 형태로 묘사해 보자는 생각이 들었다. 나는 쾌감을 느끼며 소설을 썼다. 나는 폭로했고 심지어 중상모략까지 했으며, 처음에는 성도 즉시 알아볼 수 있게 살짝 고쳤지만, 나중에 성숙한 판단에 따라 완전히 바꾸어서 『조국 수기』에 투고했다. 그러나 당시는 아직 폭로 문학이라는 것이 없어서 내 소설은 발표되지 않았다. 이에 나는 크게 분개했다. 이따금 나는 분노로 숨이 콱콱 막히곤 했다. 마침내 나는 적에게 결투를 신청하기로 결심했다. 나는 그에게 아름답고 매혹적인 편지를 써서 나에게 사과하라고 간청하면서, 거절할 경우 결투가 불가피함을 상당히 단호하게 암시했다. 편지는 이렇게 쓰였기 때문에, 장교가 '아름답고 숭고한 것'을 조금이라도 이해했다면, 즉시 내게 달려와서 목을 껴안으며 친구가 되자고 했을 것이다. 그랬다면 얼마나 좋았겠는가! 그랬다면 우리는 새로운 삶을 시작할 수 있었을 것이다! 그렇게 시작할 수 있었을 것이다!

그는 자신의 직위로 나를 보호해 주고, 나는 나의 계발된 지성, 뭐 그리고 (……) 이념으로 그를 고상하게 만들어 주었을 것이고, 숱한 일들이 일어날 수 있었다! 상상해 보시라, 그때는 이미 그가 나를 모욕한 지 2년이나 지난 뒤였고, 내 편지를 통해 시대착오를 설명하고 은폐하려는 모든 교묘함에도 불구하고, 나의 결투 신청은 추악하기 그지없는 시대착오였다. 그러나 천만다행으로(지금까지 눈물을 흘리며 하느님께 감사드린다), 나는 편지를 부치지 않았다. 편지를 부쳤다면 무슨 일이 벌어졌을지 생각만 해도 등골이 오싹해진다. 그리고 갑자기…… 그리고 갑자기 나는 가장 간단하고 가장 천재적인 방식으로 복수를 하게 되었다! 기막힌 생각이 번쩍 떠올랐던 것이다. 이따금 휴일이면 나는 오후 3시가 지나 넵스키 거리로 나서 양지바른 곳을 따라 산책하곤 했다. 말하자면 나는 그곳에서 산책한 것이 아니라 무수한 고통과 굴욕과 넘쳐 오르는 짜증을 맛보았지만, 그러한 것들이 내겐 분명히 필요한 것이었다. 나는 장군들에게, 기마병과 경기병 장교들에게, 귀부인들에게 끊임없이 길을 양보하면서, 가장 볼썽사나운 모습으로 미꾸라지처럼 행인들 사이를 헤집고 다녔다. 이 순간들에 나는, 내 옷차림의 초라함과 헤집고 다니는 내 모습의 초라함과 비루함을 떠올리기만 해도 가슴에 격렬한 통증과 등에 식은땀이 흐르는 것을 느꼈다. 이것은 내가 파리, 이 온 세상 앞에서 불쾌하고 쓸모없는 파리이고, 이건 이미 말할 필요도 없지만, 누구보다 현명하고, 누구보다 지적으로 계발되고, 누구보다 고상하지만, 끊임없이 모두에게 길을 양보하고 모두에게 굴욕당하고 모두에게 모욕당하는 파리라는 생각에서 비롯되는, 끊임없는 직접적인 감각으로 바뀌어 가는, 끊임없는 견딜 수 없는 굴욕, 극심한 고통이었다. 뭘 위해서 내가 스스로 고통을 떠맡았는지, 뭘 위해서 넵스키 거리를 오갔는지 나는 알 수 없으나, 기회만 되면 매번 그리로 그저 **이끌렸던** 것이다.

그때 나는 이미 제1부에서 말한, 그 쾌감이 밀려오는 것을 느끼기 시작했다. 장교와의 사건 이후에는 더 강렬히 그리로 이끌리게 되었다. 내가 그를 가장 자주 볼 수 있는 곳이 넵스키 거리였으므로, 거기서 나는 그를 보는 것을 즐겼다. 그도 휴일이면 더 자주 거기를 오갔다. 그 역시 장군들 앞에서나 고관들 앞에서는 길을 비켜 주었고, 역시 미꾸라지처럼 그들 사이를 비집고 다녔지만 나 같은 부류의 사람들이나 우리보다 더 멀쩡한 사람들은 그냥 뭉개 버렸는데, 마치 그 앞에 빈 공간이 있는 것처럼 그들을 향해 곧바로 걸어갔고, 어떤 경우에도 길을 양보하지 않았다. 나는 나만의 원한에 심취해 그를 바라보다가…… 원한을 품은 채 그 앞에서 매번 길을 비켜 주었다. 길거리에서조차 도무지 그와 대등한 위치에 있을 수 없다는 사실이 나는 괴로웠다. '어째서 너는 꼭 먼저 길을 비켜서는가?' 나는 이따금 새벽 2시가 넘어 잠이 깨어서는 미친 듯이 히스테리를 부리며 자신을 닦달하곤 했다. '어째서 반드시 너인가, 그가 아니고? 여기엔 무슨 법칙이 있는 것도 아니고, 어디에도 그렇게 쓰여 있지 않은데? 세련된 사람들이 마주칠 때 흔히 그러는 것처럼 공평하게 행해도 좋다. 그도 반을 양보하고 너도 반을 양보하면, 당신들은 서로를 존중하며 지나갈 수 있을 것이다.' 그러나 이렇게 되진 않았고, 결국 내가 길을 비켜섰는데, 그는 심지어 내가 양보한다는 것도 눈치채지 못했다. 그런데 여기 놀랍기 그지없는 생각이 갑자기 내 머릿속에 번쩍 떠올랐다. '만약 그와 마주쳤을 때 비켜서지 않는다면…… 어떨까, 과연 어떨까? 그를 밀치게 되는 일이 벌어지더라도, 일부러 비키지 않는다면 어떻게 될까?' 나는 생각했다. 이 대담한 생각은 조금씩 조금씩 나를 사로잡아 나는 진정할 수 없게 되었다. 나는 멈추지 않고 지독하게 이 몽상에 열중했고, 실행에 옮겼을 때 어떻게 할지 좀 더 선명하게 그려 보기 위해 일부러 더 자주 넵스키 거리에 다녀오곤 했다. 나는 환호했다. 이 계획은 시간이 갈수록 점점 더 그럴듯하고 실현 가능한 것으로 생각되었다. '물론 확 떠미는 건 아니고…….' 나는 이렇게 생각하며, 벌써부터 기쁨에 겨워 선량해지기까지 했다. '단지 옆으로 비켜서지 않고 그와 부딪치는 것이다, 너무 아프게는 말고, 딱 예의에 걸맞게 어깨와 어깨가 닿는 정도로, 그가 나를 치는 만큼 나도 그를 치는 거다.' 난, 마침내, 완전히 마음을 먹었다. 그러나 준비하는 데는 많은 시간이 걸렸다. 우선 계획을 실행에 옮길 때는 좀 더 예법을 철저히 준수한 차림이어야 해서 복장에 신경을 써야 했다. '만약의 경우, 예를 들어 길에서 소동이 난다면, (그곳 행인들은 매우 멋쟁이들이라서 백작 부인도 다니고, D 공작도 다니고, 아예 문학 전체가 다닌다) 잘 차려입을 필요가 있었다. 그래야 상류 사회 사람들의 눈에 강한 인상을 남겨 겉모습을 훑어보고 대번에 우리를 동등하게 대우할 거다.' 이러한 목적으로 나는 봉급을 가불하여 추르킨 가게에서 검은색 장갑과 괜찮은 모자를 샀다. 처음에 생각했던 레몬색보다 검은색 장갑이 더 무게와 격조가 있어 보였다. '색이 너무 강렬해서, 그걸 끼면 너무 튀고 싶어 하는 것처럼 보일까 봐' 레몬색을 고르지 않았던 것이다. 나는 오래전에 뼈로 만든 흰 커프스단추가 달린 좋은 와이셔츠를 준비해 두었으나, 외투가 한참을 지연시켰다. 내 외투는 그 자체로는 그리 나쁘지 않았고 따뜻하기도 했지만, 솜을 넣어 누빈 데다, 하인 계급의 상류층이 사용하는 너구리 털로 된 칼라가 달려 있었다. 무슨 일이 있어도 칼라를 바꿔 장교들처럼 비버 털을 달아야 했다. 이를 위해 고스치니 드보르[21]를 돌아다녔고, 몇 군데 둘러보고 나서 저렴한 독일제 비버 털 하나를 점찍었다. 독일제 비버 털은 매우 빨리 닳아서 금세 후줄근한 모양이 되지만, 처음에 새것일 때는 매우 근사해 보이기까지 한다. 어차피 내게는 단 한 번 필요한 것 아닌가. 나는 가격을 물

21 페테르부르크 시내에 있는 전통적 상가.

어보았는데, 어쨌거나 비쌌다. 철저한 판단에 따라 나는 내 너구리 털 칼라를 팔기로 했다. 그래도 모자라는, 나에겐 상당히 부담스러운 액수는 안톤 안토니치 세토치킨한테 빌리기로 마음먹었는데, 그는 나의 상사로서 온유하되 진지하며 착실한 사람이고, 아무에게도 돈을 꿔 주지 않았지만, 내가 관청에 취직할 때, 나를 이 자리에 앉힌 유력 인사가 그에게 나를 특별히 천거한 적이 있었다. 나는 끔찍하게 괴로웠다. 안톤 안토니치에게 돈을 빌린다는 것이 기괴하고 수치스러운 일로 여겨졌다. 그 때문에 심지어 2, 3일 동안 잠을 설쳤는데, 사실 당시 나는 보통 잠을 적게 잤고 열병에 걸린 듯했다. 심장은 희미하게 잦아들거나 갑자기 펄떡펄떡 뛰고, 뛰고, 또 뛰었던 것이다……! 안톤 안토니치는 처음에는 놀랐고, 그다음 인상을 쓰더니, 그다음 생각을 정리하고, 빌려 준 돈을 2주 후에 봉급에서 돌려받는다는 확인증을 받고는 어찌 되었든 돈을 빌려 주었다. 이런 식으로 모든 것이, 마침내, 준비되었다. 허접한 너구리 털 자리에 아름다운 비버 털이 위엄 있게 들어섰고, 나는 서서히 작업에 착수했다. 처음부터 무턱대고 결단할 수는 없는 노릇이었다. 이런 일은 요령 있게, 서서히 완수해야 했다. 하지만 여러 번 시도해 보고 나서, 심지어 절망하기 시작했다. 도대체 부딪칠 수가 없었다, 그래 그뿐이다! 내가 준비가 덜 되어서인지, 내 결심이 부족해서인지, 지금 당장 부딪칠 것 같은데 정작 나는 다시 길을 양보하고, 그는 나를 알아채지도 못한 채 그냥 지나가 버리는 것을 보게 된다. 심지어 나는 그에게 다가가면서 내게 결단력을 채워 달라고 신에게 기도하곤 했다. 한번은 단단히 마음먹고 결행한 적이 있었는데, 그의 발밑에 들어가는 꼴로 끝났을 뿐이었다. 바로 마지막 순간, 10센티미터쯤 되는 거리를 남겨 놓고는 기세가 꺾이고 말았기 때문이다. 그는 매우 태연하게 나를 훑으며 지나갔고, 나는 마치 공처럼 옆으로 튕겨 나갔다. 그날 밤 나는 다시 열병을 앓으며 헛소리를 해 댔다. 갑자기 모든 것이 더할 나위 없이 좋게 끝났다. 그 전날 밤 나는 나의 파괴적인 계획을 실행하지 않기로, 모든 것을 그냥 내려놓기로 결심을 굳힌 뒤, 이 모든 걸 어떻게 그만둘지 한번 보기 위해, 이 목적을 가지고 마지막으로 넵스키 거리로 나갔다. 갑자기 세 발짝 떨어진 곳에 나의 적이 있었고, 나는 예기치 않게 결단을 하고 눈을 질끈 감았는데, 우리의 어깨가 서로 탁 부딪쳤던 것이다! 나는 5센티미터도 양보하지 않고 완전히 동등한 자격으로 길을 지나갔다! 그는 뒤도 돌아보지 않고, 아무것도 알아채지 못한 척했지만, 그가 단지 그런 척했을 뿐이라는 것을 나는 확신한다. 나는 지금까지도 확신하고 있다! 물론 그가 더 힘이 셌기 때문에 내가 더 아팠지만, 그건 문제가 아니었다. 문제는 내가 목적을 달성했고 긍지를 지켰으며, 한 발짝도 양보하지 않음으로써 공개적으로 나 자신을 그와 동등한 사회적 지위에 올려놓았다는 것이다. 나는 제대로 복수했다는 기분에 들떠 집으로 돌아왔다. 황홀했다. 나는 승리감을 만끽하며 이탈리아 아리아를 불렀다. 물론 나는 사흘 뒤 내게 일어난 일을 당신들에게 서술하지는 않겠다. 이 책의 첫 부분인 '지하'를 읽었다면, 당신들 스스로 짐작할 수 있을 것이다. 장교는 그 후 어디론가 전근되어 갔고, 벌써 14년이나 나는 그를 보지 못했다. 내 귀여운 장교, 그는 지금 뭘 하고 있을까? 누굴 짓밟고 있을까?

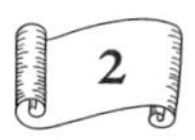

2

그런데 방탕의 주기가 끝나면 나는 끔찍스럽게 구역질이 났다. 후회가 밀려들고, 나는 그것을 쫓아내곤 했다. 너무 구역질이 났다. 하지만 이것에도 나는 조금씩 익숙해졌다. 나는 모든 것에 익숙해졌는데, 말하자면 익숙해졌다기보다는 뭔가 자발적으로 참아 내기로 한 게 아닌가 싶다. 그런데 나에게는 모든 것을 화해시켜 준 출구가 있었으니, 바로 '아름답고 숭고한 모든 것' 안에서 구원받는 것, 물론 몽상 속에서 말이다. 나는 끔찍하게 몽상에 잠겼는데, 석 달을 내리 방구석에 처박혀 몽상에 잠겨 있었고, 그런 순간들이 오면 나는 정말 닭처럼 마음이 흥분된 상태에서 자신의 외투 칼라에 독일제 비버 털을 달았던 그 신사와는 전혀 닮지 않은 사람이 되었다. 나는 갑자기 영웅이 되었던 것이다. 나의 10베르쇼크 중위가 나를 방문한다 해도 그때는 허락하지 않았을 것이다. 그때는 그를 떠올릴 수도 없었다. 도대체 나의 몽상은 어떤 것들이었고, 내가 어떻게 그것들에 만족할 수 있었는지 지금으로선 얘기하기 어렵지만, 그때는 그것에 만족했다. 실은 지금도 나는 어느 정도 그것에 만족하고 있다. 몽상은 방탕에 뒹굴고 난 이후 특히 더 달콤하고 강렬하게 나를 찾아왔는데, 후회와 눈물, 저주와 황홀을 동반했다. 완벽한 도취와 행복의 이러한 순간들이 있어, 내 안에 진정 일말의 냉소도 느껴지지 않았다. 그때 믿음과 소망과 사랑이 있었다. 바로 그것이 문제인데, 나는 그때 어떤 기적이나 어떤 외부 상황으로 인해 이 모든 것이 갑자기 트이고 확장되리라고 맹목적으로 믿었다. 갑자기 매우 유익하고, 매우 아름답고, **완벽하게 준비된**(정확히 어떤 것인지는 나도 안 적이 없었지만, 중요한 건 완전히 준비된 것이어야 한다는 것) 적절한 활동의 지평선이 펼쳐질 것이며, 나는 백마를 타고 월계관을 쓴 채 신의 세상으로 나아갈 것이라고 말이다. 조연을 맡는다는 건 나로선 납득할 수 없었고, 그랬기 때문에 현실에서는 매우 편안하게 가장 낮은 역을 맡았던 것이다. 영웅이 아니면 진흙탕이지, 중간은 없었다. 이것이 나를 파멸시켰는데, 진흙탕 속에 있으면서도 다른 때는 영웅이 된다고, 영웅이 진흙으로 자신을 가리고 있는 것이라고 자위했기 때문이다. 보통 사람에게는 진흙투성이가 되는 것이 부끄러운 일이지만, 영웅은 완전히 진흙투성이가 되기에는 너무나 높아서,

조금은 진흙을 묻혀도 되는 것이다. 주목할 점은, 방탕의 순간에도 '아름답고 숭고한 모든 것'이 밀물처럼 몰려왔고, 내가 가장 밑바닥에 있을 때에도 자신의 존재를 상기시키려는 듯 간헐적으로 분출되곤 했지만, 그 출현으로는 방탕을 근절시키지 못했다. 오히려 그러한 대조로 인해 방탕에 활기를 불어넣고, 좋은 소스에 필요한 양만큼만 정확히 찾아오는 듯했다. 이 경우 소스는 모순과 고통, 괴로운 내적 분석으로 이루어져 있으며, 이 모든 괴로움과 괴로움 나부랭이는 내 방탕에 풍미와 심지어 의미까지 부여해 주었는데, 한마디로 좋은 소스의 의무를 완벽하게 이행했다. 이 모든 것에는 심지어 어떤 심오함도 없지 않았다. 내가 단순하고 속물적이고 직접적이고, 하급관리에게나 걸맞은 방탕에 동의하면서 이 모든 진흙탕을 뒤집어쓸 수야 없지 않겠는가! 그렇다면 대체 진흙탕 안의 무엇이 나를 유혹해서 밤거리로 이끌어 냈단 말인가? 그렇지 않사옵니다, 내게는 어느 경우에든 빠져나갈 고상한 개구멍이 있었다…….

그러나 주여, 얼마나 많은 사랑을, 나의 몽상 속에서, 이런 '아름답고 숭고한 모든 것 안에서의 구원' 가운데서 얼마나 많은 사랑을 경험하곤 했던가. 비록 환상의 사랑이고, 비록 실제 인간사에는 결코 적용될 수 없는 사랑일지라도, 이 사랑이 너무 많았기 때문에, 심지어 나중에는 실제에 적용할 필요를 느끼지 못할 정도였으며, 이러한 사치는 여분이었을 것이다. 그럼에도 불구하고 모든 것이 항상 매우 순조롭게 예술로, 즉 시인들과 소설가들에게서 훔쳐 와 가능한 모든 용도와 요구에 맞춰진, 완벽하게 준비된 존재의 아름다운 형식으로 나른하고 환희에 넘쳐 넘어가는 것으로 마무리되곤 했다. 나는, 예컨대 모든 사람에 대해 자신만만하다. 그들은 물론 티끌 위에 앉아 나의 모든 우월함을 자발적으로 인정하지 않을 수 없고, 나는 그들 모두를 용서해 준다. 나는 저명한 시인이자 시종이 되어 사랑에 빠진다. 어마어마한 거금을 받기도 하지만, 즉시 인류를 위해 그것을 헌금하고, 거기서 모든 사람들 앞에 나의 치욕을 고백하는데, 물론 그냥 치욕이 아니라, 그 안에 '아름답고 숭고한 것'과 뭔가 만프레드[22]적인 것이 엄청 많이 담긴 그런 치욕이다. 모두가 울며 나에게 입 맞추는데(이러지 않는다면 그들은 머저리이다), 나는 새로운 이념을 설파하기 위해 맨발에 굶주린 채 길을 떠나 아우스터리츠에서 반동주의자들을 쳐부순다.[23] 이어 행진곡이 울려 퍼지고, 특사가 발표되고, 교황은 로마에서 브라질로 가는 데 동의한다. 이어 코모 호숫가의 보르게세 별장에서 전 이탈리아를 위한 무도회가 열리는데, 이 일을 위해 일부러 코모 호수를 로마로 옮긴다. 이어 관목 숲에서의 장면이 연출되고 기타 등등, 다 아시는 것 아닌가? 내가 스스로 인정한 수많은 환호

22 바이런의 극시 「만프레드」에서 가져온 것으로 당당하고 고양된 것을 의미한다.

23 1805년 나폴레옹 1세는 아우스터리츠 근교에서 러시아-오스트리아 연합군에 승리를 거두었다.

와 눈물 뒤에 이제 와서 이 모든 일들을 공개한다는 것은 속물적이고 비열하다고 당신들은 말할 것이다. 어째서 비열하다는 말씀이시옵니까? 당신들은 내가 이 모든 것을 부끄러워하고, 이 모든 것이 당신들의 삶에 일어난 어떤 일보다 더 어리석다고 생각하시는 겁니까, 여러분? 덧붙여 확신하건대, 이 중 어떤 것은 정말 괜찮게 구성되어 있다……. 모든 일이 코모 호수에서 일어났던 것은 아니다. 한편으론 당신들이 옳다, 사실 속물적이고 비열하다. 무엇보다 비열한 것은, 내가 지금 당신들 앞에서 변명을 늘어놓기 시작했다는 것이다. 그보다 더 비열한 것은, 내가 지금 이런 주석을 달고 있다는 것이다. 그만 됐다, 안 그러면 결코 끝마치지 못할 것인데, 계속 더 비열한 것이 나올 테니까…….

3개월 넘게 내내 몽상에만 잠겨 있던 나는 사회 속으로 뛰어들고 싶은, 억누를 수 없는 욕구를 느끼기 시작했다. 사회 속으로 뛰어든다는 것은 나의 상사인 안톤 안토니치 세토치킨을 방문하는 것을 의미했다. 그는 내 평생에 유일한 나의 변함없는 지인이었는데, 지금은 이런 상황에 나 자신도 놀란다. 그리고 내가 그를 방문하는 것은 어떤 주기가 도래했을 때로 한정되었는데, 바로 나의 몽상이 행복감에 도달하여 즉시 사람들과 온 인류를 얼싸안아야 했을 때, 이를 위해 실제 존재하는 사람이 현재 단 한 명이라도 있어야 할 때였다. 그러나 안톤 안토니치에게는 화요일(그의 면회일)에만 갈 수 있어서, 온 인류를 얼싸안고 싶은 욕구도 항상 화요일에 맞춰야 했다. 안톤 안토니치는 파티 우글로프[24]에 있는 건물 4층에 살았는데, 네 개의 방은 천장이 낮고 모두 고만고만 작은 데다 아주 검소하고 누런 모양새였다. 그는 두 딸과 차를 끓여 주던 이들의 고모와 함께 살고 있었다. 딸들 중 하나는 열세 살, 다른 하나는 열네 살이었는데, 둘 다 들창코였고, 늘 자기들끼리 속닥거리고 킥킥대는 바람에 나를 끔찍이도 난처하게 만들었다. 집주인은 보통 서재에서 탁자를 앞에 두고 우리 관청이나 다른 관청의 관리로 있는 백발의 손님과 함께 가죽 소파에 앉아 있었다. 늘 같은 사람들인 손님들은 두세 명 이상을 결코 넘지 않았다. 그들은 소비세, 원로원에서의 경매, 봉급, 진급, 각하, 아부하는 방법 등에 대해 이야기했다. 나는 이 사람들 곁에서 네 시간 정도 바보처럼 앉아 듣기만 하는 인내심을 가지고 있었지만, 그들에게 뭔가 말을 꺼내 볼 용기도 재주도 없었다. 내 머리가 몽롱해지고 몇 번이나 식은땀을 흘리고, 몸이 마비되는 것 같았지만, 이것은 훌륭하고 유익한 일이었다. 집으로 돌아와서 한동안은 온 인류를 얼싸안고 싶다는 나의 욕구를 미뤄 둘 수 있었으니 말이다.

나에게는 지인이라고 할 만한 사람이 한 명 더 있었는데, 동창생 시모노프이다. 동창생들은 페테르부르크에 제법 많았지만, 나는 그들과 어울려 다니지 않았고 길거

24 페테르부르크 시내에 있는 거리 중 하나.

리에서 인사 나누는 일조차 그만두었다. 내가 다른 관청으로 자리를 옮긴 것도 그들과 함께 있지 않으려고, 나의 모든 증오스러운 유년 시절과의 인연을 단번에 끊어 버리기 위해서였는지 모른다. 저주받을 학교, 저 끔찍한 유형의 시간들! 한마디로 말해, 나는 자유의 몸이 되자마자 동창생들과의 관계를 끊었다. 만나면 인사를 주고받는 동창생들이 아직 두세 명 남아 있었다. 그들 중에 시모노프가 있었는데, 학교에서 전혀 눈에 띄지 않는, 무난하고 조용한 녀석이었지만, 나는 그가 제법 독립적인 성격에 성실함까지 지니고 있다는 것을 알아보았다. 나는 그가 특별히 모자랐다고도 생각하지 않는다. 나와 그 사이에는 한때 꽤 해맑은 순간들이 있었지만 오래가지 못했고, 왠지 갑자기 안개에 싸여 버렸다. 짐작건대 그는 이 추억을 부담스러워했고, 내가 예전의 태도를 취할까 봐 늘 걱정하는 듯했다. 나는 그가 나를 무척 역겨워할지도 모른다고 생각했지만, 정확한 확신이 없었기 때문에 그냥 그에게 드나들곤 했다.

어느 목요일, 나는 고독을 참지 못하고, 목요일에는 안톤 안토니치의 집 문이 닫혀 있다는 것을 알고는 시모노프를 떠올렸다. 그가 사는 4층으로 올라가면서 나는, 이 신사분이 나를 부담스러워하는데 괜한 걸음을 하는 게 아닐까, 바로 그런 생각을 했다. 그러나 이런 생각에 골몰하다 보면 항상 일부러 그런 것처럼 더욱 애매한 상황에 처하는 것으로 끝나곤 했기 때문에, 나는 그냥 들어갔다.

시모노프를 마지막으로 본 지 거의 1년 만이었다.

그의 집엔 동창생이 두 명 더 있었다. 보아하니 그들은 뭔가 중대한 일을 의논하고 있는 듯했다. 내가 온 것에 누구 하나 아무런 주의도 기울이지 않았는데, 그들과 내가 만난 지 몇 년이나 되었나를 생각하면 이상하기까지 했다. 다들 나를 흔한 파리 정도로 여기고 있는 게 분명했다. 학교에서는 모두가 나를 미워하긴 했지만 이렇게까지 괄시하진 않았다. 물론 나는 이해했다, 그들이 내 관리 생활의 실패나, 내가 이젠 멋대로 살고 남루한 옷차림으로 다니는 것 등등에 대해 경멸하는 것이 마땅하다고. 그들의 눈에는 내가 자신의 무능력과 보잘것없음을 써 붙이고 다니는 것처럼 보였을 것이다. 아무리 그래도 이 정도의 경멸까지는 예상하지 못했다. 심지어 시모노프는 내가 온 것에 놀라기까지 했다. 그는 전에도 언제나 내가 온 것에 놀라는 것 같았다. 이 모든 것이 나를 어리둥절하게 했는데, 나는 다소 우울한 상태로 자리에 앉아 그들이 무슨 의논을 하는지 듣기 시작했다.

진지하고 열띠기까지 했던 얘기가 오갔는데, 그것은 장교로 복무하는 동창생 즈베르코프가 먼 지방으로 떠나게 되어 이 신사들이 내일 송별회를 열어 주려 한다는 것이다. 무슈 즈베르코프는 줄곧 나의 급우이기도 했다. 나는 특히 상급반 시절에 그를 미워했다. 하급반 시절의 그는 모두가 좋아하는 귀엽고 활달하기만 한 소년이었다. 그런데도 나는 그가 귀엽고 활달한 소년이라는 바로 그 이유 때문에 하급반 시절부터 그를 미워하기 시작했다. 그는 항상 변함없이 공부를 못했고, 시간이 갈수록 더 못했는데, 그럼에도 후원자 덕분에 무사히 졸업할 수 있었다. 마지막 학년 때 그는 2백 명의 농노가 딸린 영지를 유산으로 물려받았고, 우리 모두는 거의가 가난했기 때문에, 그는 우리 앞에서 우쭐대기 시작했다. 그는 높은 급의 속물이었지만, 우쭐댈 때조차도 착한 녀석이었다. 우리 사이에 명예니 자존심이니 하며 환상적인 미사여구의 겉치레 형식이 있었지만, 아주 소수를 제외하고는 대부분 즈베르코프 앞에서 알랑방귀를 뀌었고, 그럴수록 그는 더 우쭐댔다. 어떤 이득이 있어 알랑방귀를 뀌는 것이 아니라, 그가 자연의 은총을 입은 인간이기 때문이었다. 그 외에도 우리 사이에서는 즈베르코프를 기민한 수완과 세련된 매너의 전문가로 여기는 것이 일반적으로 받아들여지고 있었다. 이 점이 특히 나를 광분하게 했다. 나는 자신에 대해 날카롭고 확신에 찬 그의 목소리와 대담하게 입을 놀리지만 끔찍할 정도로 멍청한 소리만 지껄여 대면서도 자신이 대단한 유머 감각을 가진 것처럼 자아도취에 빠져 있는 그 꼬락서니를 혐오했다. 나는 그의 잘생겼지만 멍청한 얼굴(그럼에도 할 수만 있었다면 그 얼굴과 나의 **똑똑한** 얼굴을 기꺼이 맞바꿨을 것이다)과 40년대[25] 장교식의 거리낌 없는 태도도 혐오했다. 자신이 여자 문제에 있어 미래에 승승장구할 것이고(그는 아직 장교 계급장이 없어 여자관계를 시작하지도 못했으며, 초조하게 기다리고 있는 중이었다), 시시각각 결투에 나갈 것이라고 떠벌리는 소리를 혐오했다. 항상 말이 없던 내가 어떻게 갑자기 즈베르코프와 충돌하게 되었는지 지금도 기억하고 있다. 쉬는 시간에, 그가 미래에 펼칠 성적性的 무용담을 급우들에게 늘어놓으며 햇볕 아래 뛰노는 어린 강아지처럼 난리를 피우다, 갑자기 자신의 영지에 있는 단 한 명의 처녀도 가만 놔두지 않을 것이며, 이것은 영주의 권리[26]이므로 감히 반항하는 놈들은 모두 채찍질을 하고 턱수염 난 깡패 놈들을 동원해 소작료를 두 배로 물릴 것이라고 선언했을 때이다. 우리의 천박한 급우들이 박수로 환호할 때 나는 그와 충돌했는데, 이건 결코 처녀들과 그들의 아버지들에 대한 연민 때문이 아니라, 단순히 저런 버러지 같은 놈에게 그토록 열렬한 박수를 쳐주었기 때문이다. 그때 내가 이기긴 했지만, 즈베르코프가 멍청하긴 해도 명랑하고 뻔뻔스러워서 그 상황을 웃음으로 모면했으니, 사실 내가 완전히 이긴 것도 아니었다. 웃음은 그의 편이었다. 이후 그는 몇 번 더 나를 이겼

25 1840년대.

26 중세의 봉건 관습으로 농노 여성은 자신의 결혼 첫날밤을 영주와 보내야만 했다.

는데, 악의 없이, 그냥 농담하듯 지나가며 웃는 식이었다. 나는 분함과 경멸에 차서 그에게 대꾸하지 않았다. 졸업 후에 그는 내게 한 발짝 다가왔는데, 나는 여기에 혹했기 때문에 크게 반대하지 않았다. 하지만 우리는 곧 자연스레 헤어졌다. 이후 나는 그의 막사幕舍 중위로서의 성공과 그가 어떻게 **잘 놀고 있는지**에 대해 듣게 되었다. 이후 다른 소문들도 들려왔는데, 그가 어떻게 복무를 **성공적으로 하고 있는지**에 관한 것이었다. 그는 이제 길거리에서 나를 봐도 인사하지 않았는데, 나처럼 보잘것없는 인물과 인사를 주고받음으로 해서 자신의 평판을 해치지 않을까 두려워하는 게 아닌가 하는 의심이 들었다. 한번은 극장 3층석에서 견장까지 단 그를 본 적이 있었다. 그는 연로한 장군의 딸들 앞에서 알랑방귀를 뀌며 굽실거리고 있었다. 3년 만에 그는 형편없이 망가져 있었다. 여전히 잘생기고 날렵하긴 했지만, 어쩐지 부은 것 같았고 살이 찌기 시작하는 것 같았는데, 서른 살쯤 되면 완전히 펑퍼짐해질 것이 확실해 보였다. 마침내 떠난다는, 바로 이 즈베르코프에게 우리의 동창생들이 저녁을 내고 싶어 했던 것이다. 그들은 3년 내내 계속 그와 어울려 다니면서도, 내가 확신하건대, 마음속으로는 그와 동등하지 않다고 생각했을 것이다.

시모노프의 손님들 중 한 명은 독일계 러시아인인 페르피치킨으로, 작은 키에 원숭이 상相을 한, 아무나 비웃어 버리는 멍청이에, 하급반 때부터 나의 가장 사악한 적이었고, 비열하고 뻔뻔스러운 허풍선이에, 속은 당연히 겁쟁이이면서 예민한 자부심을 가진 척 굴었다. 그는 표면적으로 즈베르코프와 놀아 주고 종종 돈을 꾸는 즈베르코프 숭배자 중 하나였다. 시모노프의 또 다른 손님인 트루도류보프는 별 볼일 없는 인물로 키가 크고 냉정해 보이는 얼굴을 가진 군인이었는데, 꽤 성실하지만 모든 성공 앞에서 머리를 조아리고 진급에 관한 얘기밖에는 할 줄 몰랐다. 즈베르코프와는 먼 친척뻘로, 바보 같은 얘기지만, 이 점이 우리 사이에서 그의 가치를 높여 주었다. 그는 항상 나를 아무것도 아닌 것으로 여겼지만, 아주 정중하게는 아니라도 참을 만하게는 대해 주었다.

"그래, 각자 7루블씩 내면……." 트루도류보프가 말문을 열었다. "우리가 세 명이니 21루블, 이거면 근사한 저녁을 먹겠네. 즈베르코프는 물론 내지 않는 거고."

"여부가 있나, 우리가 그를 초대하는 건데." 시모노프가 결말을 지었다.

"다들 정말 그렇게 생각하는 거야." 페르피치킨이 거만하게 열을 올리며 끼어들었는데, 자기가 모시는 장군 나리의 훈장을 가지고 뻐기는 뻔뻔스러운 종놈 같았다. "정말 즈베르코프가 우리만 돈을 내게 할 거라고 생각들 하는 거야? 무리 없게 하려고 일단 받아들이겠지만, 대신 자기 쪽에서 술 여섯 병은 낼 거야."

"아니, 여섯 병을 우리 넷이서 어쩌게." 트루도류보프가 오직 여섯 병에만 관심을 보이며 지적했다.

“자, 우리 셋에다가 즈베르코프까지 넷, 21루블, 파리 호텔에서 내일 5시.” 간사 역할을 맡은 시모노프가 최종 결정을 내렸다.

“어떻게 21루블이지?” 나는 모욕감까지 느낀 듯 약간 흥분한 상태에서 말했다. “나까지 계산하면 21루블이 아니라 28루블이지.”

내 생각으로는, 이렇게 갑자기 예기치 않게 참가 의사를 밝히는 것은 매우 아름답기까지 할 것이고, 그들은 모두 단번에 제압되어 존경스럽게 나를 바라볼 것만 같았다.

“정말 당신도 원한단 말이에요?” 왠지 나를 외면하는 듯 시모노프가 불만스럽게 대꾸했다. 그는 나를 속속들이 알고 있었다.

그가 속속들이 알고 있다는 것이 나를 미치게 했다.

“왜 안 된다는 말씀이시옵니까? 나도 동창생인 것 같은데, 솔직히 말해, 나만 따돌리는 것 같아 불쾌하네.” 나는 다시 끓어오르기 시작했다.

“당신을 어디서 찾을 수 있었겠어?” 페르피치킨이 거칠게 끼어들었다.

“당신은 즈베르코프와 사이가 좋지 않았죠.” 트루도류보프가 얼굴을 찌푸리며 덧붙였다. 그래서 나도 물고 늘어졌다.

“내가 보기에 이런 문제는 누구도 판단할 권리가 없는 것 같은데.” 나는 무슨 일이 있었는지 통 모르겠다는 듯 떨리는 목소리로 반박했다. “예전에 사이가 좋지 않았기 때문에 더욱 지금은 이러고 싶을 수 있잖아."

"그렇지, 누가 당신을 이해하겠어…… 그 고상함을……." 트루도류보프가 코웃음 쳤다.

"그럼 당신도 명단에 올리죠." 시모노프가 나를 돌아보며 결정했다. "내일 5시, 파리 호텔. 실수하지 마세요."

"돈은!" 페르피치킨이 시모노프에게 나를 가리키며 고갯짓을 하고 반쯤 기어들어 가는 목소리로 말을 꺼냈다가 시모노프도 당황하자 얼른 입을 다물었다.

"됐어." 일어서면서 트루도류보프가 말했다. "그가 저토록 원한다면 오라고 해."

"이건 순전히 우리 친구들 모임인데……." 페르피치킨도 모자를 집어 들며 성질을 부렸다. "이건 공식적인 모임이 아니라고요. 우리가 당신을 전혀 원하지 않을지도 모르는데……."

그들은 떠났다. 페르피치킨은 나가면서 내게 인사도 하지 않았고, 트루도류보프는 쳐다보지도 않고 고개만 까딱했다. 나와 눈을 마주 보고 남게 된 시모노프는 곤혹스러운 주저함 가운데 이상한 눈으로 나를 바라보았다. 그는 앉지 않았고, 나에게 앉으라고 권하지도 않았다.

"흠, 그래…… 그럼 내일. 돈은 지금 주실래요? 확실히 하고 싶어서요." 그는 당황하면서 중얼거렸다.

나는 발끈했지만, 그와 동시에 아주 옛날 내가 시모노프에게 15루블을 빌렸고, 이 사실을 결코 잊은 적이 없었지만 결코 갚은 적도 없다는 것을 기억해 냈다.

“아시겠지만, 시모노프, 여기 들어올 때까지만 해도 나는 몰랐잖아요……. 참, 짜증 나네요, 그걸 잊고 나오다니…….”

“좋아요, 좋아요, 상관없어요. 내일 저녁에 내세요. 나는 단지 알아 두기 위해서…… 당신은 모쪼록…….”

그는 말을 끊고 더 열이 받았는지 방 안을 서성였다. 뒤꿈치에 체중을 실어 멈추어 섰다가 더 세게 발을 구르기 시작했다.

“내가 방해되는 건 아닌가요?” 2분간의 침묵이 흐른 뒤 내가 물었다.

“아!” 갑자기 그는 화들짝했다. “그러니까 사실은, 그래요. 그게, 들러야 할 데가 있어서…… 여기 멀지 않은 곳에…….” 그가 왠지 미안해하는 듯한 목소리로 약간 부끄러워하며 덧붙였다.

“아, 저런! 진작 말했어야죠!” 나는 소리치며 모자를 집어 들었는데, 대체 어디서 나왔는지 모르는, 놀라울 정도로 거리낌 없는 표정을 지었다.

“정말 멀지 않아요…… 바로 저기예요…….” 시모노프는 되풀이하면서, 그에게 전혀 어울리지 않는 부산한 표정을 지으며 나를 현관까지 배웅했다. “그럼, 내일 5시 정각이에요!” 그는 계단을 향해 소리쳤는데, 내가 가 줘서 매우 만족스러워했다. 반면 나는 광분해 있었다.

“결국, 결국 뛰쳐나가고 말았군!” 이를 갈며 나는 거리를 서성였다. “저 비열한 놈, 저 돼지 새끼 같은 즈베르코프에게 말야! 당연히 가지 말아야지, 당연히 침이나 뱉어 줘야지. 내가 뭐, 얽매여 있는 것도 아니잖아? 내일 시내 우편으로 시모노프에게 알려 주면 돼…….”

그러나 내가 광분한 것은 내가 가리라는 것을, 일부러라도 갈 것임을 확실히 알았기 때문이다. 더 눈치 없고, 더 무례하면 할수록 나는 더더욱 갈 것이었다.

가지 못할 확실한 장애까지 있었는데, 돈이 없었다. 전부 다 해 봐야 내 수중에는 9루블밖에 없었다. 그중 7루블은 내일 당장 아폴론에게 월급을 주어야 했는데, 그는 밥은 알아서 해결하고 7루블씩 받으며 내 집에 기거하는 하인이었다.

아폴론의 성미를 볼 때 월급을 주지 않는다는 건 불가능했다. 나의 종양 같은 이 깡패에 대해서는 다음에 언젠가 다시 얘기하겠다.

그럼에도 나는 어쨌든 내가 월급을 주지 않고, 반드시 모임에 가리라는 것을 알고 있었다.

이날 밤 나는 추악하기 이를 데 없는 꿈을 꾸었다. 그러나 조금도 이상하지 않은 것이, 저녁 내내 나는 유형 생활 같았던 학창 시절의 기억에 짓눌렸고, 그것을 떨쳐 버릴 수가 없었다. 나를 그 학교에 집어넣은 건 내가 의존하고 있었고, 그때 이후로 전혀 소식을 알지 못하는 먼 친척들이었는데, 그들은 이미 온갖 꾸중으로 짓밟히고, 이미 생각에 잠겨 버릇하고, 말이 없고 모든 것을 기괴한 눈으로 둘러보는 고아인 나를 집어넣었던 것이다. 급우들은 내가 그들 중 누구와도 닮지 않았다는 이유에서 악랄하고 무자비한 냉소로 나를 맞이했다. 나는 냉소를 견뎌 낼 수 없었고, 그들이 하는 것처럼 그들과 쉽게 어울릴 수 없었다. 나는 곧 그들을 혐오하게 되었고, 모두로부터 멀어져 상처입고 흠칫흠칫 놀라며 과도한 자존심 속에 유폐되었다. 그들의 거친 태도에 나는 분개했다. 그들은 내 얼굴과 포대 자루처럼 생긴 내 몸매를 냉소적으로 비웃었는데, 정작 그들 자신은 얼마나 멍청한 얼굴을 달고 있었던지! 우리 학교에 있다 보면 얼굴 표정들이 왠지 특별히 멍청해지고 완전히 다른 모습으로 변해 버렸다. 입학할 때만 해도 아름다운 아이들이 얼마나 많았던가. 그러나 몇 년 사이에 그들의 얼굴은 쳐다보기에도 역겨울 정도가 되었다. 아직 열여섯 살이었을 때 나는 그들을 보며 침울한 놀라움에 휩싸이곤 했는데, 그때 이미 그들의 사고방식의 하찮음과 그들의 공부, 놀이, 대화의 어리석음에 놀랐던 것이다. 그들은 필수적인 것들도 이해하지 못했고, 감동을 주고 충격을 주는 대상들에도 무관심해서, 나는 어쩔 수 없이 그들을 나보다 열등하다고 여기게 되었다. 상처받은 허영심 때문에 그런 것이 아니니, "나는 몽상에만 빠져 있었고, 그들은 이미 그때 현실적인 삶을 이해하고 있었다"는 구역질 날 정도로 싫증 나는 진부한 반박을 하며 참견할 생각은 마라. 그들은 현실적인 삶도, 그 무엇도 이해하지 못했고, 맹세컨대 이 점이 그들에 대해 내가 더욱더 분개하게 했다. 오히려 그들은 눈에 확 띄는 가장 명백한 현실도 환상적일 정도로 멍청하게 받아들였고, 그때 이미 성공만을 숭배하는 버릇이 생겼다. 옳을지라도 모욕당하고 짓밟힌 것이라면 모두 잔인하고 치욕적이게 비웃었다. 관등은 곧 지성과 다름없는 것으로 생각했고, 열여섯 살에 이미 따뜻한 자리를 논했다. 물론 많은 부분, 어리석음과 그들의 유년기 및 청소년기를 끊임없이 둘러싸고 있던 나쁜 본보기들 때문이었다. 그들의 방탕은 기형적일 정도였다. 당연히 거기에는 겉으로만 그러는, 꾸며 낸 듯한 냉소적인 태도가 더 많았는데, 방탕의 와중에도 그들 안에 당연하게도 젊음과 어떤 풋풋함이 번득였지만, 그 풋풋함조차 매력적이지 못했으며 뭔가 음란한 장난 가운데 나타나곤 했다. 내가 그들보다 더 못할 수도 있었지만, 나는 그들을 끔찍이 혐오했다. 그들은 내게 그대로 되갚아 주었고 나에 대한 자신들의 끔찍한 혐오감을 숨기지 않았다. 하지만 나는 이미 그들의 사랑을 바라지 않았고, 오히려 그들의 모욕을 끊임없이 갈망했다. 그들의 조롱을 피하기 위해 나는 일부러 할 수 있는 한 더 열심히 공부해서 최우등생 축에 들었다. 이것이 그들에게 감화를 주었다. 게다가 그들 모두는 자신들이 읽을 수 없는 수준의 책을 내가 이미 읽었고, 자신들이 들어 본 적도 없는 것들(전공 교과 과정에도 들어가지 않는 것들)을 내가 이해하고 있다는 것을 서서히 이해하기 시작했다. 그들은 이것을 기괴하고 조롱하는 듯한 태도로 바라보았지만 정신적으로는 굴복했다고 할 수 있는데, 교사들조차 나에게 주의를 기울였기 때문이다. 조롱은 그쳤지만 적의는 남았으며, 냉랭하고 긴장된 관계가 형성되었다. 결국에는 나 자신이 더 이상 견딜 수 없었는데, 나이 들수록 사람과 친구에 대한 아쉬움이 커져 갔던 것이다. 나는 몇몇과 가까워지려고 시도해 보았지만, 이 친교는 늘 부자연스러운 것이 되면서 저절로 끝나 버리곤 했다. 한번은 어쩌다 내게 친구가 생긴 적이 있었다. 하지만 나의 영혼은 그때 이미 폭군이 되어 있었다. 나는 그의 영혼을 무한히 지배하고 싶어 했고, 그에게 주위 환경에 대한 경멸감을 불어넣고 싶어 했으며, 그에게 이 환경과 결정적으로 결별하라고 오만하게 요구했다. 나는 이런 열렬한 우정으로 그를 경악하게 했고, 그가 눈물을 흘리고 경련을 일으키는 지경까지 몰아갔다. 그는 순진하고 자신을 맡겨 버리는 영혼이었는데, 그가 나에게 송두리째 자신을 맡겨 버리자, 나는 곧 그를 증오하게 되었고 그를 나에게서 밀쳐 냈다. 마치 그를 필요로 했던 건 오직 그를 정복하고 복종시키기 위해서였던 것처럼 말이다. 그러나 내가 모든 사람을 다 정복할 수 있었던 것은 아니었는데, 이 친구 또한 그들 중 누구와도 비슷하지 않은, 아주 드문 예외였다. 졸업 후 내가 제일 먼저 한 일은 배정된 특별 근무지에서 떠나는 것으로, 이는 모든 줄을 끊고 과거를 저주하고 그것을 티끌처럼 날려 버리기 위해서였다……. 그 후 대체 내가 왜 이놈의 시모노프에게 끌렸는지는 귀신이나 알 일이다!

나는 아침 일찍 후다닥 잠자리를 털고 일어나, 마치 이 모든 일이 당장 일어나기라도 할 것처럼 흥분해서 뛰쳐나왔다. 그러면서 나는 오늘 내 생애에 뭔가 급격한 전환점이 찾아온다고, 반드시 찾아올 것이라고 믿었다. 익숙하지 않아서인지 모르겠지만, 난 평생 온갖 외부의 사건이 있을 때, 그것이 아무리 사소한 것이라 할지라도, 바로 지금 내 생애에 뭔가 급격한 전환점이 찾아올 것만 같았다. 하여간 나는 평소처럼 출근했으나, 준비를 하기 위해 두 시간 일찍 집으로 내뺐다. 내 생각에 중요한 건 제일 먼저 도착하지 말아야 한다는 것인데, 그랬다간 내가 무척 기뻐하고 있는 것으로 여기게 될 테니 말이다. 이런 중요한 것들이 수천 가지였고, 이 모든 것들이 나를 녹초가 될 정도로 흥분시켰다. 나는 직접 내 부츠를 다시 한 번 닦았는데, 아폴론은 원칙에 어긋난다고 생각하여, 세상에 어떤 일이 있다 해도 하루에 두 번 부츠를 닦지는 않을 것이기 때문이다. 이렇게 부츠를 닦고 나서, 그가 어떻게든 눈치채지 않도록, 다음에 나를 경멸하지 않도록 현관에서 몰래 구둣솔을 가져왔다. 그런 다음 내 옷을 꼼꼼히 살펴보니 온통 낡고 해지고 헐어 있음을 발견했다. 너무 신경을 안 썼던 것이다. 제복은 그런대로 괜찮았지만, 제복을 입고 만찬에 갈 수는 없지 않은가. 무엇보다 바지에, 바로 무릎 위에 누런 얼룩이 커다랗게 져 있었다. 이 얼룩 하나만으로도 내 품위의 10분의 9를 깎아 먹을 것이라는 예감이 들었다. 또한 이런 생각을 한다는 것 자체가 매우 저속하다는 것도 나는 알고 있었다. '그러나 이제 와선 생각할 겨를도 없다. 곧 현실이 닥쳐오고 있다.' 이런 생각을 하자 갑자기 의기소침해졌다. 동시에 내가 이 모든 사실들을 기괴할 만큼 터무니없이 과장하고 있음을 또한 잘 알고 있었지만 무엇을 할 수 있었겠는가, 자신을 더 이상 제어할 수 없어 열병에 걸린 듯 몸을 떨고 있었으니. 이 '비열한 놈' 즈베르코프는 얼마나 거만하고 쌀쌀맞게 나를 맞을까, 또 저 둔한 놈 트루도류보프는 무엇으로도 저항할 수 없는 경멸의 시선으로 얼마나 우둔하게 나를 바라볼까, 버러지 같은 놈 페르피치킨은 즈베르코프의 비위를 맞추려고, 나를 상대로 얼마나 상스럽고 뻔뻔스럽게 히히거릴 것인가, 시모노프는 이 모든 것을 속으로 너무 잘 이해하면서 내 허영심과 소심함이 저급하다고 얼마나 경멸할 것인가, 무엇보다 이 모든 것이 얼마나 초라하고 **문학적**이지 않으며 진부한가를 나는 절망적으로 상상했다. 물론 아예 가지 않는다면 가장 좋을 것이다. 그러나 이미 이것은 가장 불가능한 일이었는데, 나는 뭔가에 끌리기 시작하면 머리끝까지 온통 빠져들곤 했기 때문이다. '뭐야, 겁을 먹은 거군, **현실**에 겁먹었어, 겁을 먹은 거야!' 나는 평생 이렇게 스스로를 자극했을 것이다. 그와는 반대로, 나에게는 자신이 스스로 그려 보는 것과 같은 그런 겁쟁이가 전혀 아니라는 것을 저 모든 '쓰레기들'에게 증명해 보이고 싶다는 열망이 있었다. 그뿐만 아니라, 겁에 질린 열병의 가장 강렬한 발작 가운데서 나는 정상을 점령하고, 승리하고, 매혹시키고, '생각의 고상함과 의심할 바 없는 재치' 때문에라도 그들이 나를 사랑하도록 만드는 꿈을 꾸었다. 그들은 즈베르코프를 버릴 것이며, 그는 한구석에 앉아 입을 다문 채 수치심을 느끼고, 나는 즈베르코프를 제압할 것이다. 그다음에는 그와 화해할 것이고, 서로 **말을 놓고** 술을 마실 것이다. 나에게 무엇보다 성질나고 모욕적인 것이 뭐냐 하면, 본질적으로 내게 어떤 것도 필요 없고, 본질적으로 나는 그들을 제압하는 것도 복종시키는 것도 매혹시키는 것도 바라지 않으며, 모든 결과를 위해서, 설령 그것을 성취한다 하더라도 나 스스로 제일 먼저 어떤 대가도 지불하지 않으리라는 것을 그때 내가 알았다는 것, 정말 확실히 알았다는 것이다. 오, 이날이 속히 지나가기만을 얼마나 기도했던가! 말로 표현할 수 없는 우울에 젖은 나는 창가로 다가가 환기창을 활짝 열어젖히고, 펑펑 내리는 진눈깨비 사이 흐릿한 연무 속을 들여다보았다.

마침내 누추한 내 벽시계가 5시를 쳤다. 나는 모자를 집어 들고, 아침부터 계속 내가 월급 주기만을 기다리고 있었으나 자존심 때문에 먼저 말을 꺼내지 않는 아폴론을 쳐다보지 않으려고 애쓰면서, 그의 곁을 지나 미끄러지듯 문을 빠져나와 마지막 남은 반 루블로 일부러 빌려 놓았던 고급 마차에 올라 지주 귀족인 양 파리 호텔로 달려갔다.

4

나는 전날 밤부터 내가 제일 먼저 도착하리라는 것을 알고 있었다. 그러나 문제는 첫 번째라는 데 있지 않았다.

그들 중 아무도 와 있지 않았을 뿐 아니라, 방을 찾는 데도 무척 애를 먹었다. 식탁은 아직 차려지지 않은 상태였다. 이건 대체 무슨 뜻인가? 여러 차례 물어본 후에야, 나는 마침내 종업원으로부터, 만찬은 5시가 아니라 6시로 예약되어 있다는 것을 알게 되었다. 식당 측에서도 그렇다고 확인해 주었다. 다시 묻기도 창피해졌다. 이제 겨우 5시 25분이었다. 그들이 시간을 변경했다면 어떤 경우든 알려 줬어야 하지 않는가. 그러라고 시내 우편이 있는 것 아닌가, 내가 자신 앞에서 '수치'를 당하지 않게 하려면 말이다, 그리고…… 그리고 특히 종업원들 앞에서 말이다. 나는 앉았고, 종업원이 식탁을 준비하기 시작했는데, 그가 있으니 왠지 더욱더 모욕감이 느껴졌다. 6시가 가까워 오자 켜져 있던 램프 외에 촛불을 방으로 가져왔다. 그러고 보니 종업원은 내가 도착했을 때 바로 촛불을 가져올 생각을 하지 못했던 것이다. 옆방에선 화난 듯 보이는 음울한 손님 두 명이 각기 다른 식탁에서 묵묵히 식사를 하고 있었다. 멀리 있는 방 중 하나는 매우 소란스러웠는데 고함까지 질러 댔고, 사람들이 떼거지로 웃어 대는 소리가 들리기도 했으며, 프랑스어로 뭔가 째지는 듯 추잡한 말을 하는 것도 들려왔는데, 부인들이 함께

하는 식사였다. 한마디로 너무나 구역질이 났다. 나는 이렇게까지 더럽게 시간을 보낸 적이 별로 없었기 때문에, 그들이 6시 정각에 모두 한꺼번에 나타나자, 처음에는 그들이 마치 해방군이라도 되는 것처럼 기뻐하느라 모욕당한 사람처럼 맞아야 한다는 것을 깜빡 잊고 말았다.

즈베르코프는 모두를 지휘하듯 앞장서서 들어왔다. 그도, 다른 이들도 모두 웃고 있었다. 그리고 나를 보자, 즈베르코프는 거드름을 피우며 천천히 다가와 아양 떨듯 허리를 약간 구부리며, 상냥하지만 아주 그런 것도 아닌, 뭔가 조심스럽게, 거의 장군 같은 정중함으로 손을 내밀었는데, 손을 내밀면서도 꼭 뭔가로부터 자신을 지키려는 듯했다. 나는 정반대로, 그가 들어오자마자 예의 그 가늘고 날카로운 소리를 내며 웃어 젖히고, 첫마디부터 그가 늘 하는 시답잖은 농담과 재담을 쏟아 내리라 상상했던 것이다. 나는 전날 저녁부터 그에 대한 대비를 했건만, 이런 식으로 거만하게, 상관처럼 구는 이런 친절은 전혀 기대하지 못했다. 그러니까 그는 이제 모든 면에서 완전히 자신이 나보다 한없이 우월하다고 여겼던 것일까? 그가 장군인 체하는 이 행동으로 나를 모욕한 것이었다면, 그 정도면 괜찮다고 나는 생각했는데, 거기다 침이나 뱉어 주면 그만이었을 것이다. 그러나 실제로는 전혀 모욕할 마음 없이 자기가 나보다 한없이 우월하기 때문에 보호자의 시선으로밖에는 나를 달리 바라볼 수 없다는 생각 나부랭이가 그의 우둔한 대가리 속에 진지하게 든 것이라면 어떻게 한단 말인가? 이렇게 가정해 보는 것만으로도 나는 숨이 막힐 지경이었다.

"당신이 우리와 함께하고 싶다는 걸 알고 놀랐어요." 그는 전에 없이 '쉬' 발음을 강하게 내고 혀 짧은 소리로 단어를 질질 끌면서 말하기 시작했다. "어찌 된 셈인지 우리가 좀처럼 만나지 못했네요. 당신은 우리를 꺼리니까요. 괜한 짓이죠. 우리는 당신이 생각하는 것처럼 그렇게 무서운 사람이 아니에요. 뭐 어쨌든 간에 만남을 재-개-한-다는 건 기쁘군요……."

그는 태연히 몸을 돌려 창턱에 모자를 놓았다.

"기다린 지 오래됐나요?" 트루도류보프가 물었다.

"어제 내게 말한 대로 5시 정각에 왔죠." 나는 금방이라도 폭발할 듯 짜증을 내며 큰 소리로 대답했다.

"시간 바뀐 걸 알려 주지 않았단 말야?" 트루도류보프가 시모노프를 돌아보며 물었다.

"깜빡하고 잊어버렸어." 그가 대답했는데, 전혀 뉘우치는 기색이 없었고, 내게 사과조차 하지 않은 채 전채 요리를 확인하러 가 버렸다.

"그럼 여기서 한 시간이나 있었다는 거예요, 아이고, 딱해라!" 즈베르코프는 비웃으며 소리쳤는데, 그의 개념으론 정말 미치도록 웃긴 일이 아닐 수 없었기 때문이다. 그의 뒤를 이어 비열한 페르피치킨이 강아지처럼 쟁쟁거리는 야비한 목소리로 웃어 젖혔다. 그의 눈에도 내가 처한 상황이 정말 웃기고 황당하게 보였던 것이다.

"이건 전혀 웃을 일이 아니지!" 나는 페르피치킨에게 소리를 질렀는데, 점점 더 짜증이 났다. "이건 내 잘못이 아니라 다른 사람들 잘못이지. 나를 무시하고 알려 주지 않았잖아요. 이-이-이건…… 그야말로 어처구니없는 일이라고."

"어처구니없기만 한 게 아니죠, 그 이상이죠." 트루도류보프가 순진하게 내 편을 들며 중얼거렸다. "당신은 너무 유하군요. 무례한 일이라고밖에 할 수 없겠어요. 물론 고의는 아니겠지만. 근데 시모노프는 어쩌다 이런…… 흠!"

"만약 나를 이런 웃음거리로 만들었다면……." 페르피치킨이 한마디 했다. "나는 아마……."

"뭘 좀 가져오라고 하지 그랬어요." 즈베르코프가 말을 가로막았다. "아니면 기다리지 말고 그냥 식사를 주문하든지."

"동의하겠지만, 누군가의 허락 없이도 나는 그렇게 할 수 있었죠." 내가 딱 잘라 말했다. "내가 기다렸다면, 그건……."

"여러분, 앉읍시다." 시모노프가 들어오면서 소리쳤다. "모든 게 준비됐어, 샴페인은 내가 보증하지, 시원하게 해 놨더군……. 아니, 당신 사는 집을 내가 모르는데 어디서 당신을 찾겠어요?" 그는 갑자기 나를 돌아보았으나, 이번에도 제대로 쳐다보지 않았다. 틀림없이 뭔가 켕기는 게 있는 듯싶었다. 어제 그러고 난 후 뭔가 꿍꿍이속이 있었던 것이다.

모두 앉았고, 나도 앉았다. 식탁은 둥글었다. 내 왼쪽으로 트루도류보프가 왔고, 시모노프가 그 왼쪽으로 왔다. 즈베르코프가 맞은편에 앉았고, 페르피치킨이 그 옆, 즉 즈베르코프와 트루도류보프 사이에 앉았다.

"그-은-데, 당신…… 관청에 있나요?" 즈베르코프가 계속 내게 관심을 보였다. 내가 당황한 것을 보고, 그는 나를 달래 주고, 말하자면 격려해 줘야 한다고 진지하게 생각한 모양이었다. '뭐야 이자식은, 내가 저한테 병이라도 던지길 원하는 거야, 뭐야.' 나는 미쳐 가면서 생각했다. 익숙하지 않아서인지 나는 부자연스러울 정도로 빨리 짜증이 났다.

"○○실에 있어요." 접시를 내려다보며 나는 퉁명스레 대답했다.

"근데…… 다-앙신한테 유-우리한가요? 마-알해 줄래요, 뭣 때문에 당신은 예전 근무지를 떠나야만 해-앴던 거죠?"

"그-으-래야만 했던 것은, 그냥 예전 근무지를 떠나고 싶었기 때문이지요." 나는 이제 자제력을 거의 잃고, 세 배는 더 길게 늘여 대답했다. 페르피치킨이 낄낄대며 웃었다. 시모노프는 비꼬는 시선으로 나를 바라보았다. 트루도류보프는 먹는 것도 멈추고 흥미로운 시선으로 나를 살펴보기 시작했다.

즈베르코프는 움찔했지만, 그냥 넘어가고 싶어 했다.

"그러-어-엄 어떻게 유지하고 있나요?"

"무슨 유지를 말하는 거예요?"

"바로 보-옹급이 어떠냐고요?"

"이거 뭐야, 당신 나를 시험 치게 하는구먼!"

이러고서도 나는 곧바로 내 봉급이 얼마인지 말해 버렸다. 그러고는 끔찍하게 얼굴이 빨개졌다.

"간소하군요." 즈베르코프는 위엄 있게 대꾸했다.

"예, 그렇사옵니다. 레스토랑에선 식사할 수 없죠!" 페르피치킨이 뻔뻔스럽게 덧붙였다.

"내가 볼 때, 이 정도면 영락없이 가난하다고 해야겠는데." 트루도류보프가 진지하게 대꾸했다.

"그리고 당신 얼마나 바싹 마르고 얼마나 변했는지…… 그때 이후로……." 나와 내 옷을 훑어보면서 즈베르코프는 이제 독기가 있고 어떤 뻔뻔스러운 동정심을 드러내며 덧붙였다.

"자, 이제 그만 당황하게 하지." 페르피치킨이 히히거리며 소리쳤다.

"자비로우신 폐하, 똑똑히 아시오, 나는 당황하지 않아요." 마침내 나는 폭발하고 말았다. "들리시옵니까! 나는 여기, '레스토랑'에서, 내 돈을 내고, 남의 돈이 아닌 내 돈으로 식사하는 거예요. 이걸 알아 두세요, 페르피치킨 님."

"뭐-어라고! 여기서 자기 돈 안 내고 식사하는 사람이 누가 있단 말예요? 당신은 마치……." 페르피치킨이 가재처럼 시뻘게져서 물고 늘어지며, 화가 머리끝까지 치밀어 내 눈을 바라보았다.

“자-아…….” 너무 나갔다는 느낌이 들어 나는 이렇게 대답했다. “우리 좀 더 현명한 대화를 나눴으면 좋겠다고 생각하는데요.”

“당신, 지식을 뽐내고 싶으신 것 같은데?”

“염려 마세요, 그런 건 여기서는 전혀 쓸모없을 테니.”

“그럼 당신은 뭐하러 그런 생난리를 친 거예요, 나리, 네? 당신네 관청에서 근무하다가 머리가 돈 거예요, 뭐예요?”

“그만, 제군들, 그만!” 즈베르코프가 소란을 평정하듯 소리쳤다.

“이 무슨 바보 같은 짓인지!” 시모노프가 투덜댔다.

“정말 바보 같지, 우리는 먼 길 떠나는 소중한 친구를 배웅하기 위해 우정의 모임을 갖고 있는데, 너희들은 계산이나 하고 있으니.” 트루도류보프가 이렇게 입을 열면서, 나만을 향해 거칠게 호소했다. “당신이 직접 어제 하도 사정해서 여기 끼게 된 거니까, 전체 분위기를 망치지는 말아 주쇼…….”

“그만, 그만!” 즈베르코프가 소리쳤다. “멈추라고, 제군들, 여긴 이럴 자리가 아니잖아. 대신 내가 그저께 어떻게 거의 결혼할 뻔했었는지 얘기나 들어 보게…….”

그러고는 이 신사가 그저께 어떻게 거의 결혼할 뻔했었는지에 대한 일종의 지저분한 풍자극이 시작되었다. 하지만 결혼에 관한 말은 단 한 마디도 없이, 이야기 내내 장군들이니 대령들이니 심지어 시종 무관들까지 끊임없이 등장했고, 즈베르코프는 그들 사이에서 거의 우두머리인 것 같았다. 동조하는 웃음소리가 터져 나왔는데, 심지어 페르피치킨은 큰 소리로 짖다시피 했다.

모두 나를 내팽개쳤고, 나는 짓눌리고 초토화된 채 앉아 있었다.

'맙소사, 이들이 내가 낄 만한 무리란 말인가!' 나는 생각했다. '그들 앞에서 나는 스스로 바보임을 자처하는 것인가! 나는 페르피치킨에게 너무 많은 것을 허용하고 말았다. 이 머저리들은 식탁에 한 자리 마련해 줌으로써 내게 영광이 되는 것처럼 생각하지만, 내가 아니라 자기들이 영광이라는 것을 이해하지 못하고 있다!' "말랐네요! 옷 좀 봐!" 오, 빌어먹을 바지 같으니! 즈베르코프가 벌써 무릎께 누런 얼룩을 알아보았던 것이다……. '대체 여기 뭐가 있나! 이 순간, 지금 당장 자리를 박차고 일어나 모자를 집어 들고 아무 말 없이 그냥 나가 버리자…… 경멸의 표시로! 내일은 결투를 신청해야 할지도. 비열한 놈들. 정말 내가 7루블이 아까워서겠는가. 그들은 그렇게 생각할 테지……. 젠장! 7루블 따위 난 아깝지 않다. 당장 나간다!'

물론 나는 남았다.

나는 괴로워서 적포도주와 백포도주를 큰 컵으로 여러 잔 들이켰다. 익숙지 않아 금세 취해 버렸는데, 취기가 돌면서 분노는 점점 커져 갔다. 갑자기 저들 모두를 가장 뻔뻔스럽게 모욕하고 난 뒤, 그런 다음에 떠나고 싶어졌다. '적당한 순간을 포착해서 본때를 보여 주자. 우습긴 하지만 영리하기는 하지…… 어쩌고…… 저쩌고…… 따위 말들을 해 대겠지. 빌어먹을 놈들!'

나는 술기운에 흐리멍텅해진 눈으로 그들 모두를 무례하게 둘러보았다. 한데 그들은 이미 나를 완전히 잊은 듯했다. 그들은 시끌벅적 왁자지껄 유쾌했다. 즈베르코프가 줄곧 말을 했다. 나는 귀 기울여 듣기 시작했다. 즈베르코프는 어느 화려한 부인에 대해 얘기하고 있었는데, 마침내 그가 그녀에게서 사랑의 고백을 받아 냈고(당연히 그는 말馬처럼 거짓말을 하고 있었다), 이 연애 사업에 농노 3천 명을 가진 무슨 공작이며 그의 절친한 친구인 경기병 장교 콜랴가 특별히 도움을 주었다는 것이다.

"그런데 농노 3천 명을 가진 그 콜랴는 여기 없는 것 같은데, 당신을 배웅하러 안 나온 것 같군." 나는 불쑥 대화에 끼어들었다. 잠깐 모두들 입을 다물었다.

"당신, 이 시간에 벌써 취했군." 마침내 트루도류보프가 나를 주목해 주기로 했는지 내 쪽을 경멸스럽게 흘겨보았다. 즈베르코프는 말없이 나를 벌레 대하듯 뜯어보았다. 나는 눈을 내리깔았다. 시모노프는 서둘러 샴페인을 따르기 시작했다.

트루도류보프가 잔을 들었고, 나를 제외한 모두가 그를 따랐다.

"너의 건강과 평안한 여행을 위하여!" 그는 즈베르코프를 향해 외쳤다. "옛 시절과 우리의 미래를 위하여, 제군들, 만세!”

모두 잔을 비우고 즈베르코프와 입 맞추려 달려들었다. 나는 꿈쩍도 하지 않았다. 술이 가득 찬 잔이 내 앞에 그대로 놓여 있었다.

“당신 정말 안 마실 거예요?” 더 이상 참지 못하겠다는 듯 트루도류보프가 위협적으로 나를 노려보며 으르렁거렸다.

“난 먼저 특별히 연설을 하고 싶은데……. 그러고 나서 마시죠. 트루도류보프 씨.”

“완전 악질이군!” 시모노프가 투덜댔다.

의자에서 허리를 꼿꼿이 펴고 열에 들떠 술잔을 들었는데, 뭔가 평범치 않은 것을 기대하면서도 내가 정작 무엇을 말할지는 나 스스로 알지 못했다.

“조용히! 뭔가 지적인 말씀이 있을 것이다!” 페르피치킨이 외쳤다. 즈베르코프는 무슨 일인지를 파악하고서 매우 진지하게 기다렸다.

“중위 즈베르코프 씨.” 내가 말을 시작했다. “알아 둘 것은, 내가 미사여구와 그것을 남발하는 자들을, 허리를 꽉 동여매는 것을 증오한다는 점이에요……. 이것이 첫 번째 논점이고, 그 뒤에 두 번째가 따라올 겁니다.”

모두들 심하게 술렁댔다.

“두 번째 논점은, 나는 추잡한 얘기나 그런 것을 떠벌리는 자들을 증오한다는 거예요. 특히 추잡한 떠버리들을!”

“세 번째 논점은, 나는 신실과 진심, 정직을 사랑한다는 거예요.” 나는 거의 기계적으로 이어 나갔는데, 내가 어떻게 이런 식으로 말할 수 있는지 알지 못한 채 스스로가 이미 공포로 얼어붙었기 때문이다. “나는 사상을 사랑하죠, 무슈 즈베르코프, 나는 대등한 관계에 기초한 진정한 동료애를 사랑해요, 다른 게 아닌…… 흠…… 내가 사랑하는 것은…… 그런데 뭣 때문에 이런 얘기가 나왔죠? 나는 당신의 건강을 위해 건배하겠소, 무슈 즈베르코프. 체르케스 여자들을 유혹하고, 조국의 적들을 쏴 버리고…… 그리고…… 당신의 건강을 위하여, 무슈 즈베르코프!”

즈베르코프가 의자에서 일어나 내게 머리를 숙이며 말했다.

“정말 고맙군요.”

그는 모욕을 느꼈는지 얼굴이 창백해지기까지 했다.

“빌어먹을.” 트루도류보프가 주먹으로 식탁을 내리치며 으르렁거렸다.

“안 되겠사옵니다, 사람들은 이런 일로 면상을 갈긴다고!” 페르피치킨이 날카롭게 짖어 댔다.

“저자를 쫓아내야 돼!” 시모노프가 투덜댔다.

“입도 뻥긋하지 말고, 제군들, 손가락도 까딱하지 마시오!” 모두들 분노하자 즈베르코프가 이를 저지하며 기세좋게 외쳤다. “너희들 모두에게 고맙지만, 내가 그의 말을 얼마나 높이 평가하는지 나 스스로 증명할 수 있어.”

“페르피치킨 씨, 지금 당신이 한 말 때문에 내일 당신은 나를 만족시켜 줘야 할 거요!" 나는 페르피치킨을 향해 거드름을 피우며 큰 소리로 말했다.

"그러니까 결투하자는 것이옵니까? 그럼 그러시든지." 그는 대답을 하면서도, 결투를 신청하는 내가 너무나 우스워 보였고, 내 모습에 전혀 어울리지 않았기 때문에, 모두들, 모두를 따라 페르피치킨도 포복절도했다.

"그래, 저 자식은 내버려 둬! 벌써 잔뜩 취했잖아!" 트루도류보프가 혐오스럽다는 듯 내뱉었다.

"저 자식을 끼워 주다니, 나 자신을 절대 용서할 수 없다!" 시모노프가 또다시 투덜거렸다.

'자, 이제 저들을 향해 병을 집어 던질 때다.' 나는 생각했고, 병을 들어…… 내 잔을 가득 채웠다.

'……아니, 끝까지 앉아 있는 편이 낫겠어!' 나는 생각을 이어 갔다. '여러분들은 내가 가 버리는 게 좋을 테지만. 나로선 그럴 이유가 없지. 니들이 전혀 내 관심 밖이라는 표시로 일부러 끝까지 앉아서 마실 거다. 나는 계속 앉아서 마실 것이다, 여기는 술집이고, 나는 돈을 지불했으니까. 나는 계속 앉아서 마실 것이다, 나는 너희들을 장기의 졸卒로, 아예 존재하지도 않는 졸로 여기니까. 나는 계속 앉아서 마실 것이다. 원한다면 나는 노래를 부를 수도 있지, 네, 그렇사옵니다, 노래를, 나에겐 그럴 권리가 있으니까…… 노래 부를 권리…… 흠.'

하지만 나는 노래하지 않았다. 나는 다만 그들 중 누구도 쳐다보지 않으려고 애쓰면서, 독립적인 포즈를 취한 채, 언제 그들이 먼저 내게 말을 걸어올까 초조하게 기다렸다. 그러나 오호라, 그들은 말을 걸어오지 않았다. 그리고 그 순간 나는 그들과 얼마나, 얼마나 화해하고 싶었던가! 시계가 8시를 쳤고, 마침내 9시를 쳤다. 그들은 식탁에서 소파로 옮겨 앉았다. 즈베르코프는 둥근 탁자 위에 한쪽 발을 올려놓고 침대 의자에 드러누웠다. 포도주도 거기로 옮겨 갔다. 그는 정말로 그들에게 술 세 병을 내놓은 것이다. 물론 내게 권하지는 않았다. 모두가 그를 둘러싸고 소파에 앉았다. 그들은 경건하게 그의 말을 듣고 있었다. 그들이 그를 좋아한다는 게 훤히 보였다. '무엇 때문에? 무엇 때문에?' 나는 혼자 생각했다. 가끔 그들은 취흥에 겨워 서로 입을 맞추곤 했다. 그들은 캅카스에 대해, 무엇이 진짜 열정인지에 대해, 카드 도박에 대해, 실속 있는 근무지에 대해, 경기병 장교 포드하르젭스키의 수입이 얼마인지에 대해 얘기했는데, 그를 개인적으로 아는 사람은 그들 중 아무도 없었지만 그 장교가 수입이 많다는 것에 그들은 기뻐했다. 그들의 얘기는 그들 중 누구도 역시 결코 본 적이 없는 공작 부인 D의 비범한 미모와 우아함에 대한 것을 거쳐, 마침내 셰익스피어는 불멸이라는 데까지 이르렀다.

나는 경멸의 미소를 지으며 방의 다른 쪽에서 소파 바로 맞은편 벽을 따라 식탁에서부터 벽난로까지 왔다 갔다 했다. 그들이 없어도 끄떡없다는 것을 나는 온 힘을 다해 보여 주고 싶었는데, 그러면서 일부러 부츠 뒤축으로 서서 바닥을 탁탁 치곤 했다. 하지만 모든 게 헛일이었다. 그들은 관심을 보이지도 않았다. 나는 그들을 앞에 두고 8시부터 11시까지 내내 똑같은 장소에서, 즉 식탁에서부터 벽난로까지 그리고 벽난로에서부터 식탁까지 왔다 갔다 하는 인내심을 보여 주었다. '내 맘대로 걷는 거니까, 누구도 나를 막을 수는 없지.' 방을 드나들던 종업원이 몇 번이나 멈춰 서서 나를 쳐다보았는데, 너무 왔다 갔다 해서 머리가 빙빙 돌았고, 가끔 나 자신이 착란 상태에 있는 건 아닌가 하는 느낌도 들었다. 이 세 시간 동안 나는 세 번이나 땀이 났다가 식곤 했다. 10년, 20년, 40년이 지나도, 아니 40년 후가 된다 해도, 내 인생에서 정말 더럽고 웃기고 끔찍한 이 순간을 혐오감과 굴욕감을 느끼며 떠올릴 거라는 생각이 때때로 독기를 머금은 통증처럼 내 가슴 깊숙이 파고들었다. 이보다 더 파렴치하고 더 자발적으로 자신을 모욕하는 것은 불가능했다. 나는 이 점을 충분히, 충분히 이해했지만, 그럼에도 계속해서 식탁과 벽난로 사이를 오갔다. '오, 내가 어떤 감정과 생각들을 품고 있으며, 얼마나 지적으로 발달한 인간인지 너희들이 알기만 한다면!' 나는 나의 적들이 앉아 있는 소파를 바라보며 때때로 이런 생각을 했다. 그러나 나의 적들은 마치 내가 방에 없는 것처럼 행동했다. 한 번, 딱 한 번 그들이 내 쪽으로 몸을 돌렸는데, 바로 즈베르코프가 셰익스피어에 대한 얘기를 시작했고, 내가 갑자기 업신여기듯 홍소를 터뜨렸을 때였다. 어찌나 지어

낸 듯 불쾌하게 코웃음을 쳤는지 그들은 일제히 얘기를 중단하고 말없이, 2분간 웃지 않고 심각하게, 내가 벽을 따라 식탁에서 벽난로까지 왔다 갔다 하는 것과, 내가 **자기들에게 전혀 관심 두지 않는 것**을 지켜보았다. 하지만 어떤 소득도 없었다. 그들은 아무 말도 하지 않았고 2분 후엔 다시 나를 내팽개쳤다. 시계가 11시를 쳤다.

"제군들……," 소파에서 일어나며 즈베르코프가 소리쳤다. "이제 다들 **거기로** 가지."

"물론이지, 물론이지!" 다른 이들도 입을 열었다.

나는 즈베르코프에게 급히 몸을 돌렸다. 나는 얼마나 괴로웠던지, 얼마나 녹초가 되었던지 스스로 목을 벨지언정 끝장을 내고 싶었다! 나는 열병에 걸려 있었는데, 땀범벅이 된 머리카락은 어느새 말라 이마와 관자놀이에 들러붙어 있었다.

"즈베르코프! 당신에게 용서를 구하네." 나는 강하고 단호하게 말했다. "페르피치킨, 당신에게도, 그리고 모두에게, 모두에게, 내가 모두를 모욕했네!"

"아하! 결투 같은 건 체질에 안 맞는군!" 페르피치킨이 독살스럽게 내뱉었다.

나는 가슴이 저며지는 아픔을 느꼈다.

"아니, 난 결투 따윈 두렵지 않아, 페르피치킨! 화해한 후에라도 난 내일 당장 싸울 준비가 되어 있다고. 심지어 이것을 고집해서 당신이 거절할 수 없게 될 거야. 내가 결투를 두려워하지 않는다는 걸 당신에게 보여 주고 싶군. 당신이 먼저 발사하고 나면, 나는 허공에 대고 쏠 테니까.”

“스스로를 직접 다독이고 있네.” 시모노프가 지적했다.

“완전 돌았군!” 트루도류보프가 의견을 내놨다.

“지나가게 해 주시죠, 당신은 길을 막고 있잖아요! 왜 이러는 거예요?” 즈베르코프가 경멸하듯 대답했다. 다들 얼굴이 벌겠고 눈은 번득였다. 너무 많이 마셨던 것이다.

“난 당신의 우정을 구하는 거예요, 즈베르코프, 내 비록 당신을 모욕했지만…….”

“모욕했다고요? 다-당신이! 나-나를! 자비로우신 폐하, 잘 알아 두세요, 당신은 결코 어떤 상황에서도 나를 모욕할 수 없다는 걸!”

“당신, 그만 됐어, 이제 꺼지라고!” 트루도류보프가 못을 박았다. “가자고.”

“올림피아는 내 거야, 제군들, 약속!” 즈베르코프가 외쳤다.

“그러자고! 그러자고!” 무리가 웃으며 화답했다.

나는 오물을 뒤집어쓴 심정으로 서 있었다. 패거리들은 떠들썩하게 방을 나갔고, 트루도류보프는 뭔가 멍청한 노래를 불러 댔다. 시모노프만 종업원들에게 팁을 주느라 잠깐 남았다. 나는 갑자기 그에게 다가갔다.

“시모노프! 내게 6루블만 줘요!” 나는 단호하고 필사적으로 말했다.

그는 매우 놀라면서 흐리멍텅한 눈으로 나를 쳐다보았

다. 그 또한 취해 있었다.

"당신, 설마 거기에도 가려고요?"

"그래요!"

"난 돈 없어요!" 그는 딱 잘라 말하더니 경멸하듯 비웃으며 방을 나가 버렸다.

나는 그의 외투를 붙잡았다. 그것은 악몽이었다.

"시모노프! 당신이 돈을 가지고 있는 걸 내가 봤는데, 어째서 당신은 거절하는 거죠? 내가 정말 비열한 놈인가요? 내 부탁을 거절하는 것에 대해 신중하게 생각하세요. 만약 당신이 알았다면, 만약 당신이 무엇 때문에 내가 빌려 달라고 하는지 알았다면! 여기에 모든 것이, 나의 모든 미래가, 나의 모든 계획이 달려 있는데……."

시모노프는 돈을 꺼내 거의 던지듯 내게 주었다.

"받아요, 당신이 그토록 파렴치한 인간이라면!" 무자비한 말을 내뱉고 그는 일행을 따라잡으려고 달려갔다.

나는 잠시 혼자 남아 있었다. 무질서, 먹다 남은 음식들, 바닥 위에 깨진 술잔, 엎질러진 포도주, 담배꽁초들, 머릿속의 취기와 망상, 가슴속의 고통스러운 우울, 그리고 마침내 종업원, 모든 것을 보고, 모든 것을 듣고, 호기심에 찬 눈빛으로 나를 빤히 쳐다보고 있던 그 자식.

"거기로!" 나는 고함을 질렀다. '그 자식들이 모두 무릎 꿇고 내 다리를 껴안으며 나의 우정을 애타게 구하든가, 아니면…… 아니면 내가 즈베르코프의 뺨을 갈겨 버려야지!'

5

“바로 이거야, 바로 이거야, 마침내, 현실과의 부딪침.” 쏜살같이 계단을 뛰어 내려가며 나는 중얼거렸다. “이건 분명 로마를 버리고 브라질로 떠나는 교황이 정말 아니며, 이건 분명 코모 호수의 무도회가 정말 아니야!”

‘너는 비열한 놈이야!’ 머릿속에서 이런 생각이 스쳐갔다. ‘이제 와서 이걸 비웃고 있다면.’

“그러라지 뭐!” 나는 스스로에게 대답하며 소리쳤다. “이제 정말 모든 것이 끝장난 마당에 뭘!”

그들은 이미 흔적도 없었지만, 그들이 어디로 갔는지 알고 있기 때문에 아무 상관이 없었다.

현관 옆에는, 아직도 계속 퍼붓고 있던 축축하면서도 따뜻할 것 같은 눈에 뒤덮인 거친 외투 차림의 마부가 밤 손님을 기다리며 쓸쓸히 서 있었다. 습기가 많아 숨 막히는 날씨였다. 그의 조그만 털북숭이 얼룩무늬 말도 눈에 뒤덮인 채 기침을 했는데, 나는 그 소리를 또렷이 기억하고 있다. 나는 나무 썰매 쪽으로 내달았으나, 앉으려고 발을 올려놓자마자 시모노프가 방금 내게 6루블을 주었다는 생각이 나의 힘을 쭉 빼 버려 나는 자루처럼 썰매에 주저앉고 말았다.

“아니지! 이 모든 걸 만회하려면 많은 일을 해야 해!” 나는 고함을 쳐 댔다. “만회하든지 아니면 오늘 밤 그 자리에서 죽어 버리겠다. 가자!”

우리는 움직이기 시작했다. 머릿속에서 온통 회오리바람이 몰아치고 있었다.

'그들이 무릎 꿇고 내 우정을 애원하는 일은 없을 거야. 그건 신기루야, 진부하고 역겹고 낭만적이고 환상적인 신기루, 코모 호수의 무도회 같은 거지. 그래서 내가 즈베르코프에게 따귀를 갈겨야만 하는 거야! 나에겐 그럴 의무가 있어. 이제 결정되었군. 나는 그의 뺨을 갈기기 위해 달려가고 있는 것이다.'

"좀 더 빨리 몰아!"

마부가 고삐를 바싹 잡아당겼다.

'들어가자마자 갈겨 버리겠다. 뺨을 갈기기 전에 서론 삼아 몇 마디 해 주어야 할까? 아니! 그냥 들어가서 무작정 갈기는 거다. 그들은 모두 홀에 앉아 있을 것이고, 그 자식은 올림피아와 함께 소파에 앉아 있겠지. 올림피아, 저주받을 년! 한번은 그년이 내 얼굴을 보고 비웃으면서 날 거부했지. 올림피아 년의 머리채를 잡고 질질 끌고 다닐 거다, 즈베르코프 놈은 양쪽 귀를 잡고 그렇게 할 거다! 아니, 한쪽 귀만 잡는 게 낫겠군, 그놈의 귀 한쪽을 잡고는 온 방을 끌고 다닐 거다. 그 자식들이 모두 달려들어 나를 두들겨 패고 밀쳐 낼지도 몰라. 분명 그럴 거야. 그러라지! 어쨌거나 내가 먼저 뺨을 갈겼으니 내게 주도권이 있는 거야, 명예의 법칙에 따르면 이로써 게임 끝이지. 그 자식은 이미 낙인찍힌 몸, 나를 아무리 두들겨 패도 자기 뺨에 남은 따귀의 흔적을 지울 수 있는 길은 결투 외엔 없어. 그 자식은 싸워야만 할 거야. 나머지 놈들이야 날 패도록 놔두자. 그러라지, 이 천한 것들! 트루도류보프 녀석이 특히 심하게 두들겨 팰 테지, 그 녀석은 힘이 무척 세니까, 페르피치킨 녀석은 옆에서 달려들어 틀림없이 내 머리끄덩이를 잡겠지. 분명해. 그러거나 말거나, 그러라지 뭐! 그러라고 내가 가는 것이다. 그들의 우둔한 대가리도 결국은 이 모든 것의 비극적 의미를 깨닫지 않을 수 없을 것이다! 그것들이 나를 문 쪽으로 끌고 갈 때면, 그것들이 본질에 있어 내 새끼발가락만큼의 가치도 없다고 외쳐 주리라.'

"더 빨리, 마부 양반, 빨리 몰란 말이야!" 나는 마부를 향해 소리쳤다. 그는 몸을 부르르 떨면서 채찍을 휘둘렀다. 내가 너무 난폭하게 소리쳤던 것이다.

'동틀 때 결투를 하는 거다, 결정된 거야. 관청하고도 끝났어. 페르피치킨은 아까 관청이라 안 하고 롼청이라고 했지. 근데 어디서 권총을 구한담? 괜한 걱정! 월급을 가불해서 사면 되지. 그럼 화약은, 총알은? 그건 입회인이 신경 쓸 일이야. 동틀 때까지 이것이 다 준비될 수 있을까? 그리고 입회인은 어디서 구하지? 아는 사람들도 없잖아…….'

"괜한 걱정!" 회오리바람이 더 거세게 몰아치면서 나는 소리소리 질렀다. "괜한 걱정!"

'길 가다 처음 만나는 사람에게 부탁하면 되지. 그는 물에 빠진 사람을 구해 주듯 내 입회인이 되어 주어야 해.

가장 황당한 경우라도 허용되어야만 한다. 그래, 내가 내일 상사에게 입회인이 되어 달라고 한다 해도, 그는 기사도의 감성 때문이라도 동의하고 비밀을 지켜 주어야만 할 것이다! 안톤 안토니치…….'

바로 그 순간, 온 세상에 누구에게보다도 더 선명하고 생생하게, 내 가정假定이 얼마나 추악하고 터무니없는지 사태의 모든 국면들이 내 앞에 제시되었다. 그러나…….

"이봐, 마부, 좀 더 빨리 몰아, 좀 더 빨리, 이 사기꾼아, 더 빨리!"

"아아, 나리!" 마부가 말했다.

나는 갑자기 한기에 사로잡혔다.

'그게 낫지 않을까…… 낫지 않을까…… 지금 당장 집에 가는 게? 맙소사! 대체 왜, 왜 어제 나는 이 저녁 식사에 스스로를 호출한 것인가! 하지만 아니, 그건 불가능해! 세 시간 동안 식탁에서 벽난로까지 오간 건 어쩌고? 아니, 그 자식들, 그 자식들이야말로 내가 서성인 것에 대한 대가를 치러야 해! 그 자식들이 내가 당한 치욕을 씻어 주어야만 해!'

"빨리 몰아!"

'그런데 그 자식들이 날 경찰에 넘겨 버리면 어쩌나! 그렇게는 못할까? 스캔들이 되는 걸 두려워할지 모르지. 즈베르코프가 날 무시하면서 결투를 거부하면 어쩌나? 이건 거의 확실해 보이는데, 그땐 본때를 보여 줘야지……. 내일 그가 출발할 무렵, 역마차 정거장으로 달려가 마차에 오르려 하는 그의 다리를 잡고 외투를 벗겨 버리겠어. 그 자식의 손을 꽉 물고 잘근잘근 씹어 버릴 거야. 다들 똑똑히 봐, 절망에 빠진 인간이 어디까지 가는지! 그 자식이 내 머리통을 갈기고 다른 자식들이 뒤에서 그런다고 한들, 뭐 그러라지. 거기 있는 모든 사람들에게 외치겠어. 잘 보라고요, 여기 얼굴에 내 침을 묻힌 채로 체르케스 계집애들을 꼬시러 가는 강아지 새끼가 하나 있네요!'

물론 이쯤 되면 모든 게 끝장이다! 관가官家는 지구상에서 사라질 것이다. 나는 체포되고, 재판받고, 해고당하고, 감옥에 갇히고, 시베리아로 유형을 가게 될 것이다. 별일 아니다! 15년이 지나 감옥에서 나오면 넝마를 걸치고 거지꼴로 그를 찾아갈 것이다. 나는 어느 지방 도시에서 그를 찾아낸다. 그는 결혼했고 행복하다. 그에겐 장성한 딸도 있을 것이다……. 나는 이렇게 말할 것이다. '똑똑히 봐, 쓰레기 같은 자식아, 푹 꺼진 내 뺨과 내 넝마를 보라고! 난 모든 걸 잃었어, 출세도, 행복도, 예술도, 학문도, 사랑하는 여자도, 너 때문에 모든 걸 말이야. 여기 권총이 있어. 난 권총을 쏘러 왔고…… 그리고 너를 용서한다.' 그러고는 허공에다 발사한 뒤 흔적도 없이 사라져 버린다…….

나는 심지어 울기까지 했지만, 바로 그 순간 이 모든 것이 실비오와 레르몬토프의 『가면무도회』에서 나온 내용임을 정확히 알고 있었다.[27] 그리고 갑자기 나는 끔찍하게 부끄러워져서 말을 세우게 한 뒤 썰매에서 내려 길 한 가운데 눈을 맞으며 서 있었다. 마부는 어리둥절한 표정으로 한숨을 쉬며 나를 바라보았다.

'무얼 할 수 있었을까? 거기 가는 게 아니었다, 말도 안 되는 일이 벌어졌으니. 이젠 이 일을 관둘 수도 없다, 무슨 일이 벌어질지 모르니……. 세상에! 어떻게 이걸 놔둘 수 있겠나! 이 지경으로 모욕을 당하고서 말야!'

"안 되지!" 다시 썰매에 몸을 던지며 나는 절규했다. "이건 예정된 거야, 숙명이야! 더 빨리 몰아, 더 빨리, 그곳으로!"

나는 참지 못하고 주먹으로 마부의 목덜미를 내리쳤다.

"왜 그러는 거예요, 왜 쳐요?" 사내가 소리치며 여윈 말을 채찍질했고, 해서 말은 뒷발을 힘차게 구르기 시작했다.

축축한 눈이 송이송이 날렸지만, 나는 외투를 열어젖혔다. 내겐 눈 따위에 신경 쓸 여력이 없었다. 나는 다른 것들에 대해 깡그리 잊었는데, 따귀를 때리기로 확고히 결심한 뒤부터, **지금 돌이킬 수 없이**, 이제 일은 벌어질 것이며, 그것은 **이미 어떤 힘으로도 멈출 수 없다**는 것을 무섭게 느끼고 있었기 때문이다. 무미건조한 가로등이 눈 안개 속에 장례식의 횃불처럼 우울하게 아른거렸다. 눈

27 푸시킨의 「발사」의 주인공인 실비오는 자신의 일생을 복수에 바친다. 레르몬토프의 『가면무도회』에서는 무명씨가 이와 비슷한 역할을 한다.

이 내 외투 안으로, 재킷 안으로, 넥타이 안으로 날아 들어와 거기서 녹고 있었지만, 나는 외투를 여미지 않았다. 어차피 모든 걸 잃은 판 아닌가! 마침내 우리는 도착했다. 나는 정신없이 마차에서 내려 계단을 뛰어 올라가 온 팔과 발로 문을 두드리기 시작했다. 무릎께 다리가 특히 힘이 쫙 빠졌다. 웬일인지 문은 금방 열렸는데, 내가 온다는 걸 알고 있는 것 같았다. (실제로 시모노프가 한 명이 더 올지도 모른다고 언질을 주었던 것인데, 이곳은 미리 알려서 무릇 조심하는 것이 필요한 곳이었다. 여기는 당시 성행하던 '최신 양품점' 중 하나로, 이미 예전에 경찰에 의해 근절되었다. 낮에는 양품점이었고, 밤이면 추천서가 있는 손님들만 방문할 수 있었다.) 나는 빠른 걸음으로 어두운 가게를 지나 익숙한 홀로 들어섰는데, 거기에는 초 하나만 밝혀져 있어 나는 어리둥절해 멈춰 섰다. 아무도 없었다.

"다들 어디 있는 거야?" 거기 있는 이에게 내가 물었다.

하지만 이미 제각기 흩어졌을 시간이다…….

내 앞에 한 인물이 서 있었는데, 미련한 미소를 띤 여주인이었다. 그녀와 나는 조금 안면이 있었다. 잠시 후 문이 활짝 열리고, 또 다른 인물이 들어왔다.

나는 어떤 것에도 신경 쓰지 않고, 방 안을 걸어 다니며 혼잣말을 했던 것 같다. 나는 정확히 죽음에서 구원되었고, 이를 자신의 온 존재로 기쁘게 예감했던 것이다. 분명 나는 따귀를 때렸을 것이다, 나는 분명, 분명 따귀를 때렸을 것이다! 그러나 지금 그들은 없다, 해서…… 모든 게 사라졌고, 모든 게 변했다! 나는 주위를 둘러보았다. 아직 제대로 파악이 되지 않았다. 방에 들어온 아가씨를 기계적으로 바라보았다. 내 앞에 짙은 직선의 눈썹과 진지하고 뭔가 약간 놀란 듯한 눈빛을 지닌 청순하고 앳되면서 약간 창백한 얼굴이 어른거렸다. 이것이 즉시 내 맘에 들었는데, 그녀가 미소를 짓고 있었다면 나는 그녀를 증오했을 것이다. 나는 공을 들이듯 눈여겨 뜯어보기 시작했는데, 생각들이 아직 다 정리되지 않은 상태였다. 이 얼굴에는 뭔가 순진하고 선한 것이 깃들어 있었지만, 뭔가 이상할 정도로 진지한 것도 있었다. 이 점 때문에 그녀는 여기서 잘나가지 못하는 것이 틀림없고, 저 바보들 중 누구도 그녀를 거들떠보지 않았을 것이다. 하긴 그녀는 키도 크고 튼튼하고 몸매가 좋았지만, 미녀라고 할 수는 없었다. 옷차림도 굉장히 소박했다. 천한 무언가가 나를 살짝 물었고, 나는 바로 그녀에게 다가갔다…….

그 와중에 우연히 거울에 비친 내 모습을 보았다. 동요된 내 얼굴, 텁수룩한 머리털에 창백하고 사악하고 비열한 얼굴은 내가 보기에도 아주 역겨웠다. '그럼 어때, 이게 난 기뻐.' 나는 생각했다. '저 애에게 역겹게 보일 수 있어 기쁘군, 기분이 좋아…….'

6

칸막이 뒤 어딘가에서 어떤 강한 압력을 받아 누가 목을 조이기라도 하는 것처럼 시계가 씨근덕거렸다. 부자연스럽게 한참을 씨근덕거린 다음 가늘고 불쾌한 종소리가 의외로 너무 빈번하게 울려 댔는데, 마치 누군가 앞으로 튀어나올 것만 같았다. 2시를 알렸다. 나는 잔 것은 아니고, 반쯤 정신이 나간 상태로 누워 있다가 퍼뜩 정신을 차렸다.

천장이 낮고 비좁고 갑갑한 방에 커다란 옷장이 거치적거리게 서 있고, 종이 상자, 걸레 조각, 온갖 허접한 옷가지들이 나뒹굴고 있었으며, 완전히 캄캄하다 싶을 만큼 어두웠다. 방 한구석 탁자 위에 타다 남은 양초가 간신히 빛을 발했지만 거의 꺼져 가는 상태였다. 몇 분 후면 칠흑의 어둠이 찾아올 것이었다.

나는 이내 정신이 돌아왔고, 마치 내게 다시 덤벼들기 위해 지키고 있었던 것처럼, 즉시 애쓰지 않고도 모든 걸 단번에 떠올릴 수 있었다. 정신을 놓고 있는 그 순간에도 어쨌든 절대로 망각되지 않는 듯한 무언가가 기억에 계속 남아, 그 주위를 나의 잠에 취한 몽상들이 힘겹게 배회하고 있었다. 그런데 이상한 것은, 이날 내게 일어난 모든 일이 깨어나 보니, 이미 아주 오래전 모두 겪어 낸 듯 까마득한 옛날에 지나가 버린 일처럼 보였다는 것이다.

머릿속에서 탄내가 나고 가스가 찼다. 내 위에 뭔가가

떠다니며 나를 건드리고 충동질하고 불안하게 하는 것 같았다. 우울과 짜증이 끓어올라 분출구를 찾고 있었다. 그때 갑자기 내 곁에 활짝 뜬 두 눈을 발견했는데, 그 눈은 호기심에 차서 나를 집요하게 살펴보고 있었다. 그 눈빛은 차가울 정도로 무심하고 음울하고 완전히 낯선 사람의 그것 같아서 마음이 무거워졌다.

음울한 생각이 내 뇌 속에서 생겨나 어떤 더러운 느낌처럼 온몸을 훑고 지나갔는데, 곰팡이 핀 눅눅한 지하로 들어갈 때와 비슷한 기분이었다. 이 두 눈이 하필 바로 지금 나를 살펴볼 생각을 했다는 것이 어쩐지 부자연스러웠다. 두 시간이 지나도록 이 존재와 단 한 마디도 하지 않았고 그것이 필요하다는 생각조차 하지 않았다는 것이 떠올랐는데, 조금 전까지는 왠지 이런 상황이 마음에 들기까지 했다. 그리고 갑자기 거미처럼 터무니없고 역겨운 방탕에 관한 생각이 선명하게 들었는데, 그것은 진정한 사랑이 결실을 맺는 지점을 건너뛰어 사랑 없이 바로 거칠고 뻔뻔스럽게 시작하는 것이다. 우리는 오랫동안 이렇게 서로를 쳐다보았지만, 그녀는 내 시선에도 눈을 내리깔지 않았고 자신의 눈빛을 바꾸지도 않았다. 그 때문에 나는 왠지 소름이 끼쳤다.

"이름이 뭐지?" 빨리 끝내기 위해 나는 퉁명스럽게 물었다.

"리자라고 해요." 그녀는 거의 속삭이듯 대답했는데, 뭔가 전혀 달갑지 않은 듯했고 눈을 돌렸다.

나는 잠시 입을 다물었다.

"오늘 날씨가…… 눈이…… 더럽군!" 나는 거의 혼잣말하듯 내뱉고는 머리 뒤에 손을 깍지 낀 채 우울하게 천장을 바라보았다.

그녀는 대답하지 않았다. 모든 게 추악했다.

"이곳 출신이야?" 나는 잠시 후 거의 화내다시피 묻고는 그녀 쪽으로 약간 머리를 돌렸다.

"아뇨."

"어디서 왔는데?"

"리가에서요." 내키지 않아 하면서 그녀가 말했다.

"독일 사람이야?"

"러시아 사람이에요."

"여기 온 지 오래됐어?"

"어디요?"

"이 집에."

"2주 됐어요." 그녀는 점점 더 퉁명스럽게 말했다. 양초는 이제 완전히 꺼졌고, 나는 그녀의 얼굴을 분간할 수 없었다.

"아버지, 어머니는 계셔?"

"네…… 아니…… 계세요."

"어디 계셔?"

"거기요…… 리가에."

"뭐하시는데?"

"그냥……."

"그냥이라니? 뭐하시는 분들이고, 신분이 뭐지?"

"소시민이에요."

"계속 그분들과 같이 살았나?"

"네."

"몇 살이지?"

"스무 살이오."

"어쩌자고 그분들을 떠난 거야?"

"그냥요……."

그냥이라는 이 말은 '날 내버려 둬, 역겨우니까'라는 의미였다. 우리는 입을 다물었다. 내가 왜 그곳을 떠나지 않았는지는 하느님이나 아실 일이다. 나는 스스로에게 점점 더 역겨움을 느끼고 우울함에 사무쳐 갔다. 어제 일어났던 모든 일들이 형상들로 어쩐지 내 의지와 상관없이 저절로 내 기억 속을 무질서하게 스쳐 갔다. 나는 아침에 근심에 차 종종걸음을 치며 출근하다가 보았던 한 장면을 순간 떠올렸다.

"오늘 관을 내가다 거의 떨어뜨릴 뻔했지." 갑자기 내가 큰 소리로 말했는데, 얘기를 시작할 마음이 전혀 없었지만 거의 무심결에 그렇게 되었다.

"관이오?"

"그래, 센나야 광장에서. 지하실에서 내가고 있었지."

"지하실에서요?"

"지하실은 아니고, 반지하층에서. 알 텐데…… 거기 아래에…… 미친 집 말이야. 주위가 엄청 지저분하더군. 온갖 껍질과 쓰레기…… 악취는 진동하고…… 구역질이 나더군.”

침묵.

“오늘은 장례를 치르기엔 더러운 날이야!” 오로지 잠자코 있지 않기 위해 나는 다시 말을 꺼냈다.

“뭐가 더럽다는 거죠?”

“눈에다 질척거리고…….” (나는 하품을 했다.)

“마찬가지죠, 뭐.” 얼마간 침묵하던 그녀가 갑자기 말했다.

“아니, 불쾌해……. (다시 나는 하품을 했다.) 묘지 인부들은 분명 눈에 젖으니까 욕을 해 댔을 거야. 무덤 속에는 분명히 물이 고여 있었을 거고.”

“왜 무덤 속에 물이 고여 있죠?” 어떤 호기심으로 그녀가 물었는데, 전보다 더 거칠고 산만한 말투였다. 갑자기 무언가가 나를 충동질하기 시작했다.

“왜라니, 물이 고여 있지, 바닥에, 6베르쇼크 깊이는 될걸. 거기는 무덤 하나만 그런 게 아니야. 볼코보 묘지에서 물이 안 고인 무덤은 구할 수가 없어.”

“어째서요?”

“어째서라니? 잔뜩 물이 찬 곳이니까. 여긴 온통 늪이야. 그냥 물속에 묻어 버리더군. 내 눈으로 직접 봤어…… 여러 번…….”

(나는 단 한 번도 보지 못했을 뿐 아니라, 볼코보 묘지에 가 본 적도 없으며, 단지 그 얘길 들은 적이 있을 뿐이다.)

"죽는 게 너한테는 정말 아무렇지 않다는 거야?"

"아니, 내가 왜 죽어요?" 그녀는 자신을 방어하기라도 하듯 대답했다.

"넌 언젠가 죽을 거야, 아까 죽은 여자처럼 바로 그렇게. 그 여자도 ……한 아가씨였지…… 폐병에 걸려 죽었어."

"그 창녀, 병원에서라도 죽었더라면……." ('이 여자도 그 일을 알고 있구나.' 나는 생각했다. '그래서 아가씨라 하지 않고 창녀라 하는군.')

"그 여자는 여주인에게 빚이 있었대." 나는 점점 더 말싸움하고 싶은 충동이 일어 반박하고 나섰다. "그래, 폐병에 걸려 있었는데도 거의 죽기 직전까지 여주인 밑에서 일했다는군. 마부들이 군인들하고 빙 둘러서서 얘기하고 있었어. 그녀를 알던 사람들이었겠지. 농담 따먹기를 하고 있었어. 그것도 모자라 술집에서도 모여 그녀를 추모했다더군." (나는 이것저것 많이 지어내 덧붙였다.)

침묵이, 깊은 침묵이 흘렀다. 그녀는 꿈쩍도 하지 않았다.

"아니, 병원에서 죽으면 뭐가 좀 낫나?"

"모두 같지는 않잖아요……? 아니, 내가 뭣 때문에 죽는다는 거예요?" 그녀는 짜증스럽다는 듯 덧붙였다.

"지금이 아니고 나중에라면?"

"나중에라도……."

"그게 그렇지가 않을걸! 네가 지금은 젊고 예쁘고 싱싱하니까 그 정도 가치를 인정해 주지. 이 생활로 1년을 보낸 뒤에도 이 모습이 유지될까, 시들어 있을걸."

"1년 만에요?"

"어떤 경우든 1년이면 네 값어치가 떨어질 거야." 나는 심술이 나서 계속했다. "너는 여기보다 급이 낮은 데로, 다른 업소로 옮겨 가겠지. 그다음 해에는 더 급이 낮은 곳으로, 세 번째 업소로, 그런 식으로 7년 후에는 센나야 광장의 반지하까지 흘러들어 가게 되는 거야. 이 정도면 아직 나쁘지 않은 거지. 불행은 바로 이 와중에 너한테 병이 선고되는 거지, 폐가 쇠약해진다거나 감기에 걸리거나 어디라도 아프게 되는 거지. 이런 생활에서는 병이 잘 낫지 않는 법이야. 한번 붙들리면 풀어 주지 않을지도 몰라. 너는 그렇게 죽는 거지."

"그럼 죽죠, 뭐." 그녀는 완전히 악의에 차서 대답하며 몸을 재빠르게 달싹였다.

"하지만 딱하잖아."

"누가요?"

"인생이 딱하잖아."

침묵.

"약혼자가 있었어? 어?"

"뭐하러 물어요?"

"아, 캐묻는 건 아냐. 내가 뭐하러. 왜 화내고 그래? 물론 네 입장에선 언짢았을 수도 있겠지. 나랑 무슨 상관이 있겠냐만, 그냥 딱해서 그래."

"누가요?"

"네가."

"그럴 필요 없어요." 그녀는 거의 들릴 듯 말 듯 속삭이더니 다시 몸을 달싹였다.

이것이 대번에 나를 화나게 했다. 어떻게 이럴 수가 있나! 나는 자상하게 대해 줬는데, 이 여자는…….

"그럼 넌 무슨 생각을 하는데? 지금 훌륭한 길을 가고 있다는 거야, 어?"

"난 아무 생각도 안 해요."

"그게 나쁜 거지, 생각하지 않는다는 거. 시간 있을 때 정신 차려. 아직 시간이 있잖아. 넌 아직 젊고 예쁘니까 사랑할 수도 있고, 시집갈 수도 있고, 행복해질 수도 있어……."

"시집간다고 다 행복한 건 아니에요." 그녀가 예전의 거친 빠른 말투로 딱 잘라 말했다.

"물론 다 그렇다는 건 아니지. 하지만 어쨌든 여기보다는 훨씬 낫다는 거지. 비교할 수 있나. 행복 없이도 사랑으로 살아갈 수 있지. 괴롭지만 삶은 좋은 것이고, 어떻게 살든 이 세상에 살아 있다는 건 좋은 거야. 그런데 여기는…… 악취뿐이잖아. 왝!"

나는 신물이 나서 몸을 돌렸다. 나는 더 이상 냉정하게 긴 설명을 늘어놓으며 도덕적 논쟁을 할 수 없었다. 나는 스스로 말하는 것을 느끼면서 달아올랐다. 나는 골방에서 키워 낸, 마음속 깊이 간직했던 이념 나부랭이를 진술하고 싶어 안달이 났다. 무언가가 내 안에서 갑자기 타올랐고, 어떤 목적이 '현현했다'.

“내가 여기 있다는 것으로 나를 바라보지는 마, 나는 네 모범이 아니니까. 어쩌면 너보다 못한 인간일 수도 있어. 하지만 난 술 취해서 여기 온 거다.” 나는 어쨌든 변명하느라 허둥댔다. “게다가 남자는 결코 여자의 모범이 될 수 없어. 이건 별개의 문제야. 나는 자신을 똥칠하고 더럽히고 있지만 누구의 노예도 아니지. 있다가 떠나면 흔적도 없지. 자신에게서 털어 버리고 나면 다시 딴사람이 되지. 그런데 너는 처음부터 노예라는 결론을 갖게 돼. 그래, 노예! 너는 모든 걸, 모든 의지를 넘겨주지. 나중에 네가 이 사슬을 끊어 버리길 원해도 이미 그럴 수가 없고, 점점 더 강하게 너를 옭아맬 거야. 그야말로 저주의 사슬이지. 난 그것을 알고 있어. 이제 다른 얘기는 하지 않을 거야, 아마도 이해하지 못할 테니, 그거나 얘기해 줘. 너, 여주인한테 벌써 빚이 있겠지? 거봐!” 그녀가 대답하지 않았는데도 나는 이렇게 덧붙였고, 그녀는 그저 말없이 자신의 전 존재를 기울여 듣고 있었다. “이게 너의 사슬이야! 이제 너는 결코 몸값을 치르고 자유의 몸이 될 수 없어. 그렇게들 하거든. 귀신에게 영혼을 준다 해도 상관없긴 하지…….

……게다가 나도…… 어쩌면 마찬가지로 불행한 인간이야, 왠지는 너도 알겠지만, 우울 때문에 일부러 진창으로 기어들지. 사람들이 괴로워서 술을 마시듯, 나는 괴로워서 바로 여기 있는 거야. 여기 뭐 좋은 게 있는지 한번 말해 봐. 우린 아까…… 관계를 맺었지만, 내내 서로 말

한마디 주고받지 않았고, 이후에 너는 나를 미개인처럼 살피기 시작했고, 나 또한 너에게 그랬지. 이렇게 사랑하는 법이 있나? 과연 사람과 사람이 이렇게 관계를 맺어야만 하는 걸까? 이건 그냥 추한 짓이야, 바로 이거지!"

"그래요!" 그녀가 서둘러 날카롭게 맞장구를 쳤다. 나는 이 **그래요**의 신속함에 놀라기까지 했다. 그렇다면 아까 그녀가 나를 살펴볼 때 그녀의 머릿속에서도 같은 생각이 떠돌았던 것일까? 그 얘기는, 그녀가 어느 정도 생각할 수 있는 능력이 있다는 것 아닌가……? '젠장, 그것 참 흥미롭군. 이 말은, 우리가 **같은 부류**라는 건데.' 나는 양손을 거의 비벼 대다시피 하면서 생각했다. '이런 어린 영혼 하나 다루지 못하겠어?'

무엇보다 이 게임이 나를 사로잡았다.

그녀는 내 쪽으로 가까이 고개를 돌렸는데, 어둠 속에서 손으로 턱을 괴고 있는 것처럼 보였다. 아마도 나를 살펴보고 있었을 것이다. 그녀의 눈을 제대로 볼 수 없는 것이 얼마나 애석했는지 모른다. 나는 그녀의 깊은 숨소리를 들었다.

"넌 어쩌다 이런 데 오게 된 거지?" 난 이제 약간의 권력을 드러내며 말을 시작했다.

"어쩌다 보니……."

"아버지 집에서 사는 게 얼마나 좋아! 따뜻하고 속박 없고, 자기 보금자리잖아."

"만약 거기가 더 나쁘다면요?"

'톤을 맞출 필요가 있겠는데.' 내 머릿속에서 이런 생각이 번득였다. '감상적인 얘기는 자제하는 게 좋겠어.'

하지만 그런 생각은 그저 스쳐 지나갈 뿐이었다. 맹세컨대 그녀는 실제로 나의 흥미를 끌었다. 게다가 나는 왠지 나른해지고 기분이 조성되는 듯했다. 더욱이 교활한 짓은 원래 감정이 조성되면 하기 쉬운 법이다.

"누가 그런 말을!" 나는 서둘러 대답했다. "별별 일이 다 있지. 나는 사람들이 너를 모욕했지만, 네가 그들한테 잘못했다기보다 그들이 너한테 잘못했다는 것을 확신해. 난 네 사연을 전혀 모르지만, 너 같은 처녀가 자진해서 이런 곳에 오지 않는다는 건 확실하지……."

"나 같은 처녀라는 게 어떤 건데요?" 그녀가 겨우 들릴 정도로 속삭였지만, 나는 알아들었다.

'젠장, 내가 아부하고 있군. 기분이 더러워. 어쩌면 좋을 수도 있고…….' 그녀는 잠자코 있었다.

"이봐, 리자, 내 얘기를 해 줄게! 나에게 어려서부터 가족이 있었다면, 내가 지금처럼 이 지경은 아니었을 거야. 나는 자주 이런 생각을 해. 가족이 아무리 엉망이어도, 어쨌든 부모는 원수가 아니잖아, 남이 아니잖아. 1년에 딱 한 번 네게 사랑을 보여 준다 해도 말이야. 어찌 됐건 너는 자기 집에 있는 거고. 나는 가족 없이 자랐어, 그래서 이렇게 된 게 분명해…… 무심한 놈이."

나는 다시 기다렸다.

'못 알아듣는 모양이네.' 나는 생각했다. '이거 웃기게

됐네, 여기서 설교라니.'

"만일 내가 아버지이고, 내게 딸이 있었다면, 아마 나는 아들보다 딸을 더 사랑했을 거야, 정말." 그녀의 기분 전환을 위해 나는 전혀 다른 얘기로 에둘러 시작했다. 인정하자면, 나는 얼굴이 빨개졌다.

"그건 왜죠?" 그녀가 물었다.

'아, 듣고 있었구나!'

"그냥 그래, 모르겠어, 리자. 그런데 말야, 나는 엄격하고 근엄한 사람을 한 명 알고 있는데, 그는 딸 앞에선 설설 기며 딸의 손발에 뽀뽀를 하고 싫증 낼 줄을 몰랐어, 정말. 그 딸이 파티에서 춤을 추고 있으면, 그는 다섯 시간 동안 한자리에 꼼짝 않고 서서 딸에게서 한시도 눈을 떼지 않았지. 자기 딸한테 아주 미쳐 버린 거지, 그 마음 충분히 이해할 수 있어. 딸이 밤에 피곤해서 잠이 들면 그는 일어나 잠자고 있는 딸에게로 가서 뽀뽀를 하고 성호를 그어 주지. 그 자신은 기름때 묻은 허접한 재킷을 입고 다니고, 모두에게 인색하면서도, 딸에게는 돈을 탈탈 털어서라도 값비싼 선물을 사 주고, 선물이 딸의 맘에 든다고 하면 그는 즐거워하는 거야. 어머니보다는 아버지가 딸을 더 예뻐하는 법이지. 어떤 처녀에게는 부모 집에서 산다는 게 즐거운 거야! 나 같으면 내 딸을 시집도 보내지 않을 거야."

"또 무슨 소리예요?" 그녀가 보일락 말락 웃으며 물었다.

"질투했겠지, 분명히. 그래, 이 애가 다른 놈과 입 맞출 수 있어? 어떻게 다른 놈을 아버지보다 더 사랑할 수 있지? 그걸 상상하기만 해도 괴로워. 물론 이건 모두 헛소리고, 물론 누구나 결국에는 정신 차리게 되지. 하지만 나는 아마 시집보내기 전에 이미 한 가지 근심으로 괴로워 죽을 거야. 모든 신랑감을 두고 판단을 해야 할 거 아냐. 어찌 됐든 결국 딸애가 사랑하는 녀석한테 시집보내겠지만 말이야. 한데 딸애가 사랑하는 녀석은 아버지의 눈에는 항상 가장 못나 보이거든. 그게 그렇다고. 가족들 사이에선 이런 일로 말썽이 많아."

"자기 딸을 명예롭게 시집보내는 게 아니라 팔아 버리는 걸 기뻐하는 사람들도 있죠." 그녀가 갑자기 이렇게 내뱉었다.

'아! 바로 이거였군!'

"리자, 그건 하느님도 사랑도 없는 저주받은 가족들한테서나 일어나는 일이야." 나는 열정적으로 말을 받았다. "사랑이 없는 곳에는 양식도 없지. 그런 가족들이 있긴 하지만, 그들에 대해 내가 얘기하는 건 아니고. 네가 말하는 걸 보니 집에서 좋은 꼴이라곤 본 적이 없는 것 같군. 넌 진정 불행한 여자구나. 흠…… 이 모든 게 대개는 가난 때문이지."

"나리들은 뭐 나은가요? 진실한 사람들은 가난해도 잘 살아요."

"흠…… 그래, 어쩌면. 다시 그 문제인데, 리자, 인간은 자신의 불행만 생각하기 좋아하고, 행복은 생각하지 않

아. 제대로 생각한다면, 각자의 몫만큼 비축되어 있다는 걸 알게 될 텐데. 자, 이건 어때, 가정이 잘 돌아가고 하느님께서 축복하고 남편이 좋은 사람이어서 너를 사랑하고 너를 예뻐하고 너에게서 떠나려 하지 않는다면! 이런 가정생활은 좋잖아! 괴로움이 절반쯤 있다고 해도 괜찮은 거 아닌가? 아니, 괴로움이 없는 데가 어디 있겠어? 시집가 보면 스스로 알게 될 거야. 네가 사랑하는 사람에게 시집가서 보낼 신혼 생활을 생각해 봐. 행복, 행복이라는 것이 얼마나 많이 찾아올지! 끊임없이 주변에 널려 있을 거야. 신혼 때는 남편과의 말다툼도 좋게 끝나. 어떤 여자들은 더 사랑할수록 남편과의 말다툼을 더 많이 벌이지. 사실, 내가 알던 한 여자가 그랬지. '난 당신을 사랑해, 무척이나. 너무 사랑해서 당신을 괴롭히는 거야, 당신 느껴 봐.' 사랑하기 때문에 일부러 다른 사람을 괴롭힐 수 있다는 거 알고 있어? 여자들 중엔 그런 경우가 더 많지. 그들은 혼자 생각하지. '다음에 정말 사랑해 주고 애무해 줄 거야. 그러니까 지금 좀 괴롭히는 건 죄가 안 돼.' 집에서 모든 것이 당신들을 기쁘게 하고, 다 좋고 즐겁고 평화롭고 반듯한데……. 질투심 강한 족속들도 있어. 그런 여자를 한 명 알았는데, 남편이 어딜 가면 참지 못하고 한밤중에라도 뛰쳐나가 거기 있나, 저 집에 있나, 딴 여자와 있나 몰래 살펴보기 위해 뛰어다니는 거야. 이쯤 되면 해로운 거지. 그녀 스스로 해롭다는 걸 알고 있어. 심장은 잦아들고 자책감에 사로잡히는데, 여전히 남편을 사랑하

지. 실은 모든 게 사랑 때문이지. 말다툼하고 나서 화해하고, 잘못을 인정하거나 용서하는 건 얼마나 훌륭한 일이야! 둘 사이가 얼마나 좋게, 갑자기 얼마나 좋아지게 되겠어, 마치 다시 처음 만난 것처럼, 다시 결혼한 것처럼, 다시 사랑이 시작된 것처럼 말이야. 부부가 서로 사랑하고 있다면 그들 사이에서 일어나는 일은 그 누구도 알아서는 안 돼. 부부가 무슨 일로 다투든 간에 시어머니나 장모를 불러 상대방 얘기를 하며 판정을 내려 달라고 해서는 안 돼. 자기들 스스로 해결해야지. 사랑은 하느님의 비밀이니, 둘 사이에서 무슨 일이 벌어지든 모든 타인들의 눈에서 숨겨져야 해. 이렇게 해서 더 거룩해지고, 더 훌륭해지지. 서로 더 존중하게 되고, 이 존중이 많은 것의 밑바탕이 되는 거야. 일단 사랑했고, 사랑해서 결혼했다면, 어째서 사랑이 지나가 버릴 수 있겠어! 정말 사랑을 지탱할 수 없는 걸까? 그런 경우는 드물 거야. 착하고 정직한 남편을 만난다면, 어떻게 사랑이 지나가 버리겠어? 물론 신혼의 사랑은 지나가겠지만, 더 나은 사랑이 찾아올 거야. 그다음엔 마음이 하나가 되어, 모든 일들을 함께 결정하고, 서로에게 비밀이 없을 거야. 아이들도 태어나겠지, 그때 사랑하고 꿋꿋하기만 하다면 매 순간이, 가장 어려운 시간조차도 행복으로 느껴질 거야. 그때는 일도 즐겁고, 아이들을 위해 굶어도 즐거울 거야. 이 때문에 아이들은 훗날 너를 사랑할 테니까, 너 자신을 위해 저축해 놓는 셈이지. 아이들이 자라면서 너는 아이들에게 본보기이자 지지대로 느끼게 될 것이고, 네가 죽으면 아이들은 네게서 물려받은 너의 감정과 생각을 자기 안에 지닌 채 평생 살 것이고, 너의 모습과 닮은꼴을 갖는 거지. 그러니까 이건 위대한 의무야. 어떻게 아이들의 아버지와 어머니가 끈끈하게 결합되지 않을 수 있겠어? 아이들이 생기면 힘들다고 하는 사람들이 있지. 누가 이런 말을 하는 거야? 이건 하늘이 주는 행복이야! 리자, 어린아이들을 좋아해? 나는 끔찍이 좋아해. 봐 봐, 장밋빛 사내아이가 네 품에서 젖을 빨고 있어. 엄마가 아기와 앉아 있는 모습을 보면서 어떤 남편이 마음을 아내 쪽으로 향하지 않을 수 있겠어! 통통한 아기가 장밋빛의 팔다리를 쭉 뻗으며 응석을 부리고, 포동포동한 앙증맞은 손발과 깨끗하고 작은 손톱 발톱은 너무 작아서 보기만 해도 웃음이 나오고, 그 눈은 모든 걸 이해하고 있는 것만 같지. 젖을 빨 땐 조그만 손으로 네 가슴을 만지작거리며 놀지. 아빠가 다가오면, 젖에서 떨어져 온몸을 뒤로 젖히고 아빠를 바라보면서 뭐가 웃긴지 신나게 웃다가는, 다시, 다시 젖을 빨기 시작하지. 이가 돋아나면 엄마 젖을 깨물고는, 정작 자신은 '봤죠, 깨물었어요!' 하며 엄마를 곁눈질하겠지. 남편, 아내, 아기, 이렇게 셋이 함께 있을 때 모든 게 행복이 아닐 수 있겠어? 이 순간들을 위해서라면 많은 걸 용서할 수 있을 거야. 아니, 리자, 우선 사는 법을 스스로 배우고 나서야 다른 사람들을 비난할 수 있을 거야!"

'이런 장면들로, 바로 이런 장면들로 너를 사로잡는 거야!' 나는 실제로 감정에 이끌려 얘기했지만, 혼자서 이렇게 생각하고는 갑자기 얼굴이 빨개졌다. '한데 이 여자가 갑자기 웃음이라도 터뜨리면, 그때 나는 어디로 기어 들어 가야 하나?' 이런 생각이 들자 미쳐 버릴 것 같았다. 얘기가 끝나 갈 무렵에는 실제로 열을 올렸고, 그 때문인지 이제는 자존심이 상했다. 침묵이 길어졌다. 나는 심지어 그녀를 떠밀어 보고 싶었다.

"당신은 뭔가……." 그녀가 갑자기 입을 열었다가 이내 멈췄다.

하지만 나는 이미 모든 것을 이해했다. 그녀의 목소리에는 뭔가 다른 떨림이 있었는데, 그것은 조금 전처럼 날카롭고 거칠고 반항적인 것이 아니라, 뭔가 부드럽고 수줍은 것, 나 자신이 왠지 갑자기 그녀 앞에서 부끄럽고 잘못했다는 느낌을 갖게 하는 그런 것이었다.

"뭐가?" 상냥한 호기심을 드러내며 내가 물었다.

"당신은……."

"뭐라고?"

"당신은…… 꼭 책을 따라 하는 것 같아요." 그녀가 이렇게 말했는데, 그 목소리에는 갑자기 또 뭔가 조롱이 들려오는 것 같았다.

그녀의 지적이 나를 아프게 파고들었다. 그것은 내가 기대한 것이 아니었다.

그녀가 일부러 조롱으로 가장했다는 것을, 그것은 부끄럼 많고 순진무구한 마음을 가진 사람들이 구사하는 최후의 책략이라는 것을 나는 이해하지 못했는데, 누가 그들의 영혼에 거칠고 집요하게 파고들어도 그들은 최후의 순간까지 자존심을 세우고 굴복하지 않으며, 남들 앞에서 자신의 감정을 드러내기를 두려워한다. 그녀가 소심해서 몇 번이나 뜸을 들이다가 마침내 조롱을 입 밖에 드러냈다는 것을 알고, 내가 눈치챘어야 했다. 하지만 나는 눈치채지 못했고, 노한 감정에 사로잡혔다.

'두고 보자.' 나는 생각했다.

7

"아, 됐어, 리자, 책은 무슨 책이야, 남의 일이지만 내가 보기에도 혐오스러운데. 하긴 남의 일이 아니지. 내 영혼 속에서 이 모든 게 이제야 깨어난 거야……. 정말, 정말로 넌 여기 있는 게 혐오스럽지 않다는 거야? 그래, 익숙해진다는 건 강력해 보이는군. 익숙함이 사람을 무엇으로 만들지는 귀신이나 알겠지. 너는 정말 네가 절대 늙지 않고, 영원히 예쁜 채로 있고, 이 집에서 백만 년 너를 붙잡고 있을 거라고 진지하게 생각하는 거야? 여기가 불결하다는 건 말할 필요도 없겠지……. 그보다 내가 지금 너한테 얘기하려고 하는 건 바로 이 점, 현재의 네 생활에 관한 건데, 넌 지금 젊고 곱고 호의적이고, 영혼과 감정도 가지고 있지. 아, 너 알아, 바로 나는 아까 정신이 들기 무섭게 너와 여기 있다는 것 때문에 기분이 더러워지더라고! 정말 술 취한 모습으로나 이런 데 올 수 있는 거야. 네가 다른 곳에서, 선량한 사람들이 살아가는 것처럼 살고 있었다면, 아마 나는 네 꽁무니나 쫓아다니는 것이 아니라 너를 사랑하게 되었을 거야. 네가 말을 건네지 않아도, 바라봐 주는 것만으로도 기뻐했을 거야. 대문 옆에 숨어서 너를 기다리고, 네 앞에서 무릎을 꿇고 버텼겠지. 자신의 신부를 보듯 너를 바라보고, 또 그것을 영광으로 여겼을 거야. 너에 대해 불순한 생각을 할 엄두를 내지 못했을 거야. 여기서는 물론 내가 휘파람을 불기만 하면 넌 원하든 원하지 않든 나를 따라온다는 걸 나는 알지, 네 의향을 내가 묻는 것이 아니라, 네가 내 의향을 살핀다는 걸 말야. 최하층 농민도 일꾼으로 고용될 때 자신을 전부 예속시키지는 않고, 기한이 정해져 있다는 것도 알지. 그런데 너의 기한은 어디 있니? 이것만 생각해 봐, 네가 여기서 무엇을 갖다 바치고 있는지? 무엇을 예속시키고 있는지? 네가 주인이 되지 못한 영혼, 영혼을 육체와 함께 예속시키고 있잖아! 자신의 사랑을 온갖 술 취한 놈들의 노리개로 내주고 있잖아! 사랑! 그건 모든 것이야, 그건 보석이고, 소녀의 보물이라고, 사랑이라는 것은 말이야! 이런 사랑을 얻기 위해 어떤 사람은 목숨을 내놓을, 죽음을 불사할 준비가 되어 있지. 한데 지금 너의 사랑은 어떤 값으로 취급받고 있니? 너는 통째로 모두 팔렸으니, 사랑 없이도 모든 게 가능한데, 사랑을 얻으려고 애쓸 이유가 없지. 처녀에게 이보다 더한 모욕이 있을까? 이해가 가니? 바보 같은 너희들을 위로한답시고, 여기서 애인 두는 걸 허락한다는 그런 소릴 들었어. 이건 그저 장난이나 사기 아니면 너희들을 향한 조롱일 뿐이야. 그런데 너희들은 그걸 믿지. 애인이 널 진짜 사랑한대? 믿지 못하겠어. 당장 그에게서 널 불러낼 거라는 것을 알면서 어떻게 널 사랑할 수 있겠어. 이런 일을 겪고 나서도 네게 들러붙는다면 그런 놈은 양아치야! 그가 너를 눈곱만큼이라도 존중할까? 너는 그와 뭘 공유하지? 그는 너를 갖고 놀면서 너를 벗겨 먹는 거지, 바로 이것이 그의 사랑의 전부야! 패지만 않아도 다행이지. 그런데 팰 수도 있어. 너한테 이런 놈이 있다면 한번 물어봐. 너와 결혼할 거냐고? 침을 뱉거나 패지 않는다면 네 면전에서 깔깔 웃음을 터뜨릴 거야, 그 자신도 다해 봐야 찌그러진 1코페이카짜리 동전의 가치 정도일 텐데 말이야. 생각해 봐, 넌 뭘 위해 여기서 자신의 인생을 파멸시킨 거니? 커피를 마시게 해 주고 배불리 먹여 줘서? 뭘 대가로 먹여 주지? 다른 여자였다면, 양심적인 여자였다면 뭘 대가로 먹여 주는지 알기 때문에 음식 덩어리가 목구멍으로 넘어가지 않았을 거야. 너는 지금 빚을 지고 있고, 앞으로도 쭉 빚진 채일 것이고, 손님들이 너를 꺼리기 시작할 때까지, 끝끝내 빚을 지고 있을 거야. 이런 일이 닥치는 건 금방이니까 젊음을 믿지 마. 이 모든 게 바람처럼 빨리 날아가거든. 너는 쫓겨날 거야. 그냥 쫓겨나는 게 아니라,

마치 여주인에게 건강을 바치고, 그녀를 위해 젊음과 영혼을 아무 대가 없이 파멸시킨 게 네가 아니라는 듯이, 오히려 네가 그녀를 파산시키고 세상으로 내몰고, 그녀를 벗겨 먹은 듯이, 오랫동안에 걸쳐 트집을 잡기 시작하고, 나무라기 시작하고, 욕하기 시작할 거야. 누가 지지해줄 거라고는 기대하지 마. 네 동료 아가씨들도 여주인한테 잘 보이려고 네게 달려들걸. 여기서는 모두가 노예이고, 양심이니 동정심이니 하는 것들은 잃어버린 지 오래거든, 완전히 비열해진 거지. 이 땅에서 이들의 욕설보다 더 혐오스럽고 비열하고 모욕적인 것은 정말 없을 거야. 넌 여기에 모든 걸, 건강도 젊음도 아름다움도 희망도 모두 기약 없이 바치지. 그래서 스물두 살에 서른다섯 살로 보일 거야. 아프지나 않으면 다행이겠지. 이걸 놓고 하느님께 기도하라고. 넌 지금 분명 일이 없이 흥청망청하고 있다고 생각하겠지! 세상에 이보다 더 힘들고 징역 사는 것 같은 일은 지금도 없고 전에도 없었어. 네 심장은 눈물로 다 쪼그라들어 없어질 거야. 네가 여기서 쫓겨날 땐, 넌 한 마디, 아니 반 마디도 못하고 잘못한 사람처럼 떠나가게 될 거야. 너는 다른 곳으로 옮겨 갈 것이고, 다음엔 또 다른 곳으로, 그다음엔 또 어딘가로, 그리고 마침내 센나야 광장에 이르겠지. 거기선 얻어맞는 게 일상적인 일이 될 거야, 그게 그 동네 예법이니까. 거기 손님들은 패지 않고는 애무도 할 줄 몰라. 거기가 그토록 구역질 나는 곳이라는 게 안 믿어지지? 언제든 한번 가 봐, 네 눈으로 직접 보게 될 거야. 한번은 정초에 거기서 문 옆에 있던 한 여자를 본 적이 있어. 그녀가 하도 크게 울부짖으니까 동료들이 밖에서 좀 떨어 보라고 조롱 삼아 내쫓고는 문을 닫아 버린 거지. 아침 9시에 벌써 그 여자는 완전히 취해 있었고, 산발을 한 데다 반쯤 벗었고, 몸 여기저기는 얻어터져 상처가 가득했어. 얼굴은 잔뜩 분칠을 했는데, 눈 주위는 검게 멍들어 있고, 코와 잇새에서 피가 흘러내리고 있었어. 어떤 마부 녀석이 방금 손을 봐준 거지. 그녀는 돌계단에 걸터앉았는데, 소금에 절인 생선 같은 걸 하나 손에 쥐고 있었어. 그녀는 울부짖다가 자신의 '신세'를 한탄하고 곡哭을 하면서 생선으로 계단을 두들기고 있었지. 입구 주위에 마부들과 술 취한 군인들이 몰려들어 그녀를 놀려 댔지. 네가 이 여자처럼 될 거라는 게 믿어지지 않지? 나라도 믿고 싶지 않았겠지만, 너도 알다시피, 아마 절인 생선을 들고 있던 바로 그 여자가, 10년 전, 8년 전에 어디로부턴가 이곳에 왔을 때는 싱싱하고, 천사처럼 흠 없고 순결한 처녀로 악한 것을 몰랐고, 말 한마디 한마디에 얼굴을 붉혔을지도 몰라. 아마 너처럼 자존심 강하고 모욕에 예민하고, 여느 아가씨들과 달라서 여왕처럼 보였을 거고, 누군가 그녀를 사랑하고 그녀도 누군가를 사랑하는 온전한 행복이 기다리고 있을 거라며 스스로 생각했을 거야. 보이지, 어떻게 끝나는지? 만약에 말이야, 그녀가 잔뜩 취해서 산발을 한 채, 그 생선으로 더러운 계단을 내리치고 있던 바로 그 순간에 자신의 지난 시간들, 아버지 집에서의 순수한 시간들을 떠올린다면 어땠을까? 그녀가 아직 학교를 다니던 시절, 옆집 아들이 길에서 그녀를 기다리고 섰다가, 평생 그녀를 사랑할 것이고, 자신의 운명을 그녀에게 바칠 거라고 맹세하던 일이며, 서로를 영원히 사랑할 것이고 어른이 되자마자 결혼하자고 함께 다짐하던 것을 떠올린다면, 어떡하지! 아니, 리자, 아까 그 여자처럼 어디 방구석에서, 지하실에서 폐병으로 빨리 죽는 게 너한테는 행복, 아니 다행이야. 너, 병원이라고 말했지? 좋아, 병원으로 데려간다고 치자, 만약 여주인에게 네가 아직 소용이 있다면? 폐병이라는 건 원래 그런 병이야, 열병과는 달라. 이 경우 환자는 마지막 순간까지 희망을 품고서 자신은 건강하다고 말하지. 스스로 위로하는 거지. 여주인한테도 그게 이득이야. 염려하지 마, 다 그런 거니까. 즉, 영혼을 팔았고, 빚까지 졌으니, 찍소리도 못하는 거지. 네가 죽어 가게 되면 모두가 널 버리고 등을 돌릴 텐데, 사실 그때는 네게서 뭘 얻을 수 있겠어? 빨리 죽지도 않고 공으로 자리만 차지하고 있다면서 너를 나무라기까지 하겠지. 물 좀 마시게 해 달라고 하면, '야, 이년아, 넌 대체 언제 뒈질 거야, 네가 끙끙 죽는소릴 하니까 우린 잠 못 자고 손님들은 꺼림칙해하잖아' 하고 욕을 해 대면서 던져 주겠지. 이건 사실이야, 내가 직접 그 얘기를 들은 적이 있으니까. 숨이 끊어지기 직전의 너를 지하실에서도 제일 퀴퀴한 구석에 컴컴하고 눅눅한 방으로 처넣겠지. 그때 너는 혼자 누워서 무슨 생각을 곱씹을까? 네가 죽으면 투덜거리며 낯선 손들이 서둘러 시신을 수습하겠지. 아무도 너를 축복하지 않고, 너 때문에 탄식하지도 않고, 빨리 처리해 짐을 벗자는 생각뿐이겠지. 싸구려 관을 사다가, 오늘 그 불쌍한 여자를 내간 것처럼 내가고는 술집에 가서 추모하겠지. 무덤은 진창에 쓰레기에 진눈깨비로 엉망이겠지만, 널 위해 격식을 차리려고 하겠어? '바뉴하, 관을 내리라고, 이년 팔자하고는, 누가 그런 년 아니랄까 봐 여기서도 다리를 위로 쳐들고 내려가는구먼. 줄 좀 잡아당겨, 이 멍청아.' '이대로도 괜찮은데.' '괜찮긴 뭐가 괜찮아? 비스듬히 누워 있는데. 이년도 인간이었는데, 그렇잖아? 그래, 됐어. 덮어 버려.' 너 때문에 오래 실랑이하고 싶어 하지 않을 거야. 축축한 검푸른 진흙으로 얼른 덮어 버리고는 술집에 가겠지……. 그게 지상에서 너에 관한 마지막 기억이 될 거야. 다른 무덤에는 아이들이 보러 오고, 아버지들이, 남편들이 찾아오겠지만, 네 무덤에는 눈물도 탄식도 추모도 없고, 세상에서 널 찾아오는 사람이 아무도, 정말 아무도 없을 거야. 네 이름이 지상에서 사라지는 거지, 마치 네가 있었던 적이 없다는 듯이, 태어난 적도 없다는 듯이! 진흙과 늪 속에서 죽은 자들이 일어날 때면, 너는 밤마다 관 뚜껑을 두들겨 대며 소리 지르겠지. '선량한 여러분, 세상에서 좀 살 수 있도록 나가게 해 줘요! 난 살아 보긴 했지만, 삶을 제대로 보지 못했어요. 내 인생은 걸레가 되어 센나야 광장 술집의 술독에 빠져 버렸으니까요. 내보내 줘요, 선량한 여러분, 다시 한 번 세상에서 살 수 있게 해 줘요……!'"

어찌나 격정에 몰입했는지 내 목에 경련이라도 일어난 것 같았고…… 갑자기 말을 멈추고는 경악해서 몸을 조금 일으켜 벌벌 떨며 고개를 숙이고, 심장이 쿵쾅거리는 가운데 귀를 기울이기 시작했다. 내가 당황한 데는 그럴 만한 이유가 있었다.

내가 그녀의 영혼을 송두리째 뒤집어 놓고 그녀의 심장을 박살 내 버렸다는 것을 오래전에 이미 예감했고, 그것을 확신할수록 더 빨리, 가능한 한 더 굳세게 목표에 도달하기를 바랐다. 게임, 그 게임이 나를 매료시켰다. 그러나 게임만의 문제는 아니었다…….

나는 내가 딱딱하고 억지스럽게, 한마디로 책 읽듯 말한다는 것을 알고 있었다. 나는 '꼭 책 읽듯' 말하는 것 외에 다른 방식을 알지 못했다. 그러나 나를 당황하게 한 것은 그것이 아니었다. 내 말을 이해할 것이고, 책 읽듯 말하는 방식이 오히려 더 도움이 될 수 있다는 것을 나는 알았고, 예감하고 있었다. 그런데 지금 효과를 보자, 겁이 덜컥 났다. 아, 한 번도, 한 번도, 나는 아직 이만한 절망을 목격한 적이 없었다! 그녀는 베개를 양손으로 움켜쥔 채 얼굴을 거기에 푹 파묻고는 엎드려 있었다. 그녀의 가슴은 갈기갈기 찢어지고 있었다. 그녀의 젊은 육체가 경련이라도 일으킨 듯 온통 부들부들 떨고 있었다. 가슴속에 차 있던 흐느낌이 그녀를 억누르다가 갑자기 찢고는 밖으로 통곡과 비명을 쏟아 냈다. 그럴수록 그녀는 더 세게 베개에 얼굴을 비벼 댔다. 여기 살아 있는 누구 하나라도 있어 그녀의 고통과 눈물에 대해 아는 것을 그녀는 원치 않았던 것이다. 그녀는 베개를 물어뜯고, 자신의 팔을 피가 나도록 깨물거나(나는 이것을 나중에 보았다), 헝클어진 머리카락을 손가락으로 움켜쥐고, 숨을 죽여 가며 이를 악문 채 간신히 잦아들었다. 난 무슨 말이든 해서 그녀를 진정시키려 하다가 이내 할 수 없다는 것을 깨닫고, 갑자기 온몸이 어떤 오한에, 거의 공포에 사로잡히는 것을 느끼며, 어떻게든 빨리 떠나려고 손으로 더듬기 시작했다. 어두웠다. 아무리 노력해도 빨리 끝낼 수가 없었다. 갑자기 성냥갑과 손대지 않은 온전한 양초가 꽂힌 촛대가 만져졌다. 빛이 방 안을 밝히자마자, 리자는 벌떡 일어나 앉았고, 일그러진 얼굴로 반쯤 미친 것 같은 미소를 띤 채 넋을 놓고 나를 바라보았다. 나는 그녀 옆에 앉아 그녀의 손을 잡았다. 그녀는 정신을 차리고, 내게로 몸을 던졌는데, 나를 껴안고 싶은 듯했지만 그러지 못하고 내 앞에서 조용히 고개를 숙였다.

"이봐, 리자, 내가 쓸데없이…… 날 용서해 줘." 나는 이렇게 말문을 열었지만, 그녀가 자기 손가락으로 내 손을 너무 세게 움켜쥐었기 때문에 내가 적절치 않은 말을 하고 있음을 눈치채고 이내 그만두었다.

"여기 내 주소가 있어, 리자, 한번 와."

"갈게요……." 그녀가 여전히 고개를 들지 않은 채 속삭였다.

"이제 갈게, 잘 있어…… 또 보자."

내가 일어서자 그녀도 일어섰는데, 갑자기 얼굴을 붉히고 몸을 부르르 떨더니 의자 위에 있던 숄을 집어 어깨에 걸치고 턱까지 감쌌다. 그러고는 왠지 병적인 미소를 다시 지으며 얼굴을 붉히고 이상한 눈으로 나를 바라보았다. 마음이 아팠다. 나는 그곳을 떠나 얼른 사라지려고 서둘렀다.

"잠깐만요." 문간에 다 왔을 때, 그녀가 갑자기 한 손으로 내 외투를 잡으며 말했다. 황급히 양초를 내려놓고 방 쪽으로 달려갔는데, 뭔가 생각났거나 내게 뭘 보여 주고 싶어 가져오려는 것 같았다. 달려갈 때 그녀의 얼굴은 온통 붉어졌고, 그녀의 눈은 반짝거렸으며, 입술에는 미소가 떠올랐다, 대체 뭘까? 하는 수 없이 나는 기다렸다. 잠시 후 그녀는 돌아왔는데, 뭔가 용서를 구하는 듯한 시선이었다. 아까처럼 음울하고, 불신에 찬, 고집스러운 시선이 아니었다. 그 얼굴과 그 시선이 전혀 아니었다. 이제 용서를 구하는 부드러운 시선이었고, 더불어 신뢰에 찬, 상냥하고 수줍은 시선이었다. 아이들이 사랑하는 사람을 바라보며 뭔가를 부탁할 때 상대방을 향한 시선이 이런 것이다. 그녀는 밝은 갈색의 아름답고 생기 있는 눈을 가졌는데, 그 안에 사랑과 음울한 증오가 모두 반영되어 있었다.

마치 내가 무슨 우월한 존재라도 되어 설명하지 않아

도 다 알아야 된다는 양, 그녀는 아무 설명 없이 내게 종잇장을 내밀었다. 순간 그녀의 얼굴은 가장 순진한, 거의 아이 같은 승리감으로 온통 반짝반짝 빛났다. 나는 펼쳐 보았다. 그것은 의대생이나 그런 부류의 학생이 그녀에게 보낸 편지였는데, 상당히 과장되고 현란하지만 굉장히 정중한 사랑 고백이었다. 지금 구체적인 표현들은 기억나지 않지만, 고상한 문체 사이로 꾸며 내기에는 힘든 진실한 감정이 보였던 것을 나는 잘 기억하고 있다. 내가 다 읽었을 때, 나를 향한 호기심에 차고, 아이처럼 참을성 없는, 열띤 그녀의 시선과 마주쳤다. 그녀는 내 얼굴에 시선을 고정하고 내가 무슨 말을 할지 초조하게 기다렸다. 그녀는 급하게 몇 마디로, 그러나 왠지 신나서, 자부심에 찬 듯 내게 설명했는데, 그녀는 어느 가정집에서 열린 저녁 무도회에 갔고, 그 집에는 모두 '**가정이 있는**, 아주아주 좋은 사람들만 모였으며, 그들은 전혀 아무것도, **아직 아무것도 모르고 있다**'는 것이었다. 그녀는 여기서 아직 신참이었고, 그뿐이었다……. 계속 있을지 아직 결정하지 못한 상태였고, 빚만 갚으면 확실히 떠날 것이다……. '그래, 거기에 편지를 보낸 대학생이 있었고, 저녁 내내 춤을 추었고, 그녀와 얘기를 나눴는데, 알고 보니 리가에 있던 시절, 어려서부터 그녀와 아는 사이여서 함께 놀기도 했다는 것이고, 정말 아주 오래전이기는 한데, 어쨌든 그녀의 부모도 알고 있다는 것이다. 그러나 **이것에 대해서는** 전혀 전혀 전혀 모르고 있으며 의심조차 하지 않는다는 것이다! 그리고 무도회 바로 다음 날(3일 전) 그는 그녀와 저녁 모임에 함께 다녀온 여자 친구를 통해 이 편지를 전해 왔다……. 그리고…… 뭐, 이게 전부다.'

얘기를 마친 그녀는 뭔가 부끄러운 듯 빛나던 자신의 눈을 내리깔았다.

가여운 그녀는 이 대학생의 편지를 보물처럼 간직하고 있었는데, 그녀를 정직하고 진실하게 사랑하고, 그녀와 정중하게 얘기하는 사람들이 있다는 것을 내가 모른 채 떠나지 않게 하고 싶어서 자신의 유일한 이 보물을 보여 주러 달려갔던 것이다. 분명 이 편지는 다음으로 이어지는 일 없이 상자 속에 놓여 있을 운명일 것이다. 하지만 마찬가지다. 나는 그녀가 평생 이 편지를 자신의 긍지와 자신의 정당성을 나타내는 보물처럼 간직할 것이라는 것을 조금도 의심하지 않는다. 그래서 바로 지금, 이 순간에 그녀 스스로 이 편지를 생각해 내고는 가져왔던 것이다. 내 앞에서 순진하게 뽐내 보려고, 내 눈앞에서 자신의 모습을 회복하기 위해, 내게 보여 줘서 칭찬받으려고 말이다. 나는 아무 말도 하지 않고 그녀의 손을 잡아 준 후 밖으로 나왔다. 나는 서둘러 그곳을 떠나고 싶었다……. 아직 진눈깨비가 송이송이 계속 날리고 있었지만, 나는 내내 걸어서 왔다. 나는 지쳐 있었고, 무언가에 짓눌려 있었으며, 의혹 가운데 있었다. 그러나 진리는 의혹 너머에서 이미 빛을 뿜고 있었다. 불쾌한 진리가!

8

그렇지만 나는 이 진리를 선뜻 인정하지 않았다. 몇 시간 동안 깊고 무거운 잠을 잔 뒤 아침에 일어나자마자 어제 일을 전부 더듬어 보다가, 어제 리자와의 그 **과도한 감상**과 이 모든 '어제의 공포와 동정'에 놀라고 말았다. '이런 여자 같은 신경 발작이나 일으키다니, 쳇!' 나는 이렇게 정리했다. '내가 무슨 마음으로 그녀에게 내 주소를 쥐여 줬지? 그녀가 찾아오면 어쩐다? 에잇, 올 테면 오라지, 괜찮아…….' 하지만 **명백히**, 지금 무엇보다 가장 중요한 문제는 그게 아니었다. 무슨 일이 있어도 즈베르코프와 시모노프의 눈앞에서 내 체면을 살리는 것이 급선무였다. 바로 이것이 중요한 일이었다. 리자에 대해서는 이날 아침 너무 분주해서 아예 잊고 말았다.

무엇보다 먼저 시모노프에게 어제 빚을 속히 갚아야 했다. 나는 필사적인 수단을 쓰기로 작정했는데, 안톤 안토니치에게 15루블을 통째로 빌리기로 한 것이다. 일부러 그러듯이, 그는 이날 아침 기분이 더할 나위 없이 좋았고, 부탁을 하자 두말 않고 바로 돈을 빌려 주었다. 나는 너무 기쁜 나머지, 차용증을 쓰면서 의기양양한 모습으로 **태만하게**, 어제 '파리 호텔에서 친구들과 좀 마시고 놀았는데, 어릴 적 친구라고 해도 될 동창을 환송하는 자리였다. 그는 한 가닥 하는 친구라 귀여움을 받고 있으며, 좋은 가문에, 상당한 재산에, 화려한 경력도 있는 재치 있고 매력적인 친구로 귀부인들과 염문을 뿌리고 다닌다. 우리는 술을 여섯 병도 더 마셨다 등'을 그에게 알려 주었다. 그리고 뭐 나쁘지 않았다. 이 모든 얘기가 아주 쉽게 거리낌 없이 스스로 만족해서 흘러나왔던 것이다.

집에 오자마자 나는 시모노프에게 편지를 썼다.

지금까지도 내 편지의 신사적이고 호의적이며 허심탄회한 어조를 생각하면 흐뭇하다. 기민하고 고결하게, 무엇보다도 군더더기 전혀 없이, 모든 것에서 내 잘못을 시인한 것이다. '만약 내게 아직 변명을 하는 것이 허락된다면…….' 포도주에 전혀 익숙지 않아서, 파리 호텔에서 5시에서 6시까지 그들을 기다리는 동안 먼저 한 잔 마신 것이 계기가 되어 완전히 취하게 되었다고 변명했다. 주로 시모노프에게 사과를 했고, 내 해명을 다른 사람들 모두에게, 특히 '꿈속에서 본 듯하지만…….' 내가 모욕한 것 같은 즈베르코프에게 전해 달라고 부탁했다. 내가 직접 다 찾아가고 싶지만, 머리가 아프고, 무엇보다 창피하다고 덧붙였다. 나는 이러한 '일종의 가벼운 태도', 심지어 거의 태연한 태도(그럼에도 매우 품위 있었다)에 특히 만족했는데, 내 문장에 갑자기 반영된 이러한 태도가, 온갖 이유를 늘어놓는 것보다 당장 그들에게 '어제의 그 모든 추잡한 일들'을 내가 매우 독자적으로 바라보고 있음을 이해할 수 있게 해 주었으리라. 어떻든 간에, 내가 일격에 끝장난 것이 아니며, 필시 여러분이 생각하고 있는 것과 달리, 자신을 존중하는 신사가 침착하게 이 사태를

바라보듯이 바라보고 있음을 말이다. '있었던 일로 젊은 이를 책망하지 말라고 하지 않던가.'

'이 정도면 후작 수준의 말재간 아닌가?' 나는 편지를 다시 읽으면서 흐뭇했다. '이게 다 내가 지적으로 계발된 교양인이기 때문이지! 다른 사람들이 내 처지였다면 어떻게 빠져나가야 할지 몰랐겠지만, 나는 용케 빠져나와 다시 재미를 보고 있으니, 이게 다 **지적으로 계발된 현대의 교양인**이기 때문이야. 그렇다, 실로, 어제 일어난 모든 일은 포도주 때문일지도 모른다. 흠…… 그런데 아니다, 포도주 때문이 아니다. 그들을 기다리던 5시부터 6시까지 나는 보드카를 전혀 마시지 않았다. 시모노프한테 거짓말을 했다, 파렴치하게 거짓말을 했다. 그래, 이제 와서 양심의 가책을 느낄 것도 없다…….

아무렴, 별문제 아니다! 중요한 건 벗어났다는 것이다.'

나는 6루블을 편지에 집어넣고 봉한 다음, 아폴론을 불러 시모노프에게 전해 달라고 부탁했다. 편지 안에 돈이 들어 있음을 알고 아폴론은 더 공손해져서 다녀오는 데 동의했다. 저녁 무렵 나는 산책을 나갔다. 머리가 아직도 아팠고, 어제부터 어지러웠다. 그런데 저녁이 되어 땅거미가 짙어 갈수록 나의 인상印象들이 변하면서 혼란스러워졌고, 그 뒤를 이어 생각들도 그러했다. 무언가가 내 안에서, 마음과 양심의 깊은 곳에서 죽지 않은 채, 죽기를 거부하면서 타오르는 그리움으로 나타났다. 나는 가장 붐비는 상가 밀집 지역을 따라 메샨스카야 거리와 사도

바야 거리와 유수포프 공원 근처를 배회했다. 특히 땅거미가 질 무렵에 이 거리들을 돌아다니는 것을 좋아했는데, 그곳에 온갖 행인들과 상인들, 직공들의 무리가 점점 불어날 때였고, 그들은 하루의 일과를 마치고 화가 난 듯 근심 어린 얼굴들을 한 채 각자 집으로 돌아가고 있었다. 바로 이런 가난한 부산함과 뻔뻔스러운 현실성이 내 마음에 들었다. 이번에는 길거리의 이 모든 혼잡이 나를 더 자극했다. 나는 스스로를 전혀 주체할 수 없었고, 실마리를 찾을 수도 없었다. 무언가가 영혼에서 통증을 동반하며 끊임없이 솟구쳐 올랐고, 진정될 기미를 보이지 않았다. 나는 기분이 완전히 엉망이 되어 집으로 돌아왔다. 마치 내 영혼 속에 어떤 범죄가 웅크리고 있는 것만 같았다.

리자가 찾아올 거라는 생각이 계속 나를 괴롭혔다. 내겐 이상하게 여겨졌는데, 어제의 모든 기억 중에서 그녀에 관한 기억이 뭔가 특별히, 뭔가 완전히 별개로 나를 괴롭혔던 것이다. 저녁 무렵에는 다른 모든 것들에 대해서는 까맣게 잊을 수 있어서 한 손을 내젓고는, 시모노프에게 보낸 편지에 여전히 만족한 상태로 지낼 수 있었다. 그러나 리자에 관해서는 뭔가 아주 불만스러웠다. 마치 리자 하나 때문에 괴롭기라도 한 듯 말이다. '그녀가 찾아오면 어떻게 하지?' 나는 끊임없이 생각했다. '뭐, 어때, 괜찮아, 오라지 뭐. 흠, 다만 내가 사는 꼴을 그녀가 보게 된다는 것만 해도 불쾌하군. 어제는 그녀 앞에 내가 영웅으로…… 보였을 텐데, 지금은 흠! 이런 꼴이 되었다는 건, 하여간 불쾌한 일이야. 집 안이 온통 거지꼴이군. 또 어제는 그런 차림으로 저녁 식사에 갈 결심을 했다니! 내 방수포 소파는 스펀지가 삐져나와 너덜거려! 내 실내복은 몸을 가릴 수도 없는 지경이지! 이런 누더기라니……. 그녀가 이걸 다 보겠지, 아폴론도 볼 테고. 저 짐승 같은 놈은 그녀에게 모욕을 줄 것이 분명해. 그 녀석은 내 자존심을 깔아뭉개려고 그녀에게 트집을 잡을 거야. 그러면 나는 보통 때처럼 겁을 먹고 그녀 앞에서 종종걸음을 칠 것이고, 실내복의 앞깃을 여미기도 하고 미소를 짓기도 하다가 거짓말을 시작하겠지. 으아, 불쾌해! 더구나 제일 불쾌한 건 이게 아니라는 것! 여기엔 더 중요하고 더 추잡하고 더 비열한 무언가가 있어! 그래, 더 비열한! 그래서 다시, 또다시 수치스러운 기만의 가면을 쓰는 거지……!'

여기까지 생각이 미치자 나는 그만 발끈하고 말았다.

'뭘 위해 파렴치한 가면을 써야 하지? 뭐가 수치스러운 거지? 난 어제 진심으로 얘기했어. 내 안에도 진정한 감정이 있었다는 걸 난 기억한다고. 내가 원했던 건 바로, 그녀 안에 고결한 감정을 불러일으키는 거였어. 그녀가 조금 울었다면 그건 좋은 거지, 그건 선한 영향력을 발휘할 것이니…….'

그러나 어쨌든 나는 도무지 안정되지 않았다.

내가 집에 돌아왔을 때는 이미 9시가 넘어 있었고, 계산상 리자가 전혀 올 수 없는 시간임에도 저녁 내내 그녀가 내 앞에서 아른거렸는데, 중요한 건 그녀가 줄곧 똑같은 모습으로 보였다는 것이다. 어제 있었던 모든 장면들 중에 특히 한순간이 선명하게 떠올랐다. 그것은 내가 성냥을 켜고 방에 불을 밝혔을 때 마주했던 그녀의 창백하고 일그러진, 수난자의 시선을 담은 얼굴이었다. 그 순간 그녀는 얼마나 가련하고 부자연스럽고 일그러진 미소를 띠고 있었던가! 하지만 15년이 지난 후에도 내가 어쨌거나 리자를, 그 순간 그녀가 보여 준 가련하고 일그러지고 불필요한 미소를 띤 바로 그 모습으로 떠올리게 될 줄은 그때는 미처 몰랐었다.

다음 날 나는 이미 다시 이 모든 것이 신경의 광란에서 오는 터무니없는 생각, 무엇보다 **과장**이라고 간주할 준비가 되어 있었다. 나는 항상 내 신경 줄의 약점을 의식하고 있었는데, 가끔 그것을 매우 두려워했다. '나는 모든 걸 지나치게 과장하고, 이 때문에 절룩거리지.' 나는 이렇게 매 시간 자신에게 되뇌었다. 하지만 그래도……. '그래도 어쨌거나 리자는 올 것 같아.' 이것이 당시 내 모든 생각들의 결론이 되었던 후렴구이다. 가끔은 미쳐 버릴 때도 있을 만큼 나는 안절부절못했다. "올 거야! 반드시 올 거야!" 방을 이리저리 뛰어다니면서 외쳤다. "오늘이 아니면 내일이라도 올 거야, 나를 찾아낼 거라고! 이게 모든 **순수한 마음들**의 빌어먹을 낭만주의라는 거야! 오, 이 '부정한 감상적 영혼들'의 추잡함이여, 어리석음이여, 편협함이여! 그래, 어떻게 이해할 수 없지, 어떻게 이해가 안 될 수 있어?" 여기서 나는 멈칫했을 뿐만 아니라, 몹시 당황스러워졌다.

'정말 몇 마디면, 몇 마디면…….' 나는 잠깐 생각했다. '족했다, 인간 영혼을 당장에 송두리째 내 식으로 바꿔 놓는 데도 목가적牧歌的 언설 몇 마디면 족했어(이것도 사실 책에서 가져다가 맘대로 지어낸 것이잖아). 바로 그것이 처녀성이라는 거야! 바로 그것이 토양의 신선함이라는 거야!'

내가 그녀에게 직접 가서 '모든 것을 얘기하고……', 내게 찾아오지 말라고 부탁해 볼까 하는 생각도 가끔 들었다. 하지만 이런 생각이 들 때면 내 안에 악의가 치밀어 올라, 내 옆에 그녀가 있기라도 했다면 그녀에게 모욕을 주고, 침을 뱉고, 두들겨 패고, 내쫓았을 것이다. 이 '빌어먹을' 리자를 이렇게 짓밟아 버렸을 것 같았다!

그런데 하루가 지나고, 이틀, 사흘이 되도록 그녀는 찾아오지 않았고, 나는 안심했다. 9시 이후에는 유난히 기운이 나고 긴장이 확 풀어져서, 가끔은 상당히 달콤한 몽상까지 하게 되었다. '가령 리자가 내 집을 드나들고, 나는 그녀에게 이런저런 얘길 해 줌으로써 그녀를 구원한다……. 나는 그녀를 발전시키고, 교육한다. 마침내 나는 그녀가 나를 사랑한다는 것을, 열렬히 사랑한다는 것을 알아챈다. 그러나 나는 모르는 척한다(뭘 위해 그런 척하는 건지는 모르겠지만, 그저 아름다움을 위해서일 가능성이 크다). 마침내 아름다운 그녀는 몹시 당황한 나머지 전율하고 흐느끼며, 내 발밑에 몸을 던지며, 내가 그녀의 구원자이며, 그녀는 세상 무엇보다 나를 사랑한다고 말한다. 나는 깜짝 놀라지만…… 이렇게 말한다. '리자, 내가 너의 사랑을 눈치채지 못했을 거라고 생각하는 거야? 난 모든 걸 봤고 짐작했지만, 감히 너의 마음속에 먼저 침입할 엄두는 내지 못했어. 왜냐하면 내가 네게 영향력을 행사하고 있으니까, 네가 감사한 마음에서 내 사랑에 화답해야 한다고 자신에게 강요할까 봐, 어쩌면 자기 안에 있지도 않은 감정을 강제로 불러내려 할까 봐 두려웠던 거지. 난 그걸 원치 않았어. 왜냐하면 그건…… 횡포니까…… 그런 건 섬세하지 못하잖아(한마디로 나는 여기서 이런 유럽풍, 조르주 상드 풍의 형언할 수 없이 고결하고 섬세한 허튼소리를 잔뜩 늘어놓았지……). 하지만 이제, 이제 너는 나의, 너는 나의 것이야, 너는 순결하고, 아름다워, 너는 나의 아름다운 아내야.

> 그러니 주저하지 말고 내 집으로 거리낌 없이
> 어엿한 안주인이 되어 들어오오!

그런 다음 우리는 삶을 즐기는 거야, 외국도 나가고 기타 등등.' 한마디로 스스로도 비열하게 생각되어, 자신에게 혀를 내밀어 주는 것으로 끝내고 말았다.

'하긴 그 **더러운 년**을 내보내 주지도 않을걸!' 나는 생각했다. '그런 여자들에겐 외출 같은 걸 잘 안 내보내 줄 텐데, 특히 저녁에는 말야. (나는 왠지 그녀가 꼭 저녁에 그것도 7시에 반드시 올 것만 같았다.) 하지만 자기는 아직 완전히 매인 몸이 아니고, 특별 대우를 받고 있다고 했었지. 그렇다면 흠! 젠장, 오겠군, 반드시 오겠군!'

이때 아폴론이 버르장머리 없는 짓을 해서 내 기분을 전환시켜 준 것은 또한 좋은 일이었다. 마지막 남은 인내심마저 바닥내고 말았다! 그것은 나의 종양이요, 하늘이 내리신 채찍이었다. 나는 그와 몇 년째 계속해서 티격태격해 온 터라, 그를 증오하고 있었다. 맙소사, 나는 그를 얼마나 증오했던가! 특히 어떤 때는 내 일생에서 누군가를 그토록 증오해 본 적이 없을 정도로 그를 증오했다. 그는 초로의 무게 잡는 위인으로 재봉 일도 했다. 그런데 무슨 이유인지, 그는 정도를 훨씬 넘어설 만큼 나를 경멸했고, 참을 수 없을 만큼 나를 깔보았다. 하긴 그는 모든 사람을 깔보았다. 매끈하게 빗어 넘긴 저 흰머리와 식물성 기름을 발라 이마 위로 말아 올린 저 앞머리와, 항상 이쥐짜[28] 모양으로 내밀고 있는 중후한 입을 보기만 해도 당신들은 자신에 대해 의심해 본 적이 없는 존재가 눈앞에 있음을 느끼게 될 것이다. 이는 가장 높은 단계의 현학자, 내가 지상에서 만나 본 모든 인간 중에서 가장 엄청난 현학자였는데, 거기에 마케도니아의 알렉산드로스 대왕에게나 걸맞은 자존심까지 가지고 있었다. 그는 자

28 교회슬라브어와 중세 러시아어에 존재했던 문자로서 삼각형 모양을 하고 있다.

신의 단추 하나하나, 손톱 하나하나에 푹 빠져 있어, 완전히 맛이 간 눈으로 그것들을 바라보았다! 그는 폭군처럼 나를 대하면서 나하고는 말도 거의 안 했는데, 나를 볼 일이 생길 때면 단호하고 위엄 있는 자신감에 찬, 끊임없이 조롱하는 시선으로 바라보곤 해서 때때로 나를 돌아버리게 했다. 그는 마치 엄청난 자비를 베푸는 듯한 태도로 자신의 의무를 이행했다. 그나마도 나를 위해서는 정말 거의 아무 일도 하지 않았으며, 자신이 뭔가를 해야 할 의무가 있다고도 생각하지 않았다. 그가 나를 온 세상에서 가장 열등한 바보로 여기고 있다는 데는 의심할 여지가 없었다. 그럼에도 '나를 자기 곁에 두고 있다면', 나에게서 매달 봉급을 받을 수 있다는 유일한 이유 때문이었다. 그는 내게 7루블의 월급을 받는 대가로 '아무것도 하지 않기로' 한 것이다. 나는 그 덕분에 많은 죄를 용서받을 것이다. 가끔은 그가 한 발짝만 내디뎌도 거의 경련을 일으킬 정도로 증오스러워지기도 했다. 가장 흉악한 것은 그가 말할 때 내는 쉬쉬 소리였다. 그의 혀는 정상치보다 좀 길었거나 아니면 그와 비슷한 문제가 있어서, 끊임없이 쉬쉬, 슈슈 소리를 냈는데, 이것이 굉장히 많은 위엄을 더해 준다고 여기는지 끔찍이 자랑스러워하는 것 같았다. 그는 뒷짐을 지고 눈을 땅에 내리깐 채, 조용히 차근차근 얘기하곤 했다. 특히 그가 칸막이 너머 자기 방에서 「시편」을 읽기 시작할 때, 나를 미치게 했다. 나는 이 낭송 때문에 수많은 전투를 벌여야 했다. 하지만 그는 저녁마다 꼭 장송곡을 부르듯 끝을 길게 늘여서, 조용하고 고른 목소리로 낭송하는 걸 끔찍이 좋아했다. 흥미로운 건 그의 이 행위가 어떤 결실을 맺었느냐는 것인데, 그는 지금 고인의 명복을 비는 「시편」 낭송 일을 하고 있으며, 이와 함께 쥐를 박멸하는 일과 구두약을 만들고 있다. 그럼에도 나는 그때 그를 쫓아낼 수 없었는데, 그는 나의 생존과 화학적으로 결합되어 있는 듯했다. 게다가 그 자신도 내 집에서 나가는 데 결코 동의하지 않았을 것이다. 나는 가구 딸린 셋방에서는 살 수 없었는데, 아파트는 나의 독립 공간이자 껍질이고, 온 인류로부터 숨어든 나의 상자였으며, 도무지 이유를 알 수는 없으나, 아폴론은 이 아파트에 딸린 존재 같아서 꼬박 7년 동안이나 그를 쫓아낼 수 없었다.

그의 월급을 이틀 혹은 사흘이라도 지체하는 것은 불가능했다. 그랬다간 그가 엄청난 소동을 일으켰을 것이고, 나는 몸 둘 바를 몰랐을 것이다. 하지만 나는 이즈음 모두에게 화가 나 있어서, 뭣 때문인지는 몰라도, 아폴론을 **벌하기로**, 2주쯤 월급 주는 것을 미루기로 결정했다. 나는 이미 오래전, 2년 전부터 이렇게 하려고 했는데, 이는 오로지 그가 내 앞에서 감히 거들먹거릴 처지가 아니라는 것과 내가 원하기만 하면 언제든 월급을 주지 않을 수 있다는 것을 증명해 보이기 위함이었다. 나는 그의 거만함을 꺾고, 그 자신이 먼저 월급 얘기를 꺼내도록 하기 위해 그에게 이 얘기를 하지 않고 일부러 입을 다물기로 했다. 그때가 되면 나는 서랍에서 7루블을 모두 꺼내 그에게 보여 주리라, 그 돈이 나한테 있고 일부러 보관해 놓았는데, 나는 '그에게 월급을 주기 싫다, 싫다, 그냥 싫다, 왜 싫으냐면 내가 **그렇게 하고 싶으니까**', 여기에 '주인으로서의 나의 의지'가 있으니까, 그는 불손하니까, 그는 버르장머리 없는 자니까……. 하지만 그가 공손히 요청한다면 나는 마음을 누그러뜨리고 내줄 것인데, 그러지 않을 경우 2주는 더 기다려야 할 거다, 아니 3주를 기다려야 할지, 어쩌면 한 달을 기다려야 할지…….

그러나 내가 아무리 독하게 굴었어도, 어쨌든 이긴 건 그였다. 나는 나흘도 버티지 못했다. 그는 그때마다 늘 하던 식으로 시작했는데, 비슷한 경우들이 이미 있었고 시도되었기 때문이다(첨언하자면, 나는 이 모든 것을 미리부터 알고 있었다, 그의 비열한 전략을 말이다). 말하자면 굉장히 엄한 눈초리로 나를 쏘아보며 몇 분 동안 그 시선을 거두지 않는 식으로 그는 시작하곤 했는데, 나를 마중할 때나 배웅할 때 특히 더 그랬다. 내가 견뎌 내면서 그 눈초리를 알아채지 못하는 척하면, 그는 예전처럼 침묵하며 다음 단계의 고문에 착수했다. 내가 방 안을 거닐거나 책을 읽고 있을 때, 뜬금없이 내 방으로 조용히, 거침없이 들어와 문 옆에 멈춰 서서는 한 손은 등 뒤로 하고 한 발은 뒤로 뺀 채 나를 쏘아보는데, 이젠 엄한 눈초리가 아니라 완전히 경멸하는 눈초리이다. 내가 그에게 무슨 용건이냐고 물어보면, 그는 아무 대답 없이 뚫어져라 몇 초간 더 나를 바라본 다음, 입술을 유난히 꽉 다물고 의미심장한 표정으로 있던 자리에서 천천히 몸을 돌려 자신의 방으로 떠나간다. 그러고는 두 시간 후에 갑자기 나와서는 그런 식으로 내 앞에 다시 나타난다. 나는 돌아 버릴 것 같아서, 이젠 용건이 뭐냐고도 묻지 않고, 내 쪽에서 그저 급하고 준엄하게 고개를 들어 역시 그를 뚫어져라 바라보았다. 우리는 이렇게 2분간 서로를 바라보곤 했는데, 마침내 그는 천천히 거들먹거리며 몸을 돌려 나간 뒤 다시 두 시간을 있었다.

내가 여전히 정신을 못 차리고 계속 반항하면, 그는 나를 바라보며 갑자기 한숨을 내쉬기 시작하는데, 마치 이 한숨으로 나의 도덕적 타락의 깊이를 가늠하려는 듯 길고 깊게 내쉬었고, 결국에는 그의 완벽한 승리로 끝나곤 했다. 나는 돌아 버릴 지경이 되어 소리소리 질러 댔지만, 문제의 그 일을 이행하지 않을 수 없었다.

이번에는 예의 그 '엄격한 눈초리' 수법이 시작되자마자, 나는 즉시 정신이 나가 광분해서 그에게 달려들었다. 나는 그게 아니더라도 이미 충분히 짜증이 나 있었던 것이다.

"잠깐!" 그가 한 손을 등 뒤로 하고 말없이 느릿느릿 몸을 돌려 제 방으로 돌아가려 했을 때, 나는 격앙되어 소리쳤다. "잠깐! 돌아와, 돌아오란 말야, 알아들어!" 분명, 내가 너무 부자연스럽게 고래고래 소리를 질렀기 때문인지 그는 몸을 돌렸고 약간 놀라는 기색마저 보이며 나를 들여다보기 시작했다. 그럼에도 그는 계속 입을 다문 채였고, 이것이 나를 미치게 했다.

"어떻게 아무 용건도 없이 내 방에 들어와서 날 그렇게 쳐다볼 수가 있어, 대답해 봐!"

하지만 그는 30초 정도 침착하게 나를 바라보다가 다시 몸을 돌리려고 했다.

"잠깐!" 나는 그에게 달려가 울부짖기 시작했다. "꼼짝 마! 그래, 그렇게. 이제 대답해 봐, 뭘 보러 들어왔던 거지?"

"지금 뭐 시키실 일이 있으시면 이행하는 게 제 일이지요." 다시 잠깐 침묵하다가 그는 눈썹을 추켜올리고 한쪽 어깨에서 다른 쪽으로 침착하게 고개를 기울이며 차근차근 슈슈 소리를 내면서 대답했다. 이 모든 행동이 소름 끼치도록 침착하게 이루어졌다.

"내가 그런 걸, 그런 걸 묻고 있는 게 아니잖아, 이 망나니 같은 놈아!" 나는 분을 참지 못해 몸을 부르르 떨면서 소리쳤다. "뭣 때문에 여기를 네가 몸소 들락거리는지 내가 얘기해 주지, 이 망나니 같은 놈아, 내가 월급을 주지 않으리라는 걸 너는 알면서도 그 알량한 자존심 때문에 머리 숙여 요청하기는 싫고, 그 때문에 멍청한 눈초리를 해 가지고 와서는 나를 벌주고 괴롭히려는 거지, 이게 얼마나 멍청한 짓인지는 생각하-아-지도 않지, 망나니 같은 놈, 얼마나 멍청한지, 멍청해, 멍청해, 멍청해, 멍청해!"

그가 말없이 다시 돌아서려 했지만, 나는 그를 붙잡았다.

"들어 봐!" 내가 그를 향해 소리쳤다. "여기 돈이 있어, 보이지, 여기 있다고! (나는 책상에서 그것을 꺼냈다.) 모두 7루블이지만, 넌 그걸 받을 수 없을 거야. 잘못했다고 머리 조아리며 공손하게 와서 나한테 용서를 구하기 전에는 결코 바-안을 수 없어. 들었지!"

"그럴 수는 없습니다!" 그는 뭔가 어색하게 자신감에 차서 대답했다.

"그렇게 될걸!" 나는 소리쳤다. "장담하건대, 그렇게 된다!"

"나리한테 용서를 구할 거리가 제겐 없는걸요." 내 고함 소리는 전혀 아랑곳하지 않는다는 듯 그는 계속 말을 이었다. "오히려 저를 '망나니'라고 부르신 것에 대해 저는 언제든 경찰서에 가서 나리를 모욕죄로 고소할 수 있습니다."

"가! 고소해!" 나는 울부짖었다. "지금 가, 당장, 어서! 너는 어쨌든 망나니야! 망나니! 망나니라고!" 하지만 그는 나를 한 번 쳐다보더니 몸을 돌려, 이젠 내 고함 소리는 들은 체도 않고 뒤도 돌아보지 않은 채 유유히 자기 방으로 가 버렸다.

'리자만 아니었으면 이런 일은 절대 없었을 텐데!' 나는 속으로 이렇게 결론을 내렸다. 그러고는 잠시 서 있다가 당당하고 위세 좋게, 그러나 심장은 천천히 강하게 쿵쾅거리는 가운데 칸막이 너머 그의 방으로 향했다.

"아폴론!" 나는 조용히 띄엄띄엄 말했지만 그래도 숨

이 찼다. "지금 당장, 조금도 꾸물대지 말고 경찰서장을 불러와!"

그때 이미 그는 자기 책상에 앉아서 안경을 끼고 뭔가를 재봉질하고 있었다. 그러나 내 명령을 듣고는 갑자기 코웃음을 쳤다.

"지금 당장 가! 가라고. 안 그러면 무슨 일이 일어날지 상상도 못할 거야!"

"나리는 정말 제정신이 아니시군요." 고개를 쳐들지도 않고 실 꿰는 일을 계속하면서 여전히 느릿느릿 슈슈 소리를 내 가며 그는 지적했다. "자기한테 불리한데 제 발로 경찰서에 가는 사람이 세상에 어디 있습니까? 겁주려고 그러시는 거라면 괜히 힘만 빼시는 겁니다. 아무 소용없을 겁니다."

"가라니까!" 나는 그의 어깨를 움켜쥐고 빽빽 소리를 질렀다. 당장이라도 그를 칠 것 같다는 느낌이 들었다.

그 바람에 이 순간 갑자기 현관문이 조용히 천천히 열리며 어떤 형체가 들어오는 소리를 나는 듣지 못했다. 그 형체가 멈춰 서서는 주저하며 우리를 살펴보기 시작했다. 나는 그걸 보고 수치심에 몸이 굳어져 내 방으로 내달렸다. 거기서 두 손으로 머리카락을 움켜쥐고 벽에 머리를 기댄 채, 그 자세로 얼어붙어 버렸다.

2분쯤 뒤에 아폴론의 느릿느릿한 발소리가 들려왔다.

"저기서 어떤 여자가 나리를 뵙고 싶어 하는데요." 그는 유달리 엄격하게 나를 바라보며 말하고는, 옆으로 비켜

서며 리자를 안으로 들여보냈다. 그러고는 나갈 생각도 않고 우리를 비웃으며 훑어보았다.

"가 봐! 가 보라고!" 나는 얼이 빠져 그에게 명령했다. 그 순간 내 시계가 바짝 긴장하고 쉬쉬 소리를 내며 7시를 쳤다.

그러니 주저하지 말고 내 집으로 거리낌 없이
어엿한 안주인이 되어 들어오오!
— 같은 시에서[29]

나는 그녀 앞에서 욕을 당해 구역질 날 만큼 당황한 채 죽은 사람처럼 서서 솜으로 누빈, 보푸라기 많은, 넝마 같은 실내복의 옷자락을 여미려고 무진 애를 쓰면서 웃고 있었던 것 같다. 불과 얼마 전, 의기소침한 상태에서 상상했던 것과 정확히 일치했다. 아폴론은 2분쯤 우리를 지켜보다가 나갔지만, 내 마음은 편해지지 않았다. 무엇보다 곤란한 것은, 나조차 예상하지 못할 정도로 그녀 역시 갑자기 당황한 것이었는데, 물론 나를 보고 그런 것이었다.

"앉아." 나는 기계적으로 말하며 탁자 옆 의자를 그녀

29 네크라소프의 시, 「방황의 어둠으로부터」(1845) 종결 부분.

에게 내주고, 나는 소파에 앉았다. 그녀는 곧 순순히 앉았고, 온 시선을 집중하여 나를 바라보았는데, 내게서 뭔가 기대하고 있음이 분명했다. 이런 기대를 하는 순진함이 나를 미치게 했지만, 자제했다.

이런 때는 모든 게 평소와 다름없다는 듯 아무것도 보지 못한 척 노력해야 했는데, 그녀는…… 나는 그녀가 이 모든 것에 대한 대가를 톡톡히 치르리란 것을 어렴풋이 느꼈다.

"희한한 상황일 때 왔군, 리자." 이렇게 시작해선 안 된다는 걸 알면서도 나는 더듬거리며 입을 열었다.

"아냐, 아냐, 쓸데없는 생각 하지 마!" 그녀가 갑자기 얼굴을 붉히는 것을 보며 나는 소리쳤다. "난 가난한 게 부끄럽지 않아…… 오히려 자부심을 가지고 내 가난을 바라보지. 나는 가난하지만, 고상하니까…… 가난하면서도 고상할 수 있어." 나는 중얼거렸다. "근데…… 차 마실래?"

"아뇨……." 그녀가 입을 열었다.

"기다려 봐!"

나는 벌떡 일어나 아폴론에게 달려갔다. 어디론가 꺼져 버려야 했던 것이다.

"아폴론." 내 주먹 안에 줄곧 쥐고 있던 7루블을 그 앞에 내던지며 열병에 걸린 듯 빠른 말투로 속삭였다. "여기 네 월급이다, 보이지, 이제 주는 거니까, 대신 너는 나를 구원해 주어야 해. 빨리 가게에 가서 차와 과자 열 개만 사다 줘. 네가 가지 않는다면 사람 하나를 불행하게 만드는 거야! 이 여자가 어떤 여잔지 넌 모르겠지만…… 이게 전부야! 넌, 아마 뭔가를 상상하고 있겠지만……. 하긴 너는 이 여자가 어떤 여잔지 모를 테니까!"

아폴론은 이미 안경까지 끼고 일감 앞에 앉아 있어서, 처음에는 바늘을 내려놓지도 않고 입을 다문 채 힐끗 돈을 쳐다보았을 뿐이다. 그다음에도 그는 나에겐 아랑곳하지 않고 가타부타 대답도 없이 바늘에 실을 꿰는 일만 계속하고 있었다. 나는 나폴레옹 식으로 팔짱을 낀 채 그 앞에 서서 3분쯤 기다렸다. 내 관자놀이는 땀으로 흠뻑 젖었고, 창백해져 있다는 걸 나는 느꼈다. 그러나 다행스럽게도, 나를 보고 있자니 그도 분명 내가 안쓰러웠던 모양이다. 바늘에 실을 다 꿰자, 그는 자리에서 천천히 일어나 천천히 의자를 밀치고는 안경을 천천히 벗고 돈을 천천히 셌으며, 마침내 그는 어깨 너머로 온전한 양量을 사 와야 하는지 물은 다음 천천히 방을 나섰다. 나는 리자에게 돌아가는 동안 내내, 나중에 어찌 되든 발길 닿는 대로 아무 데나 실내복을 입은 채 이대로 도망쳐 버릴까 하는 생각이 들었다.

나는 다시 자리에 앉았다. 그녀가 불안하게 나를 바라보았다. 몇 분간 우리는 말없이 있었다.

"그 자식을 죽여 버릴 거야!" 내가 갑자기 소리치며 주먹으로 탁자를 세게 내리치는 바람에 잉크병에서 잉크가 튀었다.

"아, 무슨 일이에요!" 그녀가 몸을 덜덜 떨며 소리쳤다.

"그 자식을 죽여 버릴 거야, 죽여 버릴 거야!" 나는 탁자를 두들기면서 빽빽 악을 써 댔고, 완전히 격앙된 상태였지만, 동시에 이런 상태가 얼마나 어리석은지도 너무 잘 알고 있었다.

"리자, 내게 이 망나니 같은 자식이 도대체 뭔지 넌 모를 거야, 그 자식은 내 망나니라고…… 지금 과자를 사러 갔지, 그 자식은……."

그러고는 갑자기 나는 눈물범벅이 되었다. 이것은 발작이었다. 나는 흐느끼는 와중에도 부끄러웠지만, 그것을 억제할 수 없었다.

"당신, 무슨 일이에요! 이게 대체 무슨 일이에요!" 그녀는 놀라 내 주위에서 안절부절못하며 소리쳤다.

"물 좀, 나한테 물 좀 줘, 저기 있어!" 나는 기어들어 가는 목소리로 중얼거렸는데, 물 없이도 충분히 지나갈 수 있었고 기어들어 가는 목소리로 중얼거리지 않았어도 됐을 텐데, 혼자 지나치게 의식했던 것이다. 발작은 진짜였지만, 나는 체면을 차리느라, 말하자면 **연기를 했다.**

그녀는 어찌할 바를 몰라 나를 쳐다보다가 내게 물을 내밀었다. 그 순간 아폴론이 차를 가져왔다. 좀 전에 일어났던 모든 일 이후, 갑자기 이 평범하고 산문적인 차가 끔찍이도 무례하고 초라하게 보여 나는 얼굴을 붉혔다. 리자는 심지어 두려움으로 아폴론을 바라보았다. 그는 우리에게 눈길도 주지 않고 나가 버렸다.

"리자, 넌 나를 경멸하지?" 나는 그녀를 뚫어져라 보면서 말했는데, 그녀가 무슨 생각을 하는지 알고 싶어 안달하며 몸을 떨었다.

그녀는 당황하며 어떻게 대답해야 할지 몰라 했다.

"차나 마셔!" 나는 표독스럽게 말했다. 나는 자신에게 화가 나 있었지만, 그것을 감당해야 할 사람은 그녀였다. 갑자기 그녀를 향한 무시무시한 분노가 내 가슴속에서 들끓었는데, 이렇게 가다간 그녀를 죽일 수도 있을 것 같았다. 그녀에게 보복하기 위해 그녀와는 한마디도 하지 않으리라 속으로 맹세했다. '그녀가 모든 것의 원인이다'라고 나는 생각했다.

우리의 침묵이 5분간 이어지고 있었다. 차는 탁자 위에 놓여 있고, 우리는 거기 손도 대지 않고 있었다. 나는 일부러 차 마시는 것을 내켜 하지 않는 체함으로써 그녀를 더 곤란하게 만들었으니, 그녀가 먼저 차를 마시기에는 거북했을 것이다. 그녀는 몇 번이나 우울한 의혹을 띤 채 나를 바라보았다. 나는 고집스럽게 침묵을 지켰다. 제일가는 수난자는 물론 나 자신이었는데, 내 어리석은 분노의 모든 구역질 나는 저열함을 완전히 의식하면서도 동시에 도무지 나 자신을 제어할 수 없었다.

"저는 거기서…… 완전히…… 나오고 싶어요……." 어떻게든 침묵을 깨려고 그녀가 입을 열었지만, 가여운 것! 이렇게 어리석은 순간에, 나처럼 어리석은 인간에게 이런 말은 꺼내지 말아야 했다. 그녀의 서투름과 불필요한 솔

직함이 안쓰러워 심지어 나의 심장이 쑤셔 왔다. 그러나 바로 그때 내 안에서 뭔가 추한 것이 안쓰러움을 모조리 눌러 버렸을 뿐 아니라, 나를 더욱더 자극하기까지 했다. 세상의 모든 것들은 꺼져 버려라! 다시 5분이 지나갔다.

"제가 당신을 방해한 건 아닌가요?" 그녀가 소심하게 들릴락 말락 한 목소리로 말을 꺼내고는 몸을 일으키려 했다.

그런데 상처받은 자존심이 처음으로 발끈하는 것을 보자마자 나는 분노에 몸을 떨다가 즉시 폭발하고 말았다.

"뭣 때문에 나를 찾아온 거지, 제발, 얘기해 주겠어?" 나는 숨을 헐떡이며 내 말이 두서가 있는지 없는지 제대로 생각할 겨를도 없이 말을 꺼냈다. 모든 걸 한꺼번에 단숨에 털어놓고 싶었다. 나는 심지어 무슨 말부터 꺼내야 할지도 신경 쓰지 않았다.

"왜 온 거야? 대답해 봐! 대답해 보라고!" 나는 거의 제정신을 잃고 소리쳤다. "왜 왔는지 내가 얘기해 드리지, 부인. 네가 찾아온 건, 그때 내가 **동정 어린 말**을 네게 해 주었기 때문이야. 그래, 너는 감상적이 되어서 다시 '동정 어린 말'을 듣고 싶은 거야. 똑똑히 알아 둬, 나는 그때 너를 조롱한 거야. 그리고 지금도 조롱하고 있지. 왜 떠는 거지? 그래, 조롱했다고! 그때 내 전에 왔던 무리가 그 직전에 나를 저녁 식사 자리에서 모욕했거든. 나는 그들 중 한 명인 장교 놈을 두들겨 패 주러 갔던 건데, 놓쳐 버려서 그럴 수 없었지. 자신이 받은 모욕에 대해 누구에게라도 분풀이를 하려고 먹잇감을 찾던 참에 네가 나타난 거지. 너한테 내 분을 다 퍼붓고 조롱한 거야. 나를 업신여겼으니, 나도 그렇게 누군가를 업신여기고 싶었던 거야. 나를 갈기갈기 찢어 걸레로 만들어 놓았으니, 나도 그렇게 권력을 보여 주고 싶었던 거야……. 이게 진실이지, 그런데 너는 그때 내가 널 구원하기 위해 일부러 온 거라고 생각한 거야, 그래? 그런 거야? 그렇게 생각한 거야?"

나는 그녀가 아마도 혼돈스러워하면서 세세한 부분을 이해하지 못할 것임을 알았지만, 그녀가 본질은 잘 이해하리라는 것 또한 알고 있었다. 정확히 이렇게 되었다. 그녀는 백지장처럼 하얗게 질렸고, 뭔가를 얘기하고 싶은지 입술이 병적으로 일그러졌다. 그러나 마치 도끼에 찍힌 듯 그녀는 의자에 주저앉고 말았다. 그러고는 이후 줄곧 입을 벌리고, 눈을 뜬 채, 끔찍한 공포에 떨며 내 말을 들었다. 냉소주의, 내 말의 냉소주의가 그녀를 짓눌렀던 것이다…….

"구원하라고!" 나는 의자에서 벌떡 일어나 그녀 앞에서 방 안을 앞뒤로 뛰어다니며 말을 이어 갔다. "뭐로부터 구원하란 말이야! 게다가 난 너보다 더 못한 인간일 수 있는데. 내가 너한테 설교 나부랭이를 늘어놓고 있을 때, 넌 왜 내 면상에 대고 '그럼 넌 왜 제 발로 여기 온 거야? 훈계나 늘어놓으려고?'라고 한 방 날려 버리지 못한 거야? 그땐 내게 권력이, 권력이 필요했어, 게임이 필요했지, 네 눈물과 굴욕, 히스테리를 쟁취할 필요가 있었어.

바로 그런 것이 그때 내게 필요했던 거지! 나도 참 한심한 놈이어서 그때는 혼자서 견뎌 낼 수 없었던 거고, 너무 놀란 나머지 대체 뭣 때문인지 바보같이 너한테 주소를 주고 말았어. 그러고선 집에 다 오기도 전에, 주소를 준 걸 가지고 너한테 세상에 있는 욕은 다 퍼부었지. 내가 널 증오했던 건, 내가 너한테 거짓말을 했기 때문이야. 나는 말로 장난을 좀 치고, 머릿속에서 공상이나 좀 하기 때문에, 현실에서 내게 필요한 것이 뭔지 알아, 너희 모두가 꺼져 버리는 것, 바로 그거야! 나는 안정이 필요했지. 나를 가만히 둔다면, 그걸 위해 온 세상을 당장 1코페이카에 팔아 버릴걸. 세상이 무너져야 하나, 아니면 내가 차를 마시지 말아야 하나? 내가 차를 마시기 위해서는 세상이 무너져야 한다고 나는 말하겠어. 넌 이걸 알았니, 아니면 몰랐니? 그래, 난 내가 불한당에, 비열한에, 이기주의자이자 게으름뱅이라는 걸 잘 알아. 난 이 사흘 동안 네가 찾아올까 봐 두려워서 벌벌 떨었어. 이 사흘 내내 특히 나를 불안하게 만든 게 뭔지 알아? 그때는 네 앞에서 그럴듯한 영웅으로 행세했는데, 여기서 너는 너덜너덜한 실내복이나 걸친 거지꼴을 한 추악한 모습의 나를 보게 된다는 거야. 나는 방금 너한테 내가 가난을 부끄러워하지 않는다고 말했지. 잘 알아 둬, 나는 부끄러워, 무엇보다 부끄럽고, 무엇보다 두려워. 내가 도둑질을 했다고 해도 이보다 더 두려울 수는 없을 거야. 왜냐하면 나는 허영심이 많아서, 내 살가죽을 벗겨 낸 것처럼 공기만 닿아도 아플 테니까. 내가 이 남루한 실내복 차림으로 성난 개처럼 아폴론에게 달려들 때의 나를 만나러 온 너를 내가 절대 용서할 수 없으리라는 걸 넌 정말 아직도 깨닫지 못하는 거니? 너를 부활시킨 자, 이전에 영웅이었던 자가 옴투성이에 털북숭이 개새끼처럼 자기 하인에게 덤벼들고, 그 하인은 그를 비웃는 거야! 아까 네 앞에서 창피당한 여자처럼 참지 못하고 쏟은 눈물 때문에 난 너를 결코 용서할 수 없어! 게다가 지금 너에게 고백하고 있는 이것 때문에라도 역시 너를 절대 용서할 수 없을 거야! 그래, 네가, 너 혼자 이 모든 걸 책임져야만 해, 왜냐하면 네가 그때 갑자기 나타났기 때문에. 왜냐하면 나는 불한당이니까, 왜냐하면 나는 지구상에 있는 모든 벌레들 중 가장 추잡하고, 가장 우스꽝스럽고, 가장 좀스럽고, 가장 어리석고, 가장 질투심 많은 놈이니까. 이 벌레들은 나보다 나은 게 전혀 없지만, 뭔 빌어먹을 이유 때문인지 당황하는 법이 없어. 그런데 나는 평생 온갖 서캐 같은 놈들에게 모멸을 당할 거고, 이게 나의 특징이지! 네가 이걸 전혀 이해하지 못한다 해도 나와 무슨 상관이야! 무슨 상관이야, 무슨 상관! 네가 나와 무슨 상관이냐고, 네가 거기서 죽든 말든 나와 무슨 상관이냐고? 난 지금 너한테 이 얘길 하면서, 네가 지금 여기 있으면서 내 말을 들었다는 것 때문에 너를 증오하리라는 걸 너는 이해하겠어? 정말 인간은 일생에 딱 한 번 이렇게 속을 털어놓는 거야, 그것도 히스테리를 부리면서! 너는 뭘 더 원하니? 이런 마당에 넌 왜 아직도 내 앞에 얼쩡거리며 나를 괴롭히는 거니, 왜 가지 않는 거니?"

그런데 여기서 갑자기 이상한 상황이 벌어졌다.

나는 모든 것을 책에 따라 생각하고 상상하는 일에, 세상의 모든 것을 이전에 스스로 몽상 속에서 지어낸 대로 그려 보는 일에 익숙해 있어서, 그때 이 이상한 상황을 즉시 이해하지 못했다. 그때 벌어진 상황은 이랬다. 내게서 모욕당하고 짓밟힌 리자는 내가 상상했던 것보다 훨씬 많은 것을 이해했다. 그녀는 이 모든 얘기 중에서 여성이 진정 사랑한다면 항상 가장 먼저 이해하게 될 그것, 바로 나 자신이 불행하다는 것을 이해했다.

그녀의 얼굴에 어려 있던 겁먹고 모욕당한 감정은 우선 비통한 놀라움으로 바뀌었다. 내가 스스로를 비열한, 불한당이라 칭하면서 눈물을 쏟았을 때(나는 이 모든 장광설을 눈물을 흘리며 늘어놓았다), 그녀의 얼굴이 경련으로 온통 일그러졌다. 그녀는 일어나서 나를 제지하려 했다. 내가 말을 끝냈을 때, 그녀는 '너는 왜 여기 있니, 왜 나가지 않니!'라는 내 고함 소리에 주의를 기울인 것이 아니라, 나 스스로 이 모든 것을 말하기가 무척 힘겨웠을 것이라는 데 주의를 기울였다. 그녀는 완전히 짓밟힌 가여운 존재였기 때문에 그녀는 자신을 나보다 한없이 열등한 존재로 여겼다. 그런 그녀가 어떻게 역정을 내며, 모욕을 느낄 수 있겠는가? 그녀는 갑자기 어떤 억제할 수 없는 충동으로 의자에서 벌떡 일어나 나에게 몸을 던질 기세였지만, 여전히 겁을 내면서 자리를 뜰 엄두를 내지 못하고 내게 두 팔을 내밀었다. 여기서 내 심장이 뒤집혔다. 그때 그녀가 갑자기 내게 달려들어 내 목을 양손으로 안고 울기 시작했다. 나도 그만 참지 못하고 그런 적이 없을 정도로 흐느끼기 시작했다.

"나는 그럴 수 없어…… 나는 착한 인간이…… 될 수 없어!" 나는 간신히 말한 다음 소파까지 가서 그 위에 쓰러지듯 엎드린 채 15분간 완전한 히스테리 상태에서 흐느꼈다. 그녀는 내게로 넘어져 나를 안고, 그렇게 껴안은 채 죽은 듯 있었다.

그런데 히스테리는 어쨌든 지나간다는 것이 재미있는 일이다. 그러니까(나는 혐오스러운 진실을 쓰고 있는 것이다) 소파 위에 엎드려 너덜너덜한 가죽 베개에 얼굴을 푹 파묻고, 나는 이제 고개를 들어 리자의 눈을 똑바로 보기가 거북할 것이라는 느낌이 조금씩, 어렴풋이, 무심결에, 그러나 억제할 수 없이 들기 시작했다. 뭐가 부끄러웠던 것일까? 알 수 없지만, 나는 부끄러웠다. 이젠 역할이 결정적으로 뒤바뀌어 영웅은 그녀이고, 나는 그날 밤, 나흘 전 내 앞에서 그녀가 그랬던 것처럼, 천대받고 짓밟힌 피조물에 불과하다는 생각이 내 곤두선 머릿속에 떠올랐다. 이 모든 생각들이 내가 소파에 엎드려 있던 그 순간에 내게 들었던 것이다!

맙소사! 내가 정말 그때 그녀를 부러워했을까?

모르겠다. 지금까지도 풀지 못했지만, 그때는 물론 지

금보다 더 이해할 수 없었다. 나는 누구에게든 권력을 행사하지 않고 횡포를 부리지 않고는 살아갈 수가 없다. 그러나…… 그러나 논의로는 어떤 것도 설명될 수 없다, 따라서 논의할 거리가 아무것도 없다.

그럼에도 나는 자신을 극복하고 고개를 들었다. 언젠가는 들어야 했으니까……. 그러고는, 지금까지도 확신하건대, 그녀를 쳐다보는 것이 부끄럽다는 바로 그 이유 때문에, 그때 내 마음속에는 갑자기 다른 감정이…… 지배와 소유의 감정이 불붙어 타올랐다. 내 눈은 욕정으로 번득였고, 나는 그녀의 손을 꽉 잡았다. 그 순간 나는 얼마나 그녀를 증오했고, 얼마나 그녀에게 끌렸던지! 한 감정이 다른 감정을 부추겼다. 그것은 거의 복수와 같았다……! 처음에 그녀의 얼굴에는 당혹감 같은 것이, 심지어 공포감 같은 것이 나타났지만, 한순간에 지나지 않았다. 그녀는 환희에 차서 뜨겁게 나를 안았다.

15분 후 나는 미칠 것 같은 초조함으로 방 안을 앞뒤로 뛰어다니며, 끊임없이 칸막이 쪽으로 다가가 그 틈새로 리자를 들여다보았다. 그녀는 침대에 머리를 기대고 바닥에 앉아 있었는데, 울고 있었던 것이 분명하다. 떠나지 않은 그녀가 나를 짜증 나게 했다. 이번에는 그녀도 모든 것을 알았다. 내가 그녀를 철저히 모욕한 것이니…… 얘기할 게 뭐 있겠나. 나의 욕정의 폭발은 바로 복수였고, 그녀를 다시 천대한 것이며, 근래의 대상 없는 나의 증오에 이제는 그녀에 대한 개인적이고 질투 섞인 증오가 더해졌다는 것을 그녀는 깨달았다. 그렇기는 해도, 그녀가 이 모든 것을 명확히 이해했다고는 단언하지 않겠다. 하지만 대신 내가 야비한 인간이고, 무엇보다 그녀를 사랑할 수 있는 상태가 아니라는 것을 그녀는 충분히 이해했다.

이건 터무니없다고, 이토록 악독하고 어리석은 나의 행동은 그럴듯하지 않다고 내게 말하리라는 것을 나는 알고 있다. 아마도 그에 더해, 그녀를 사랑하지 않는다는 것이나 적어도 이런 사랑을 평가해 주지 않는다는 것은 터무니없다고 할 것이다. 왜 터무니없다는 것인가? 첫째, 나는 이미 사랑할 수가 없었다. 왜냐하면 거듭 말하지만, 내게 사랑한다는 것은 횡포를 부리고 정신적으로 우위를 점하는 것을 의미했기 때문이다. 나는 평생 다른 식의 사랑을 상상할 수도 없었고, 이제는 사랑이란 것이 사랑하는 대상에게 횡포를 부리도록 그 대상으로부터 자발적으로 주어진 권리라고 생각하기에 이르렀다. 나는 내 지하의 몽상 속에서 사랑을 투쟁 이외에는 다른 식으로 상상할 수 없었고, 그것을 항상 증오에서 시작하여 정신적 정복으로 끝냈지만, 그다음에 정복된 대상을 어떻게 해야 할지는 상상할 수 없었다. 그러니 거기에 무슨 터무니없는 게 있단 말인가, 나는 이미 자신을 '살아 있는 삶'

에서 유리될 만큼 정신적으로 부패시켰으니, 조금 전 그녀가 내게 '동정 어린 말'을 들으러 왔다고 그녀를 꾸짖고 창피 줄 생각을 하면서, 그녀가 동정 어린 말을 들으러 온 것이 전혀 아니라 나를 사랑하기 위해 왔다는 것을 나 자신이 짐작조차 못했던 것인데, 여자에게는 사랑에 모든 부활이 있고, 어떤 파멸이라 할지라도 거기로부터 모든 구원이 있으며 회생이 있어, 이런 방식이 아닌 다른 식으로는 나타날 수가 없는 것이다. 그래도 내가 방 안을 뛰어다니며 칸막이 너머 틈새로 그녀를 엿볼 때에는 그렇게까지 그녀를 증오하지는 않았다. 단지 그녀가 여기 있다는 것이 참을 수 없을 만큼 힘들었다. 그녀가 사라져 주기를 원했다. 나는 '안정'을 바랐고, 지하에 혼자 남기를 바랐다. '살아 있는 삶'이 익숙지 않아 심지어 숨 쉬기가 힘들어질 만큼 나를 짓눌렀다.

몇 분이 더 흘렀고, 그녀는 여전히 몸을 일으키지 않았는데, 마치 혼수상태에 있는 듯했다. 나는 그녀가 정신을 차리라고, 파렴치하게도 칸막이를 조용히 두드리기 시작했다. 그녀는 갑자기 소스라치며 자리에서 벌떡 일어나 자기 스카프와 모자와 외투를 찾기 위해 달려들었는데, 나를 피해 어디론가 가려는 듯했다. 2분쯤 후, 그녀는 칸막이 뒤에서 천천히 나와 힘겹게 나를 바라보았다. 나는 표독스럽게, 다만 예의상 억지로 미소 짓고는, 그녀의 시선을 피해 몸을 돌렸다.

"안녕히 계세요." 문 쪽을 향하면서 그녀가 말했다.

나는 그녀에게 달려가 그녀의 손을 잡아 손을 펼쳐 ……을 놓은 다음 다시 손을 쥐여 주었다. 그런 다음 곧장 몸을 돌려 다른 구석으로 급히 튀어 갔다. 적어도 직접 보지 않기 위해…….

나는 그 순간 거짓말을 하고 싶었다. 그것은 내가 제정신을 잃고, 분별없이, 얼떨결에, 무심코 한 행동이었노라 적고 싶었다. 하지만 나는 거짓말을 하고 싶지 않으므로 솔직하게 말하는데, 나는 그녀의 손을 펴고 악의로 거기에 ……을 놓았다. 이 생각은 내가 방 안을 앞뒤로 뛰어다니고 그녀는 칸막이 뒤에 앉아 있을 때 내 머릿속에 떠올랐다. 그러나 이것만은 확실히 말할 수 있다. 내가 이렇게 잔인한 행동을 한 것은 고의이긴 했지만 나의 마음으로부터가 아니라 나의 추악한 머리에서 나왔다는 것이다. 이 잔인한 행동은 나 스스로 1분도 견디지 못할 만큼, 책에 따라 머리를 굴려 일부러 꾸며 내고 지어낸 것이었기 때문에, 처음에는 보지 않으려고 구석으로 튀어 갔다가 곧 부끄러움과 절망감에 리자를 쫓아 내달았던 것이다. 나는 현관에서 문을 열고 귀를 기울였다.

"리자! 리자!" 나는 계단 쪽으로 소리쳤지만, 주저하며 기어들어 가는 목소리였다.

대답은 없었는데, 계단 아래쪽에서 그녀의 발소리가 들리는 듯했다.

"리자!" 나는 더 크게 소리쳤다.

이번에도 대답이 없었다. 그러나 바로 그 순간, 거리를 향해 나 있는 단단한 바깥 유리문이 끼익 소리를 내며 힘겹게 열렸다가 빽빽하게 쿵 닫히는 소리가 들렸다. 둔탁한 울림이 계단을 따라 올라왔다.

그녀는 떠났다. 나는 생각에 잠긴 채 방에 돌아왔다. 너무 힘들었다.

나는 그녀가 앉아 있던 의자 옆 탁자 곁에 멈춰 서서 멍하니 앞을 바라보았다. 1분쯤 지났을까, 갑자기 나는 온몸을 떨었다. 바로 앞에 있는 탁자 위에서 나는 ……을 보았다. 구겨진 푸른색 5루블짜리 지폐, 내가 1분 전 그녀의 손에 쥐여 주었던 바로 그것을 나는 보았던 것이다. 틀림없이 그 지폐였다. 다른 것은 있을 수 없었다. 다른 돈은 집에 없었다. 결국 내가 다른 구석으로 튀어 갔던 그 순간에 그녀는 탁자 위에 그것을 던져 놓았던 것이다.

뭐가 어때서? 나는 그녀가 이렇게 하리라는 것을 예상할 수 있었다. 예상할 수 있었다? 아니다. 나는 실제로 사람들을 존중하지 않을 만큼 이기주의자여서, 그녀가 이렇게 하리라고는 상상조차 하지 못했다. 나는 이것을 참을 수 없었다. 잠시 후에 나는 미친 사람처럼 서둘러 옷을 입기 시작했고, 되는대로 허둥지둥 옷을 걸치고는 그녀를 찾아 부리나케 뛰어나갔다. 내가 거리로 뛰쳐나왔을 때, 그녀는 아직 2백 걸음도 채 가지 않은 상태였을 것이다.

고요한 가운데 눈이 거의 수직으로 펑펑 쏟아져 보도와 황량한 거리를 푹신한 베개처럼 덮어 주었다. 행인도 없었고, 어떤 소리도 들리지 않았다. 쓸쓸한 가로등만 부질없이 깜빡이고 있었다. 나는 사거리까지 2백 걸음을 달려가 멈춰 섰다.

'그녀는 어디로 갔을까? 어째서 나는 그녀를 쫓아온 것인가? 어째서? 그녀 앞에 엎드려 회개하며 흐느끼고, 그녀의 발에 입 맞추고 용서를 빌기 위해서다!' 나는 그러길 원했다. 내 가슴이 온통 갈기갈기 찢어진 이 순간을 나는 결코, 결코 무심하게 추억할 수 없을 것이다. 그러나 '어째서?' 하는 생각이 들었다. '오늘 그녀의 발에 입 맞추었다는 바로 그 행동으로 인해 나는 내일 그녀를 미워하게 되지 않을까? 내가 정말 그녀에게 행복을 줄 수 있을까? 내가 정말 오늘 다시, 백 번째로, 자신의 가치를 몰랐단 말인가? 내가 정말 그녀를 괴롭히지 않겠는가 말이다!'

나는 눈 위에 서서 희끄무레한 안개를 들여다보며 이런 생각을 했다.

'오히려 더 나아지지 않을까, 더 나아지지 않을까?' 나는 이후, 가슴속의 생생한 고통을 공상들로 억누르며 집에서 공상에 잠겼다. '이제 그녀가 영원히 모욕을 지니고 산다면 더 나아지지 않을까? 모욕은 정화이니까, 그것은 가장 신랄하고 아픈 의식이니까! 내일이면 나는 그녀의 영혼을 더럽히고 그녀의 마음을 지치게 할지 모른다. 그러나 모욕은 이제 그녀 안에서 결코 죽지 않고, 아무리 추잡한 시궁창이 그녀를 기다리고 있다 해도, 모욕은 그녀를 드높이고 정화시켜 줄 것이다…… 증오로……

흠…… 어쩌면 용서로……. 그나저나 이것들로 그녀는 마음이 좀 가벼워질까?'

그런데 정말 실제로는 어떤지. 나는 이제 한가한 질문을 하나 던져 본다. 값싼 행복과 고양된 고난 중에 무엇이 더 나은가? 자, 뭐가 더 좋은 거지?

그날 밤 내가 영혼의 통증으로 거의 죽은 듯이 집에 앉아 있을 때, 이런 생각이 어른거렸다. 나는 이제까지 이만한 고뇌와 회한에 시달려 본 적이 없었다. 그런데 내가 아파트에서 뛰쳐나갔을 때, 반쯤 가다 집으로 돌아오리라는 어떤 의심도 정말 없었단 말인가? 이후 나는 더 이상 리자를 만난 적도, 그녀에 대해 들은 적도 없었다. 내가 그때 그리움에 시달려 거의 병이 날 지경이었는데도 불구하고, 모욕과 증오의 쓸모에 관한 **문구**를 두고 오래도록 만족해했다는 것을 또한 덧붙인다.

많은 세월이 흐른 지금도 이 모든 일을 왠지 상당히 **좋지 않은 쪽으로** 떠올리게 된다. 많은 일들이 지금 좋지 않은 기억으로 떠오르지만…… '수기'는 여기서 끝내야 하지 않을까? 나는 이것을 쓰기 시작하면서부터 실수했던 것 같다. 적어도 나는 이 **소설**을 쓰는 내내 부끄러웠다. 결국 이것은 이미 문학이 아니라 교화용 처벌이다. 예컨대 내가 어떻게 방구석에서의 정신적 부패와, 환경의 결핍과, 살아 있는 삶으로부터의 유리遊離와, 지하에서의 허영에 찬 악독함으로 자신의 삶을 불성실하게 대했는가에 관한 긴 이야기를 늘어놓는 것은 맹세코 재미없다. 소설에는 주인공이 필요한데, 여기는 일부러 반反주인공의 모든 특징들을 모아 놓아, 무엇보다 아주 불쾌한 인상을 불러일으킨다. 왜냐하면 우리 모두는 삶으로부터 유리되어 누구나 어느 정도는 절룩거리기 때문이다. 심지어 우리는 진정한 '살아 있는 삶'에 대해서도 때때로 어떤 혐오감을 느낄 정도로 유리되어 있어서, 이제는 누군가 우리에게 그것을 상기시키면 우리로선 참을 수 없어지는 것이다. 우리는 진정한 '살아 있는 삶'을 노동이나 다름없는 것으로, 거의 근무로 여기고, 우리 모두는 내심 책에 따라 사는 게 더 낫다는 데 동의할 지경에까지 이르게 되었다. 우리는 왜 이따금 티격태격하며, 왜 변덕을 부리며, 왜 요구하는 것일까? 왜 그런지는 자신도 모른다. 우리의 변덕스러운 요구를 들어준다면, 우리는 더 나빠질 것이다. 자, 한번 시험해 보자. 우리에게 더 많은 독립성을 주고, 우리 중 누구에게라도 묶인 팔을 풀어 주어 활동 반경을 넓히고 감독을 완화시켜 준다면, 그때 우리는…… 당신에게 확언컨대 우리는 즉시 원래대로 다시 보호를 요청할 것이다. 이 말에 당신들은 내게 화를 내며 소리를 지르고 발을 구를지도 모른다는 것을 나는 안다. '자기 한 사람에 대해서만, 지하에서의 당신 불행들에 대해서만 얘기할 것이지, 감히 **우리 모두**라고는 말하지 마라.' 미안하지만 여러분, 나는 이 **모두라는 것으로** 변명하려는 게 아니다. 나 자신에 대해 말하자면, 나는 당신들이 절반도 밀고 나가지 못한 것을 나의 삶에서 극단까지 밀고 나갔을 뿐인데, 당신들은 자신의 겁 많음을 분별이라 여기고, 그렇게 스스로를 속이면서 위안을 얻는 것이다. 그러므로 내가 당신들보다 더 '활기차다'는 결론이 된다. 좀 더 집중해서 들여다보라! 지금 어디에 살아 있는 것이 있는지, 그것은 대체 무엇이고, 어떻게 불러야 하는지 우리는 정말 알지도 못한다. 우리를 책 없이 홀로 남겨 둬 보라. 우리는 즉시 헷갈리고 길을 잃을 것이다. 어디로 합류해야 하고, 무엇에 따라야 할지, 무엇을 사랑하고, 무엇을 증오할지, 무엇을 존중하고, 무엇을 경멸할지, 우리는 알 수 없을 것이다. 심지어 우리는 인간이라는 것, 자기만의 진짜 몸과 피를 가진 인간이라는 것조차 부담스러워한다. 그것을 부끄러워하고, 치욕으로 여기며, 존재한 적도 없는 무슨 보편 인간이 되려고 기회를 엿본다. 우리는 사산아들이다. 더욱이 이미 오래전부터 살아 있는 아버지에게서 태어나는 것이 아닌 존재들인데, 이것이 점점 더 우리 마음에 드는 것이다. 우리의 취향이 되었다. 조만간 우리는 관념으로부터 어떻게든 태어날 궁리를 할 것이다. 이젠 됐다, '지하에서' 더 이상 쓰고 싶지 않다.

* * *

그럼에도 불구하고 이 역설가의 '수기'는 여기서 끝나지 않는다. 그는 참지 못하고 계속 써 나갔다. 그러나 우리는 여기서 이만 마쳐도 될 것 같다.

5.

작품 해설
—사회적 신비의 토대

1. 역설

평론 「잔인한 재능」[1](1882)에서 "지하인은 단순히 지하인이 아니라, 어느 정도까지는 도스토옙스키 자신이다"라고 확언하는 미하일롭스키나 당대의 스트라호프[2] 뿐 아니라 20세기의 셰스토프, 스카프티모프 등 다수의 연구자들은 소설 『지하로부터의 수기』에서 저자가 직접 표현된다고 보고 있는데, 이를 판단하기 위해 저자 자신을 직접 노출시키는 그의 평론을 살펴볼 필요가 있다.

1 진보 진영 비평가 중 한 명인 니콜라이 미하일롭스키의 저명한 도스토옙스키론(論)으로 작가가 삶의 어두운 면을 형상화하는 데 집착하고 있음을 집중적으로 논하고 있다.

2 도스토옙스키와 절친한 문인이었던 그가 작가의 사후, 1883년 11월 28일 자 톨스토이 백작에게 보낸 편지에서 도스토옙스키를 가리켜 "동물적 색욕 외에 그에게는 어떤 취향이나 어떤 여성적 아름다움과 매력에 대한 감각이 없었다. 이는 그의 소설들에서 분명하다. 그와 가장 닮은 인물들이 『지하로부터의 수기』의 주인공, 『죄와 벌』의 스비드리가일로프, 『악령』의 스타브로긴이다"라고 적고 있다.

도스토옙스키는 『작가 일기』 1876년 1월 호에 실린 「강신술. 귀신에 관한 어떤 것. 이것이 귀신들이 맞다면 귀신들의 비상한 교활함」에서 민간에 널리 퍼진 귀신에 관한 믿음을 당대 사회주의 이념과 연결시키면서 '저주의 노동'이 제거된다면, 착취가 제거된다면 "이제 인간은 아름답고 의롭게 되리라!"는 외침에 대해 전면적으로 회의한다. 그는 "'빵으로 변한 돌' 때문에 자신의 인생이 붙잡혔음을 알고, 고통 가운데 자신의 혀를 깨물게 될 것이다"라고 적고 있다. 또한 귀신의 왕국이 불화를 기초로 세워지며 프로테스탄트 교회가 지탱되는 것은 바로 가톨릭에 대항하고 있기 때문이라고 주장한다. 저자가 자신의 소설에서 역설을 통해 표면적 주장 너머 풍성한 암시를 제공하는 데 비해 그의 평론에 등장하는 이러한 유의 주장들은 단지 편협하고 억지스러워 보인다.

이러한 저자의 편협과 억지를 비집고 그가 주장하는 토대를 잠시 살펴보면, 그의 사회주의에 대한 반대는 평등한 세상에 대한 반대가 아니라 신의 부정과 자유 의지의 거세에 대한, 바벨탑과 수정궁이라는 해방의 비전에 대한 반대였다. 그에게 신의 부정은 도덕의 기반을 없애는 것이었고, 자유 의지의 거세는 도덕의 과정을 불가능하고 불필요한 것으로 만드는 것이었다. 사회주의는 형제적 관계 형성의 문제를 강제적 방식으로 푼다는 것이 그의 문제 제기였다. 저자는 폭력적 구원의 방식을 받아들일 수 없었다.

그는 유럽의 몰락을 말하면서 그 원인을 가톨릭에서 찾는데, 당대 사회주의 이념을 가톨릭의 정치적 귀결로 보았다. 또한 저자는 좁은 의미의 종교로서의 가톨릭이 아니라 가톨릭의 이념 전체를 문제 삼는데, 그 이념이란 신정神政이고, 그리스도 안에서 인류의 하나 됨을 위해 권력을 이용하는 이념이다. 하나의 교회 권력에 인류가 복종하는 것이 최종 목표인 것이다. 이러한 이념이 지상 천국을 향해 인류를 폭력적으로 인도하는 데 그 구상의 핵심이 있는 사회주의로 발전한 것뿐이라는 게 저자의 주장이다.

『시민』 제21호에 실린 「공상과 몽상」에서 저자는 너무 순진한 얘기만 늘어놓는 듯싶다. 노골적 반유대주의와 진부하고 어린애 같은 얘기들 틈으로 "전 민족적 과음"이라는 역병 앞에서 무엇을 해야 하는가, 라는 저자의 고민이 배어 나온다. "이반 수사님의 청동 팔을 베어다 주막으로 가져"가서 술을 사 먹는 말도 안 되는 상황 앞에서, 인민의 무력함 앞에서 그들을 어떻게 일으켜 세울 것인가를 궁리하는 것이다. 그러나 작가 역시 이 참담함 앞에서 무력해 보일 뿐인데, 거기에서 조금이라도 나아가 볼 방법은 없는 것인가?

『작가 일기』 1976년 4월 호 「역설가」에서 역설가의 논리는 지하인의 논리를 닮았고, 형식 또한 소설에 가깝다. 이는 독자로 하여금 역설가의 전쟁에 대한 견해를 평면적으로 수용하도록 하기보다 그의 억지 너머 진실의 변증법에 다가가도록 한다.

2. 동과 서

유럽 동쪽에 위치한 러시아에서 볼 때 서쪽의 문명 세계는 동경의 대상이자 부정의 대상이었다. 17세기 러시아 정교 분열 때 '구舊예전禮典파' 같은 러시아의 고유성에 대한 극단적 보존 의지를 천명했던 흐름으로부터 유럽의 혁명 사상을 신봉하며 러시아에서 그 실현을 추구했던 그룹까지 다양한 스펙트럼으로 이어진 슬라브주의와 서구주의의 대립과 논쟁은 오늘날까지 계속되고 있는 형편이다. 슬라브주의의 한 유형이라 할 수 있는 '토양주의'의 입장에 가까웠던 도스토옙스키는 여전히 유럽이라는 타자를 통해 자신을 바라보는 데서 완전히 벗어나지 못하고 있었다.

『작가 일기』 1876년 6월 호에 실린 「나의 역설」에서 저자가 유럽의 진보주의자들을 지지하는 러시아의 서구주의자들을 문명을 부정하는 자들로 치부하는 것은 심각한 왜곡이다. 이러한 서구주의자들이 결국에는 진정한 러시아인들로 보인다거나 서구주의자들이 유럽을 부정한 진보주의를 지지하므로 이는 곧 그들이 유럽이 폄하하는 러시아를 지지하는 것이라는 주장, 따라서 결국 서구주의자나 슬라브주의자나 똑같다는 주장은 궤변 이상의 것으로 보기 어렵다.

조르주 상드의 죽음에 관한 평론에서 저자는 "우리 러시아인들에게는 두 개의 조국이 있다. 우리 루시[3]와 유럽이다"라고 적고 있다. 그러나 유럽이라는 조국은 '묘지'로 수용되며, 선배 게르첸이 그랬듯이 저자 또한 유럽을 장사 지내고, 유럽의 부활을 위해서는 러시아의 역할이 막중하다고 강조한다. 이어 가톨릭에 대한 원색적인 비난과 정교正教에 대한 지나치게 열렬한 옹호가 뒤따르는 것은 그의 저작 곳곳에서 발견되는 패턴이다. 저자가 작가 메모에서 적고 있듯 "유럽은 (가톨릭 때문에) 그리스도를 잃어버렸고, 이 때문에 서구는 침몰한다"는 것이 그의 확신이었다. 그렇다면 러시아의 메시아적 힘은 어디에서 나오는가? 그것은 러시아 인민에게서 나온다는 것이 저자의 주장인데, 주의해야 할 점은 그 인민이 비열하고 추잡한 현 상태의 인민이 아니라는 것이다. 저자는 이상으로서의 인민, "그렇게 되기를 바라는" 모습으로서의 인민을 의미하는 것이고, '신을 잉태하는 자'로서의 인민을 그리고 있다. 그러나 이 인민상人民像이 비현실적인 몽상이 아니라, 저자가 실제 인민 가운데 어느 순간 목격한 모습이라는 것이다. 바리새인(도스토옙스키에게는 여기에 러시아 지식인층이 포함될 것이다)에게서는 발견되지 않는

················

3 '루시'는 인종으로서의 슬라브인을 지칭하거나 키예프를 중심으로 한 지역을 가리키기도 하나, 저자는 여기서 비잔틴의 영향 아래 형성된 '키예프 루시'라는 국가의 문화적 정체성과 그 적자인 '모스크바 러시아'의 종교성을 의미한다. 그것은 그리스도교의 진정한 계승자인 비잔틴 그리스도교(동방 정교)의 다음 계승자로서 러시아 정교의 종교 문화적 정수를 가리킨다. 로마에 이은 제2로마(콘스탄티노플)와 제3로마(모스크바)의 정통성과도 관계가 있다. 저자는 정교를 그리스도 진리의 보존자로 신앙했다.

성스러움이 죄인에게서 발견된다는 것, 그들의 가슴에는 진실에 대한 갈망이 있었다는 것이다. 그 이전에도 존재했지만 도스토옙스키에 이르러 엄청난 믿음과 창조적 영감이 충만한 형태로 제시된 '러시아의 전 인류적 사명에 대한 꿈'에서도 그는 러시아가 곧 성스러운 루시는 아니지만 러시아 안에 성스러운 루시가 숨겨진 채 거한다고 주장한다.

여기에는 후발 근대화 주자로서의 초조함과 후진 사회 지식인의 분열증이 있을 것이다. 도스토옙스키뿐 아니라 그의 선대, 당대 그리고 후대 러시아 지식인들이 비슷한 증상을 겪었다. 저자는 헤겔적 이성 보편주의와 아우구스티누스적 섭리주의를 단호하게 버리고 러시아 역사 철학의 비논리성에 대한 경사와 인간 역할의 강조를 계승한다. 도스토옙스키는 생애 마지막까지 지상의 하느님 나라에 대한 과도한 집착에서 벗어나지 못했으나, 그의 "러시아 정신의 불멸에 대한 너무 강한 믿음"은 삶의 신비적 측면을 제시하는 데는 상당한 성공을 거두었다. 그의 당대 비판은 사회 이념적인 것이 아니라 종교적인 것이었다. 그는 역사에 대한 종교적 이해를 통해 후진 사회 지식인의 분열증과 유럽의 변방인으로서 가질 수밖에 없었던 보편과 통합에의 강박증을 개인적으로는 극복한 것처럼 보인다.

도스토옙스키의 사회와 역사에 대한 궤변은 그의 심오한 인간론과 분리될 수 없는데, 그것은 모든 논리적 모순에도 불구하고 작가가 끝내 지키고 싶었던 것, "유대인에게는 거리끼고, 헬라인에게는 미련한"(신약 성서 「고린토인들에게 보낸 첫째 편지」 1장 23절) 어떤 것과 관련이 있을 것이다. 그 믿음은 사랑 고백처럼 유치하나 당사자에게는 더없이 소중한 것이다.

3. 진눈깨비

볼테르의 『캉디드 혹은 낙관주의』에서 캉디드는 툰더텐 트롱크성城에서 쫓겨나 전 세계를 돌아다니며 온갖 역경을 거쳤음에도 낙관주의를 유지한다. 『지하로부터의 수기』(이하 '수기')의 주인공은 여름을 제외하고 연중 날씨가 나쁜 페테르부르크 거리를 짧은 기간 오간 뒤 세상을 등진다. 그러나 고골의 「광인 일기」에서 주인공의 몽상이 그를 완전한 비현실로 데려간 것과는 달리, '수기'의 주인공은 같은 하급 관리 출신이고 몽상가이긴 하지만 현실을 복기하며 해석을 시도한다. 관리의 언어인 행정 서류 언어가 박제된 언어라면 「광인 일기」나 '수기'의 언어는 신경을 곤두세우고 살아 있음을 주장하는 언어이다. 「광인 일기」의 언어가 현실 너머로 날아가 버리는 판타지의 언어로 수렴된다면 '수기'의 언어는 하늘에 날리되 땅으로 떨어져 녹아 버리는 현실 복귀의 언어이다.

'수기'의 주인공은 '관념 덩어리'이지만 응결되지 못하고 진눈깨비처럼 녹아내리는 존재이다. 그는 고백을 애호하는데, 그 언어는 수다스럽게 날리다 빈말의 강을 이루며 흐르는 바람에 고백의 목적은 달성되지 못한다. 주인공은 고백으로 정화되지 못하고 고백을 한 후 더 고통스럽다. 고통에의 탐닉이 고백의 완성을 대신한다. '수기'의 주인공이 끊임없이 설파하는 개인주의에도 불구하고 그는 타인을 끊임없이 의식하여 타인의 의견을 앞서 적시하고 그에 대해 반박하며 공격적으로 방어함으로써 발화의 '어리석은 무한성'을 유발한다. 이 때문에 그것은 고백이라기보다 혼자 말하는 대화에 가깝다. 그 대화는 부정을 지향하여 세상의 지혜를 비웃음으로써 어떤 마지막 말을 준비하는 듯한데, 그 마지막 말은 끝내 발설되지 못한다. 눈도 아니고 비도 아닌, 세상을 하얗게 만드는 것도 세상을 씻겨 내리는 것도 아닌 진눈깨비는 눅눅하고 침침한 '지하'의 외연外延이다. 그리고 진눈깨비 흩날리는 페테르부르크에서 그의 '지하' 형성사가 펼쳐진다.

주인공은 신경이 잔뜩 곤두서 있는 만큼 무기력하다. 신경증이 그로 하여금 행동에 과도한 의미를 부여해 행동하기 어렵게 한다. 그러한 행동은 희비극적 장면을 연출할 뿐이다. 그의 머리에서는 회오리가 몰아치나 그가 집에서 나가려면 큰 결단이 필요하다. 그는 집 밖에서 친구에게 모욕당하고 돌아와 집 안에서는 하인에게 모욕당한다. 그는 모욕과 방탕 사이를 오가며 '죽음에 대한 복수'로서의 성적 쾌락을 수용한다. 몸으로 벌어먹는 창녀와 몸 안에 모욕을 간직한 인간인 주인공의 만남은 특별할 것이 없다. 지하인은 가정 행복론을 펼치나, 그것은 실제 체험과는 거리가 먼 '책'에서 나온 것이다. 그는 창녀의 구원이라는 전형적 주제에 따라 연기하지만 고상한 결론에 이르지 못하고 자기화의 욕망 앞에 쉽게 자신을 내주고 만다. 그는 가여운 창녀 앞에서 트집을 잡고 계몽 의지를 드러내며 교정 의지를 보이지만, 실상은 스스로에게 화가 나 있다. 도스토옙스키의 작품에서 여성은 자주 창녀이거나 성모 마리아로 그려지며, 주인공의 낭만성은 극과 극을 오간다. 지극한 순수와 시궁창 사이, '아버지의 집'과 유곽 사이를 오가며 하수구 냄새가 심할수록 그의 고상함에 대한 열망은 상승한다. 그러나 도스토옙스키의 주인공들이 대개 그렇듯 '수기'의 주인공 또한 상상 속에서만 사랑할 수 있고, '문학적'이지 못한 현실에 적응하지 못한다. 그런데 이 '관념인'은 아이러니하게도 생리적 혼돈 가운데 있다. 그의 피는 자주 거꾸로 솟고, 그의 성욕은 뜬금없이 폭발한다. 보카치오의 『데카메론』에서 귀부인들과 귀족 청년들이 흑사병을 피해 교외의 별장에 모여 이야기 파티를 벌이면서 죽음을 잊고 견디며 생을 찬미한다면, '수기'의 관념인은 자신을 엄습하는 죽음(모욕)에 대해 독백 같은 대화를 통해 다시 남을 모욕함으로써 해소하고자 한다.

'수기' 속 주인공의 상대가 된 리자는 그가 "불행하다는 것을 이해했다". 그것은 그녀가 "완전히 짓밟히고 가여운 존재"였기 때문이었다는 것을 주인공은 이해한다. 하지만 그는 그 사랑을 받아들이지 않음으로써 지하에 머물게 된다. 그는 『죄와 벌』의 라스콜니코프가 소냐의 사랑을 받아들임으로써 갱생의 빛을 본 것과 달리 지하의 암흑 속에 남게 되었다.

이런 인간은 "자기만의 진짜 몸과 피를 가진 인간이라는 것조차 부담스러워"하고, "그것을 부끄러워하고, 치욕으로 여기며, 존재한 적도 없는 무슨 보편 인간이 되려고 기회를 엿본다". 사실 보편 인간은 사산아이자, 죽은 아버지에게서 태어나는, "관념으로부터 어떻게든 태어날 궁리를 할" 비非인간이다. 그런데 저자는 지하의 고난이나 유토피아의 행복이나 다 소망 없는 것으로 간주한다. 결국 모두 '책에 따라' 사는 삶에 불과하다고 말하는데, 이렇게 볼 때 지하는 유토피아의 그림자라고 할 수 있을 것이다.

소설 말미에서 화자는 "이 역설가의 '수기'는 여기서 끝나지 않는다. 그는 참지 못하고 계속해서 써 나갔다"고 적고 있는데, 이는 미래의 작품을 예고하면서 이 작품이 어떤 토대 또는 전제의 역할을 한다는 것을 보여 주는 동시에 아직 해결되지 않은 지하인의 모순이 앞으로도 역설로서만 표현될 수 있음을 암시한다. 낭만적 몽상가는 냉소적 역설가로 진화한 것이다.

4. 지하

저자는 소설 서두에서 의지적 삶과 자연적 삶의 전개를 대립시킨다. 마흔 넘어 계속 사는 것이 수치스러운 일이라고 주장하는 '지하인'은 어째서 자신은 예순, 일흔, 여든까지 살 것이라고 외치는가? 그는 늙어 감의 추잡함을 이해하고 있으므로 마흔에 삶을 끝내는 것이 깔끔하고 보기 좋다고 주장한다. 그러나 동시에 삶이 멈출 때 끊어질 희망에 집착하는 그는 삶을 붙잡고자 한다. 이러한 분열 가운데 그가 택한 방법은 의지의 관철을 통한 스러짐의 극복이고, 지하는 그 실험장이 된다.

가난은 늙음만큼이나 삶을 훼손하고 모욕감을 준다. 부유함은 인간의 품격을 지켜 주지만 가난은 인간의 비루함을 심화시킨다. 상한 마음은 의식의 과잉을 거쳐 삶에서 생기를 제거하고 삶을 관념화시킨다. 관념은 늙음이나 가난의 추잡함에서 자유로울 수 있다. 이것이 가난이나 늙음을 묵상하던 지하인이 관념으로 나아가는 이유이다.

'지하인'은 삶의 세 가지 토대로 쾌감, 게으름, 뒤틀린 심보를 꼽는다. 저자는 이익을 향한 이성적 존재라는 인간관에 기초한 사회 전망을 비판하면서 이익에 얽매이지 않는, 어떤 것에도 매이지 않는 자율적 욕구가 더 본질적이라고 주장한다. 이런 욕구가 충만한 곳이 바로 지하이고, 지하인은 자유와 독립을 추구하며, 쾌감, 게으름,

뒤틀린 심보는 이 같은 추구에 걸맞은 품성이다. 지하는 최소한의 먹고살 것이 마련되자 숨어 버린 세계, 자가 충족적인 세계이다. 이곳에 거주하는 지하인의 내면을 투정과 욕구가 지배하는데, 그에 의하면 인간은 푸근함(인형 안겨 주기)이나 달콤함(설탕 넣은 차 주기)으로 달랠 수 있는 존재이다. 빨고 핥는 행위와 부드러운 감촉은 세계를 지탱하는 중요한 요소로 간주되는데, 이는 일종의 반사회적 쾌락주의일 뿐인가?

지하인은 자신의 의지나 욕구가 개입되지 않고도 '명징한' 법으로 통용되는 '2×2=4'와 같은 지식에 대해 불편함을 드러낸다. 그의 관념은 '객관적' 관념이 아니라 '의지적' 관념이고, 안락과 복지를 비웃는, 사회성을 거세한 유아독존적 자아가 갖는 그것이다. 이는 단지 비이성의 우위나 건전한 사회성의 폐기를 주장하는 것이 아니다. 지하인은 지상의 유토피아로써 죽음을 회피하는 객관적 사회성을 경계할 뿐이다. 지하인은 효율, 실제, 실용을 거부하고, 자연과 인간의 일반적인 법칙을 거부함으로써 새로운 세계상의 도출을 준비한다.

이 의지적 관념인은 합리를 극단으로 몰고 가서 합리의 완결성에 균열을 낸다. 그러나 합리를 해체하는 것이 그의 궁극적 목표는 아니다. 그는 합리의 선부른 환호에 제동을 걸며 합리의 미신을 넘어 현실의 지옥을 직시하고자 한다. 사태에 대한 분석에는 능하지만 실제로 사태를 헤쳐 나가는 데는 미숙한 인간형인 그는 인생에서 패

할 때가 많지만 대신 이념을 만든다. 그의 이념은 패배의 잉여물 같은 것이며, 그것은 지혜이지만 삶을 충분히 장악하지 못한다. 지하인의 이념은 현실의 지옥 · 죽음을 극복하지 못하지만 회피하거나 대체물로 만족하려 하지 않는 정신에 기반해 있다.

지하인은 "삶을 갈망"하고 "삶의 문제들을 혼란스러운 논리로 풀어 보려" 하는데, "모욕과 조롱에 만신창이가 된", "영원히 존재할 증오 속으로 침잠"하는 "싸늘하고 독기 어린" 생쥐의 모습을 한 자신을 발견할 뿐이다. 지하에서 삶을 장사 지내는 것이 그가 취할 수 있는 유일한 삶의 방식이다. 그는 '유사 긍정'의 합리적 토대를 거부하고, (지하인은 아무 생각 없는 듯하지만) 이로써 삶의 갱생이 다른 토대를 필요로 한다는 비전으로의 길을 열어 준다. 그것은 죽어 가는 자 앞에서 결정적 대책은 없는 계몽으로부터 죽어 가는 자에게 "일어나 걸으라!"고 말하는 신비로의 이행을 의미할 수 있다. 과대망상의 지옥 가운데 그는 의식意識을 장사 지내고 있다. "그늘이 있기 때문에 우리는 빛에 대한 이해를 가질 수 있다"고 「페트라솁스키 사건에 대한 설명」에서 저자는 적고 있다. 그는 지하를 얘기함으로써 '살아 있는 삶'을 떠올리게 한다. 인간이 그리는 이상과 최선에 대한 불신 위에서 작가는 우리가 그릴 수 없었던 어떤 최선이 현현하는 순간을 기다리고 있는지 모른다.